通赏 中国名联

王树海/主编

王树海 刘金高/著

长春出版社
全国百佳图书出版单位

图书在版编目(CIP)数据

通赏中国名联 / 王树海,刘金高著. —长春：长春出版社，2014.1（2017.5重印）
（中国历代文化艺术 / 王树海主编）
ISBN 978-7-5445-2488-9

Ⅰ.①通… Ⅱ.①王… ②刘… Ⅲ.①对联–文学欣赏–中国 Ⅳ.①I207.6

中国版本图书馆 CIP 数据核字（2012）第 234040 号

通赏中国名联

主　　编	王树海
著　者	王树海　刘金高
责任编辑	谢冰玉　历杏梅
封面设计	大　熊

出版发行	长春出版社	总编室电话:0431-88563443
	发行部电话:0431-88561180	邮购零售电话:0431-88561177
地　　址	吉林省长春市建设街 1377 号	
邮　　编	130061	
网　　址	www.cccbs.net	
制　　版	渲彩工作室	
印　　刷	长春方圆印业有限公司	
经　　销	新华书店	

开　　本	787 毫米×1092 毫米　1/16
字　　数	240 千字
印　　张	14
版　　次	2014 年 1 月第 1 版
印　　次	2017 年 5 月第 3 次印刷
定　　价	28.00 元

版权所有　盗版必究

如有印装质量问题，请与印厂联系调换　印厂电话:0431-87972223

总序

《中国历代文化艺术》丛书的策划萌生于自我拷问的"逼宫"阶段：富裕抑或温饱后的国人所衍生的一系列秽行劣迹如何消解？怎样阻遏？是亿万怀志有识之士焦虑的大事体，人们希冀、关注的目光合乎逻辑地投向了教育。诉诸宗教？不适国体，而且，中国自古以来就是多宗教而无宗教的国家。加重刑典？与时世潮流有舛，翻检家底，先秦法家的教训常教人记恚忧心；有人在正规教育的体制外补缺拾遗，力倡家庭教育甚或城隍庙教育，收效甚微……最终我们想到了文学艺术教育，宜先从历史古代入手。

长久长效的教育、教益，非文学艺术莫属。其向善向美的崇高道义，却是以社会成员自甘情愿、欣然领受的个体行为来实现的。她使人们乱中有支撑，忙里得从容，消闲时节有理想含慰藉。尽管学界时或有"文学边缘化""后文学时代"和"文学死了"的众声喧哗，此于文学艺术自身难通款曲，西方哲学大佬黑格尔使用"三段论式"进行逻辑推演，宣判了文学艺术的死刑，时至今日不得执行。历史上大家大师误论误判是常有的事儿，鲜活的生活证明：只要有人类存在，文学就不能消亡。她呵护弱小，佑袒不幸，全力守望着心灵纯美，启迪人们对美的欣赏和追求。从其生产考稽，打压、支持全不奏效，夸饰、贬抑，几无意义，文学以其不可思议的独特魅力,展示着生灵的真善美。

"通赏"断限"历代"(以古代为主),析为A、B两大系列,A部含楹联、诗、词、书画、小说,B部则有神话、传奇、说唱文学、民间文学、杂剧戏曲等;一种体裁样式的通赏文学控制在30万字以内,约由上、下两编组成,上编简明交代基本知识、基本理论,下编分门别类进行赏析,精选精赏的撰述原则贯彻到底。

从根底上说,文学艺术没有国家民族的疆界,情感的交流,心灵的触碰,灵犀相通。然而,文学艺术的构成、鉴赏、表达传述、接受心理等,各民族、诸国度,尤其是中西方之间却赫然有别。首先是哲学信仰的崇奉和精神深层结构差异。中国传统的情节结构、矛盾冲突模式,整体上呈现出循环往复的"圆形曲线",有类于"太极图"中的"阴阳鱼"——"我中有你,你中有我",生息相依,和谐共生——无论怎样悲怆壮烈,不计如何可歌可泣,结局都归于"大团圆"。而西方则是一种"垂直交叉"的直线韵律,几近于"十字架",平行展延与垂直运动的冲撞,势必造就毁灭性结局,读者抑或观众在经历了生与死的心灵颠簸、善与恶的人性决斗后,心智得以"升华",道德赢获提升,悲剧一直是西方最高级质的审美范畴。文化谱系的不同,使中西方的文学艺术各现灵光。

就具体的文学艺术样式比较,益见各自拥居的优长缺憾。譬如诗歌,西方以"直抒胸臆"见长,中国则主要诉诸"借景抒情""托物言志"的间接手段,看似表现手法不同,实则文化依本不一。有人称西方诗歌是"谋杀",他们激情澎湃、高情千古地赞美歌唱一朵花儿时,花儿已"死"掉了,她已被掐下,或捧于掌,或置于案,或插于瓶,随着那"啊"的一声传来,花儿已被夸张的美意所"谋杀"。而中国的诗人倘或要钟情礼赞一朵花儿,作者就是那朵花儿,他要代她生根发芽,伸展枝叶,绽蕾开放,动摇于春风,接受雨露阳光的滋润爱抚,甚或经受风刀霜剑的侵凌,其语言也是委婉含蓄的,往往需要精致的通鉴通赏来理会其深幽不彰的诗意。诱惑似乎远不止于此,古代诗论有"诗无达诂"说,一人有一人的心得品鉴,一代人有一代人的训释理解,这是"一个没有终点的判断",它永久性地刺激着人们的好奇心,引诱着你一步步走进文学艺术的纵深处。

关于"诗中诗""艺中艺"的楹联艺术,亦须借此提醒记忆。倘或问询西方乃至世界文学艺术之林缺乏什么体裁,回答颇是简洁,这简洁的答案里滚动着沉雄的历史足音。西方文学艺术的园林里品类繁多,葳蕤茂盛,应有尽有,唯少楹联。她为母语汉语所独生独养,是汉文化体系万千宠爱集于一身的骄子。她与"戴着镣铐跳舞"的律诗血缘最近,诸多规矩的保障,成就其生长的方圆。她高贵亦平易,可长可短,小大由之;"可箴可铭",概因世情;"纪胜纪地",悉由胜意。"语其壮,则鲲海鹏霄;语其细,则蚊睫蜗角"。"诙谐亦寓劝惩,欣戚胥关名教","一为创局,顿成巨观"。在构成形式上,楹联最突出的特点是修辞格的对举对偶对仗,上联下联营构成为一个自给自足的圆融世界,"造化赋形,支体必双;神理为用,事不孤立","编字不只,捶句皆双;修短取均,奇偶相配",通体呈现着宇宙对称守恒规律,忠实地传递着传统文化的命脉生息,一副佳联就是一个小宇宙。

小说乃至其前身,一直为人们所宠爱。西方小说催人读的力量多半在于谜底的篇末揭示。后来兴盛一时的"公案""推理小说"将此推演到极致,当焦急的读者一路追随,赶到结局现场,看到了"嫌犯"是"谁"时,常常怅然若失,当读者翻江倒海般记忆、串联情节,一遍又一遍地"复盘"时,终觉不甚了了。而中国古代小说,往往一开局即告白结局,在其后的情节发展中,人们所寻觅的是那种导致成败胜负、团圆结局的因果关联是什么,历史的进步、局限?人性的光辉、暗淡?爱的饱满、缺失?抑或智慧的莅临、缺席……于思忖里颖悟,于颖悟中浸润美善。文学艺术的美育功能,善莫大焉,她该是全人类尤其是当下国人的宗教。

将中西文学艺术进行比照,并非厚此薄彼,意使彼此都获得一个参照系,亦使中国的古代文学艺术之"诗教"功用所呈现出的中国面目愈加俊美宜人。

在所有文学艺术体裁中虽只点到诗歌、楹联、小说,却也是"韵文""散文"的典型代表了,余可均作如是观。读者可联系着自己的喜爱自我安排该丛书阅读的轻重缓急。令策划人、出版者充满自信、备感欣慰的是该丛书所延请的作者都是该领域的饱学之士,性情中人,读者与作者同赏、"通赏",实属一大快事,同赏共勉,"通赏"普济,忙亦罢,闲亦罢,"达"亦罢,"穷"亦罢,赏吧!人生倘或没有文学艺术的照抚,日子将会如何的惨白啊!

王树海

前言

对联,学称楹联,一直被认为是小道。富有意味的是无论官方还是民间,都在使用、创作对联,它却一直没有其应有的历史地位。说对联是中国文学大家族的一员,但从未见任何文学史著作为其辟一席之地。

当然,摆脱这些偏见和尴尬非一人一时之功所能完成,本书只是尽些许微薄之力,赏其绚丽醒人,述其广博宜人,阅其平易近人。

在写作体例上,本书分为上编和下编。上编是对楹联理论的简要介绍,让读者对楹联有一个大概的认识。下编是历代名联的赏析,分为十八类,并以每类名联作品产生的早晚为依据加以归类整理。

面对浩如云烟的古今对联,对名联的收录,颇觉为难。本书本着名中选优、趣中胜情的原则精审细择,注重思想性和艺术性的统一。

考虑到通赏的通俗性,在下编中,凡遇到的文化现象或对联常识能够在正文中加以叙述的就加进去,若不能,就作为"知识链接"置于相关的地方。

自宋以来产生的诸多绝联放在了每一话的最后,以供感兴趣的读者闲暇时对上一对。

"诗无达诂",对联亦不例外。限于编者的欣赏水平以及时间仓促,书中会有诸多不尽准确、恰当之处,祈请读者不吝赐教。

上编　对联通说

第一节　印象·对联 …………… 2

第二节　出身成分 …………… 3
  一、华夏文化孕育 …………… 3
  二、母语汉语独生独养 …………… 3
  三、桃符·门神·对联 …………… 4

第三节　对联小传 …………… 6
  一、唐代之前：寄人篱下 …………… 6
  二、唐代：自营家园 …………… 6
  三、宋明：初放光明 …………… 7
  四、清代：展露辉煌 …………… 8

第四节　对联特征 …………… 9
  一、格律严谨 …………… 9
    1. 字数相等 …………… 9
    2. 词性相当 …………… 10
    3. 结构相称 …………… 11
    4. 节奏相应 …………… 11
    5. 平仄相谐 …………… 12
    6. 内容相关 …………… 13
  二、宜美宜用 …………… 14
  三、亦庄亦谐 …………… 15

第五节　修辞技巧 …………… 16
  一、语音修辞 …………… 16
    1. 谐音 …………… 16
    2. 异音 …………… 18
    3. 同音 …………… 18
    4. 拟声 …………… 19
    5. 假称 …………… 19
    6. 绕口 …………… 21
  二、文字修辞 …………… 21
    1. 析字 …………… 21
    2. 嵌字 …………… 22
    3. 同旁 …………… 24
    4. 换位 …………… 24
    5. 复辞 …………… 25
    6. 顶针 …………… 26
    7. 虚字 …………… 27
    8. 缺隐 …………… 27
  三、词汇修辞 …………… 28
    1. 叠词 …………… 28
    2. 回文 …………… 28
    3. 串组 …………… 29
    4. 转类 …………… 30

5. 用典 …………………… 31
　　6. 用数 …………………… 32
　四、语法修辞 ………………… 32
　　1. 比喻 …………………… 32
　　2. 比拟 …………………… 33
　　3. 夸张 …………………… 33
　　4. 借代 …………………… 34
　　5. 衬托 …………………… 35
　　6. 对反 …………………… 35
　　7. 双关 …………………… 36
　　8. 歧义 …………………… 37
　　9. 设问 …………………… 38

　　10. 反问 ………………… 39
　　11. 反语 ………………… 39
　　12. 层递 ………………… 40
　　13. 分总 ………………… 41
　　14. 排比 ………………… 42
　　15. 反复 ………………… 43
　　16. 拈连 ………………… 43
　五、特殊修辞 ………………… 44
　　1. 集引 …………………… 44
　　2. 增改 …………………… 46
第六节　对联欣赏 …………… 47
第七节　对联分类 …………… 48

下编　名联通赏

　第 一 话　励志联 ………… 50
　第 二 话　惜时联 ………… 60
　第 三 话　勤学联 ………… 63
　第 四 话　修身联 ………… 68
　第 五 话　气节联 ………… 77
　第 六 话　治家联 ………… 81
　第 七 话　处世联 ………… 86
　第 八 话　交友联 ………… 98
　第 九 话　忧国联 ………… 104

　第 十 话　妙趣联 ………… 111
　第十一话　讽刺联 ………… 139
　第十二话　春　联 ………… 149
　第十三话　婚　联 ………… 153
　第十四话　寿　联 ………… 155
　第十五话　挽　联 ………… 160
　第十六话　行业联 ………… 167
　第十七话　胜迹联 ………… 176
　第十八话　长　联 ………… 203

后　记

上编　对联通说

印象·对联

出身成分

对联小传

对联特征

修辞技巧

对联欣赏

对联分类

第一节 印象·对联

学　名	楹联	年　龄	一千多岁①
种　族	文学	籍　贯	中国
曾用名	对联、对子、门联、春联、门对、春贴		
家庭成员	励志联、勤学联、惜时联、修身联、气节联、治家联、处世联、交友联、忧国联、趣味联、讽刺联、春联、喜联、寿联、挽联、行业联、胜迹联以及长联等。		
履　历	萌生于唐，成长于宋明，兴盛于清。		
自我鉴定	能说会道，没有废话，一是一二是二，句句要说到点子上。讲求格律，即讲求平仄相对、字数相等、词性相当、结构相称、节奏相应、平仄相谐、内容相关。擅长交际，三教九流、五行八作都有来往。		
官家评议	对联是写在纸、布上或刻于竹木金石的对偶语句，具有言简意赅、对仗工整、平仄协调、宜美宜用、亦庄亦谐特色，为汉语言文字所独有的艺术形式，是中华文明的瑰宝。		
备　注	出身成分比较复杂，容下文交代。		

①目前学界，对于对联的起源尚无定论。一说起源于五代后蜀主孟昶，清人梁章钜在其著作《楹联丛话》中持此观点，影响巨大。

二是汉代说。认为对联起源于汉代，一个重要的理由是两汉时，每年除夕，都有在自己居室"饰桃人，垂苇茭，画虎于门"以避邪驱灾的习俗。学者余德泉认为："在桃符上写'神荼''郁垒'二神名，其目的只是为了避邪，尚无独立使用对仗句的意识，'神荼'与'郁垒'亦非对仗句子。"源于汉代说颇值得商榷。

三是晋代说。学者常江持此观点。其证据是《晋书·陆云传》所载一联"云间陆士龙，日下荀鸣鹤"，被认为是我国最早的对联，也令人质疑。有学者认为虽然这两句符合对仗法则，实则不过是两人自报家门时的一种偶然的巧合罢了。

四是南朝梁代说。谭嗣同在《石菊影庐笔记·学编七十四》中有一语曰："考宋（应为梁）刘孝绰罢官不出，自题其门曰：'闭门罢庆吊，高卧谢公卿。'"此种观点亦有待商榷。

五是唐代说。学者余德泉持此观点，本书亦然，下文有详细介绍。

第二节　出身成分

一、华夏文化孕育

对联,顾名思义就是要"对",是一种对偶或对仗的文学。这种形式上的平行对称,与我们中华民族老祖宗常说的阴阳相生相克是一样的。

而作为中华民族文化源头的《周易》,其所用的语言符号即是由阴阳两爻(yáo)组成。阳代表天,男子、君、果、刚健等。阴代表地,女子、臣、花、柔顺等。

同时,祖先们对以相反相对形式出现的事物是十分关注的。好事成双,祸不单行,生死有命,天尊地卑,欺上瞒下,远交近攻,刚柔并济,等等,都是这种观念在日常语言中的具体表现。

以至于在武侠小说《射雕英雄传》中都有"九阳神功"和"九阴真经"之类的相反相对的功夫。

二、母语汉语独生独养

一副标准的对联,最重要的特征是它的格律性。其中颇为重要的是字数相同和注重平仄关系。

字数相等,地球人都能理解。每个汉字都有确定的长度,无论一个字有多少画,占的地方都一样。举个例子说,"一"字就一画占一个单位的地方,楹联的"楹"字这么多画也只能占同样的地方。

而平仄关系或许只和汉字相关了。在四声没有发现之前,祖先们已经知道,要想说话有味、悦耳动听,汉语的发音就得有高有低,有升有降。

而发现汉语的四声并确立声调,是一个极为艰难的过程。有了确定的声调之后,即使是多音字,一个词的具体担当也只有一个读音。声调在古代有"平、上、去、入"四声,而汉语普通话中亦有四个声调,分别是:一声(阴平,-);二声(阳平,ˊ);三声[上(shǎng)声,ˇ];四声(去声,ˋ)。

而入声,在普通话中已经不存在了,只是在古代汉语和当今的某些方言中有此声调。四声中的平声有阴平和阳平之别,都属于平声,而上、去(入)却是仄声。

汉字方方正正,整整齐齐,一个萝卜一个坑,一个汉字一间房,所占的空间都一样,无论是竖着写还是横着排,都显得整齐美观。像英文等拼音文字就没有办法适应这种原则要求,由于是拼音文字,每个单词身材不一,个头有高有低,只能横着排,不能竖排,无法从形体上实现真正的对称。故而,对联为母语汉语所独生独养,并非虚言。

三、桃符·门神·对联

"桃符"是周代悬挂在大门两旁的长方形桃木板。据《后汉书·礼仪志》说,桃符长六寸,宽三寸,桃木板上书有"神荼""郁垒"二神。

汉代著名的唯物主义哲学家王充,在其名著《论衡·订鬼》中有一个故事:"《山海经》又曰:沧海之中,有度朔之山。上有大桃木,其屈蟠三千里,其枝间东北曰鬼门,万鬼所出入也。上有二神人,一曰神荼,一曰郁垒,主阅领万鬼。恶害之鬼,执以苇索,而以食虎。于是黄帝乃作礼以时驱之,立大桃人,门户画神荼、郁垒与虎,悬苇索以御凶魅。有形,故执以食虎。案可食之物,无空虚者。其物也性与人殊,时见时匿,与龙不常见,无以异也。"

大意是说,东海有座度朔山。山上有一棵盘曲三千里的大桃树,树的东北端,由众多枝干排成的一个鬼门,度朔山的所有妖魔鬼怪,要下山必须经过此鬼门。山上有两个神人负责看守。一个叫神荼,一个叫郁垒(两位神将的名字有特别的念法,神荼要念"伸舒",郁垒要念"郁律")。二位专门监管鬼怪的行为。发现哪个鬼怪为非作歹,便抓起来喂老虎。

后来,华夏始祖之一黄帝让人们用两块桃木刻上神荼、郁垒的像或者写上他俩的名字,挂在门的两边,叫作"桃符",以示驱灾镇邪。

因为今本《山海经》并没有此则故事,所以此说真假值得商榷。只是有一点是肯定的,即"桃符"的出现是古人美好愿望的体现,而之所以能够广泛流传就在于此。

学者谷向阳[1]认为,从汉代起,桃符沿两个方向演化发展,一是桃符上继续保持绘制图像的传统,只是所画图像除了"神荼、郁垒"之外,又增加了新的内容。比如,唐以后逐渐改为尉迟恭、秦叔宝。

相传,作为中国历史上最为杰出的政治家或明君之一,李世民亦有心中郁结(杀兄叛变或许是主要原因)。称帝后,李世民曾经有一段时间一直觉得宫中闹鬼,吓得心神不定,睡眠质量极差。

他的两位亲信兼得力大将秦叔宝、尉迟恭便自告奋勇,昼夜替李世民站岗壮

---

[1] 此处采用学者谷向阳的观点,见其著作《中国楹联学概论》,昆仑出版社,2007年2月第1版,第36—38页。

胆,闹鬼之事方才平息。后来,李世民觉得二位一直如此亦不是长久之计,便令画师把二位将军的威武形象绘在宫门上。

此事传播开来,尉迟恭和秦叔宝渐渐被奉为门神。后来,有人直接在门上书秦军、胡帅四字,便与门联产生了渊源关系。

唐玄宗以后,钟馗(kuí)也被人们尊为门神。古书记载,钟馗系唐初长安终南山人,是中国传统文化中的"赐福镇宅圣君",亦是中国民间俗神信仰中最为人们熟悉的角色,自唐朝以来就有请钟馗进家门的习俗。

桃符的另外一个演化方向是其内容上的变化。由画图像逐步演变为书写吉祥之语,后来又发展为写两句对偶的诗句,即"桃符诗句"。

宋代的陈元靓在《岁时广记》中曾证实了桃符由神像向直接书写春词、祝祷语的演变,而这些春词、祝祷之语后来又慢慢演化为春联。

门联同样也是从桃符发展而来的。原来,人们用桃木板画神荼、郁垒画像,挂在两扇门上。后来,画像又改成只写字的"门目"。但门目上两边各写两字,表达内容有限,便又在大门两侧再挂上两块桃木板,写上了字数较多、能充分反映心愿的对子。

据说,在公元964年的除夕,五代十国中的后蜀国主孟昶,令学士辛寅逊在桃符板上写两句吉祥语贺岁,他不中意辛学士的作品,认为其词不工,就自己提笔写下"新年纳余庆,嘉节号长春"两句。

直到宋代,春联仍称"桃符"。王安石的诗中就有"千门万户曈曈日,总把新桃换旧符"之句。后来,桃符由桃木板改为纸张,叫"春贴纸"。

当独立使用对偶句的文字登上桃符板,就标志着对联的产生。这样,从民俗文化的角度来看,桃符—门神—桃符诗句—民俗对联(春联、门联等),对联的起源、产生、发展的走向即明了清晰了。

学者张劲松[①]认为,对联,准确地说应该是民俗对联,从民俗文化的大背景中诞生之后,"形成了两种不同的发展路线:一是纯审美欣赏的对联;一是既有欣赏价值又有礼仪价值的民俗对联"。

纯审美欣赏对联主要是胜迹联以及题赠联,包括自题联等。题赠联包括励志联、修身联、忧国联等。"民俗对联主要用于红白喜事礼仪之中",包括以春节为主的节日联(主要是春联)、挽联、行业联、寿联、婚联、各种纪念联等等。

[①] 此处采用学者张劲松在其《民俗对联的起源及发展》一文中的观点,见《理论与创作》,2003年第4期。

第三节 对联小传

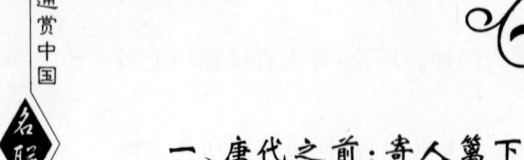

一、唐代之前：寄人篱下

在我国古代诗文中，很早就出现了一些比较整齐的对偶诗句，这些对偶诗句可以说是对联的"前世"。它们要么在经文中，要么在大赋中，要么在古体、近体诗等文学体裁中四处流浪，过着寄人篱下的生活。

流传到现在的几句上古三皇五帝时代的歌谣可以看作是对偶句的开端。比如说"日出而作，日入而息"等。

到了先秦两汉，对偶句更是屡见不鲜了。传说，人文始祖伏羲老先生画有八卦，后来周文王又把八卦推演为六十四卦，这就是《周易》。其中的《乾卦》和《坤卦》的《象辞》首句分别曰：

　　天行健，君子当自强不息

　　地势坤，君子当厚德载物

"自强不息、厚德载物"两词到现在仍在用，而这两句也是颇为工整的对偶句。另外，经过孔老夫子修订的《诗经》中也有：

　　昔我往矣，杨柳依依

　　今我来思，雨雪霏霏

意境优美，对偶工整。而老子的《道德经》中也有对偶句："祸兮福之所倚，福兮祸之所伏。"

到了汉代，辞赋兴起，对偶这种具有整齐美、对称美、音乐美的修辞手法开始普遍而自觉地运用到赋的创作之中。

同时，汉乐府中的对偶句也更趋工整。如"少壮不努力，老大徒伤悲""将军百战死，壮士十年归"等。

到了魏晋南北朝，对偶句的运用更为普遍，以致发展到最后，形成了四字六字交替使用的骈体文，所以这种文体又称"四六"。此类文体全是四字六字，四字六字地押韵。但是，也容易导致为押韵而押韵，读起来虽然朗朗上口，却多是空话。

当然，在骈体文盛行的时候，也有一些诗人写下了对仗极为工整的诗句。如谢朓的诗句："天际识归舟，云中辨江树。"

二、唐代：自营家园

寄人篱下的日子不好过，不过要是闹独立也是需要勇气和时机的。到了唐代,对联的"前世"对偶句历经两千余年的磨难,终于从作为诗文的一个修辞法则独立出来,而自成一家。

大唐帝国的经济、政治、军事在当时绝对不亚于现在的美国。文化上,诗、文、书、画都出现了一些登峰造极之作,尤其以唐诗最为著名。唐代初期,绝句和律诗开始成型,李白杜甫们的对仗技巧渐渐达到了炉火纯青的地步。而律诗和绝句的创作,从某种意义上,可以看作为对联的写作提供了一个绝好的练笔平台。

其中,"四声"的发现和"平仄概念"的确立对于律诗和绝句的形成起着非常重要的作用。汉语"四声",对于现代中国人来说,是再熟悉不过了。不过对于我们的先辈们来说,汉语四声的发现却极为艰难。

其中,佛教的传入和佛经的翻译对四声的发现起了直接的催化作用,后来又把"四声二元化"分为平(平声)仄(上去入三声)两大类。这就是平仄的概念。"四声"的发现和"平仄概念"的确立使人们认识到汉语的音调美。有升有降,有高有低,抑扬顿挫,具有音乐美、节奏美和错综美,这也为极其注重平仄关系的对联的独立发展奠定了坚实的基础。

说对联在唐代独立,自营家园,还有实实在在的史实证据。据说,才高八斗的李白在游历湖北蕲州三角山会龙池时,诗兴大发,题有一联:

山高猛虎啸

潭静老龙吟

联句词性大致相合,平仄基本相谐,已经符合对联的特征。

此外,相传当时蕲州三角寺的住持是一位高僧,也为蕲州三角寺题有一联:

三角山前三角寺

九龙桥上九龙庵

三、宋明:初放光明

宋、明两朝是对联艺术初放光明的时代。虽说宋代对联仍以桃符名之,但其载体已大大越过了桃符板的限囿,门前柱上,亭台楼阁,应有尽有,水平也达到相当的高度。相传可考的,有王沂公皇帝阁立春联:"北陆凝阴尽,千门淑气新。"就常为后人怀念。

其实,早在五代十国时,后蜀国主孟昶,就十分喜欢对联,并大力推广。到了宋代,一代文豪苏轼,横空出世,诗、词、文、书、画皆有建树,他偶作的对联也别有一番趣味,其改联的故事至今流传。

年少的苏轼自恃读书多,曾有一联:"识遍天下字,读尽人间书。"有一老者拿一本书向苏轼问字,苏轼一看竟然一个字也不认识,顿时觉得十分羞愧,于是添加四字成为：

发愤识遍天下字
立志读尽人间书

元末明初,章回体小说也在使用对联,诸如《三国志通俗演义》《水浒传》《西游记》《金瓶梅》等都是如此,只是平仄要求没有后来那么严格。如《水浒传》第三十九回回题就是"浔阳楼宋江吟反诗,梁山泊戴宗传假信"。语言通俗易懂,不过读起来却很有气势。

明初,由于开国皇帝朱元璋的提倡,对联得到一次广泛地普及。春节元日,普天之下,宫苑府第,寒门士族,无不张灯结彩,连春联这个名称亦是朱元璋提出来的。

据说,朱元璋称帝后,要求除夕夜全国各家各户门上都要贴春联。为了检查政令执行情况,便微服私访,并为一个幸运的屠夫亲题一联:

双手劈开生死路
一刀斩断是非根

联语虽以阄猪为题,骨子里却是在彰显自己的伟大。不难想象,朱重八从一个出身贫农的乞丐和尚最终一统江山,不就是靠自己的一双手吗?

由于皇帝的重视,上行下效,于是年年春节,家家户户都贴春联,久而久之就成为一种习俗。而这又对整个对联家族的蓬勃发展起到了很大的推动作用。

四、清代：展露辉煌

说清代是对联的辉煌年代主要有以下四个原因:

(1)对联已"飞入寻常百姓家"。文人墨客,看见优美的风景,写副对联,描写描写;心里苦闷了、累了、乐了,写副对联,抒发抒发。同时,经商的、做官的、务农的等等,三教九流,各行各业,也都喜欢用对联说道说道。

(2)写作技巧和手法层出不穷,多种多样。语音修辞有谐音、异音、同音、拟声、假称、绕口;文字修辞有析字、嵌字、同旁、换位、复辞、顶针、虚字、缺隐;词汇修辞有叠词、回文、串组、转类、用典、用数;语法修辞有比喻、比拟、夸张、借代、衬托、对反、双关、歧义、设问、反问、反语、层递、分总、排比、反复、拈连,此外还有特殊修辞集引和增改。

艺术手法之多,艺术技巧之高明,令人惊叹不已。

(3)众多诗文大家各逞才情,推波助澜。黄宗羲、顾炎武、王夫之、蒲松龄、纳兰性德、方苞、姚鼐、吴敬梓、曹雪芹、纪晓岚、阮元、梁章钜、龚自珍、郑板桥、林则徐、张之洞、彭元瑞、曾国藩等各逞一时之秀,均有佳联存世。

比如,郑板桥有一联曰:

虚心竹有低头叶

傲骨梅无仰面花

对于特别喜爱竹子、兰花、梅花的郑板桥来说,竹子、梅花历来都具有比拟、象征意义。

联语中,"虚心"和"傲骨","低头"和"仰面"两组对反词交相辉映,低头、仰面确为竹子和梅花的风姿,如果用在人身上呢?

纪晓岚是清代著名学者。据说,他曾为一穷苦铁匠撰写一联:

三间东倒西歪屋

一个千锤百炼人

此外,清代前期的康熙和乾隆二帝对汉族文化推崇有加,喜欢吟风弄月,当然也有佳联传世,此亦间接地推动了对联的发展。

(4)伴随着对联写作的繁荣,对联集或者对联类的专门著作大量出现。康熙大帝亲自编定的对联集《分类字锦》就达64卷之多。此外还有影响甚大的梁章钜父子编写的《楹联丛话》《楹联续话》《楹联三话》等。

对联在清代的兴盛一直持续到民国时期。据说,鲁迅先生在三味书屋读书时每天就有做对子的作业。

知识链接　最早的对联专集

学者谷向阳在其专著中认为,最早的对联专集应该是《中麓拙对》《中麓续对》,作者是明嘉靖八年的进士李开先。

李开先是明代文学家、戏曲作家。字伯华,号中麓子、中麓山人及中麓放客。《宝剑记》是其戏曲的代表作。

第四节　对联特征

一、格律严谨

对联最重要的特征是它的格律性,其格律性主要包括以下六个方面:

1. 字数相等

上联字数等于下联字数,较长的联中上下联各分句字数也要相等。当然,有一种特殊的情况就是上下联字数故意写得不等,以追求某种独特的艺术效果。

民国初年,刚推翻大清帝国,袁世凯却也想过把皇帝瘾,看不清历史的大潮往哪里走,后称帝83天即一命呜呼。时人写有一联讽刺之:

袁世凯千古

中国人民万岁

显然,上联的"袁世凯"三字对不住下联的"中国人民"。此联即是作者故意把字数写得不相等,从而产生特殊的艺术效果。

2. 词性相当

在现代汉语中有两大类词:实词和虚词。前者包括:名词、动词、形容词、数词、量词、代词六类。后者包括:连词、助词、介词、副词、叹词、拟声词六类。

词性相当就是说上下联同一位置的词或者词组应该具有相同或者相近的词性。

首先实词要对实词,虚词要对虚词。这是最为基本的规则。

其次词类也应该对应,即上述12类词也应该各自对应,如名词对名词,动词对动词等。比如,代词"我"要对"你"或者"他"等代词,而不能对"猫"啊"狗"啊之类,因为猫、狗是名词。

此外,古人还将名词再细分为若干小类,如天文、地理、服饰、植物、动物、形体等。所谓词性相当也应该包括属于同一小类的名词的相对,即植物类名词对植物类名词,服饰类名词对服饰类名词等。此种要求颇为严格。举个例子说,"花"是植物类名词,那就最好对"草"之类的植物类名词,而不能对"鸟""虫"等动物类名词。当然亦有例外。

由于古今词性的分类和相对的原理基本一致,所以按照现在的分法仍可以分析古人写的对联。如:

登高观碧海

立险览黄山

此联中,"登"对"立"、"观"对"览",均是动词;"高"对"险"、"碧"对"黄",为形容词;"海"对"山",为地理类名词。

再如一家具店联:

不但铺垫美

而且坐卧安

"不但"对"而且",是连词对连词;"铺垫"对"坐卧",是名词对名词;"美"对"安",

是形容词对形容词。

3. 结构相称

所谓结构相称是指上下联语句的语法结构应该尽可能的一致,即主谓结构要对主谓结构,动宾结构要对动宾结构,偏正结构要对偏正结构,等等。

明代著名政治家,人称"海青天",和宋代包拯齐名的海瑞曾题有一联:

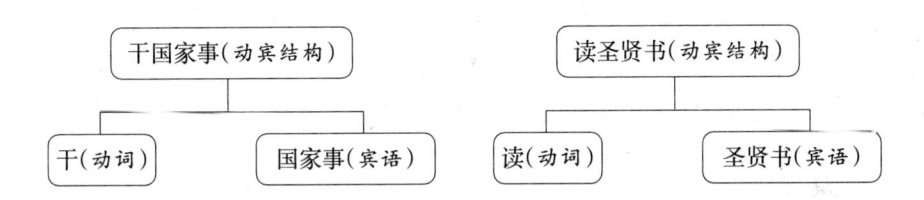

干国家事
读圣贤书

干国家事(动宾结构) → 干(动词) + 国家事(宾语)

读圣贤书(动宾结构) → 读(动词) + 圣贤书(宾语)

其中,"干、读"是动词,"国家事、圣贤书"是偏正结构,整体上又是动宾结构,如上图所示。但是,在有些较为特殊的句式结构中,其要求可以适度放宽。

4. 节奏相应

节奏相应就是要求上下联停顿的地方一定要一致。这也是很重要的,佳联亦讲求。如:

文章颂世
道德传家

这是一副四字短联,上下联节奏完全相同,是"二——二"。再如一家报馆主笔评价梁启超联:

万事不如公论久
微言唯有故人知

此联上下句的节奏为"二——二——三"。下面一联则是一向被认为道貌岸然的宋代理学家朱熹为漳州某士子所撰,还原了朱熹富有人情味和幽默感的一面:

东墙倒西墙倒窥见室家之好
前巷深后巷深不闻车马之音

此联上下句的节奏均为"三——三——二——四"。在一些较长的联中,节奏也必须一致。

5. 平仄相谐

平仄是声律音韵方面的术语。在古四声中，平，就是平声；仄，就是上、去、入三声。而在普通话中，简而言之，阴平（即第一声，用"ˉ"表示）阳平（即第二声，用"ˊ"表示）为平；上声（即第三声，用"ˇ"表示）去声（即第四声，用"ˋ"表示）为仄。古汉语中的入声消失并分化为现代汉语中的阳平、上声和去声。

平仄相谐就是要求在一联内，不能只用平声或者只用仄声，应当有规律地交错运用，上联是仄声的下联要用平声，同样，上联是平声的，下联就应当是仄声。

对联的平仄相谐的格律要求，尤其表现在上下联的最末一字上，即上联最末一字必须是平声，下联最末一字必须是仄声，当然也可以颠倒。不过，无论如何，绝不可上下联的尾字都做平声或者仄声，如果出现这种情况，就犯了"乱脚"的大忌。

另外，对联中尾字占平声的上联或者下联，最末三字不可都做平声。如此，就犯了"三平脚"之病。

如"论事依三，藏书至五"一联就是仄仄平平对平平仄仄。又如"书山有路勤为径，学海无涯苦作舟"一联就是平平仄仄平平仄，（仄）仄平平仄仄平。这里就出现一个问题，"学"字在普通话系统中读阳平，是平声。不过据有关专家考证，"学"字在古代读入声，是仄。因此对于平仄的分辨确实是个难题。

需要提醒的是，古代的四声平仄、普通话的四声平仄以及各个方言区的声调平仄有一致的地方，有不一致的地方。这样，现代人解读古代诗、词，包括对联时，就会面临一种困惑。本来符合平仄声律的，到了现代，由于声调系统的改变，就不符合了。

当然，平仄规律是用不完全归纳法归纳出来的，在实际的对联中很少有完全符合平仄规律的，一般情况下，对联的平仄规律与诗有类似之处，即以"一三五不论，二四六分明"为基本法则。

知识链接　撰联禁忌

正如创作近体诗（即格律诗）需要注意诸如平仄、用韵、孤平与拗救等规则一样，撰联亦有诸多需要规避的问题，择其要者录入如下：

（1）忌合掌。"合掌"本是古印度以及东南亚诸信奉佛教诸国人所常见的动作之一，用来表示恭敬的礼节。为诗家借来之后，便成为诗病之一。

"合掌"为形象说法，两只手掌合而为一相对称便叫"合掌"，作为诗家大忌，多用来指上下联的对仗在意义上或者平仄关系上相似、雷同或差异不大。

《楹联报》曾载一联家戏拟之联《合掌对两串》,细细读来,或许对"合掌"之忌有更为感性的理解,现抄录如下:

其一:瞧对看,听对闻,上路对起程。后娘对继母,亡父对先君。醪五两,酒半斤,扫墓对上坟。乞援双瞎子,求助二盲人。岳父有因才杠驾,丈人无故不光临。十分容颜,五分造化五分打扮;两倾姿色,一半生就一半妆成。

其二:行对走,跑对奔,早晚对晨昏。侏儒对矮子,傻子对愚人。观浪起,看波兴,闭户对关门。神州千载秀,赤县万年春。国士无双双国士,忠臣不二二忠臣。大德似天高,天高加一丈;恩深如地厚,地厚减千分。

以其二例来看,行、走、跑、奔、早晚、晨昏;侏儒、矮子;傻子、愚人;观浪起、看波兴;闭户、关门;千载秀、万年春;无双、不二;大德、恩深,天高、地厚,如、似等均是同义词或者近义词。

(2)忌不规则重字。论中国文学艺术中,何种体裁的修辞技巧最多,对联自是当之无愧的老大。然而,其规则之苛刻亦让其他体裁自叹弗如。

在对联中,上下联的用字不能不规则地重复。如学者谷向阳曾举一例:

蛇舞阳春天溢彩
马驰盛世地逢春

下联重"春"字,与上联的位置不对称,犯了不规则重字之忌。

此处需要注意两点:一是一般情况下,规则重字是允许的,并常常作为叠字之类的修辞格来用。如湖南岳阳楼一联:

洞庭天下水
岳阳天下楼

二是注意此种禁忌与换位修辞的区别。如一联家为中山先生写就的挽联:

一人千古
千古一人

而回文联更是特殊的不规则重字,故而应该分别对待。

(3)忌上重下轻。撰联忌上联气盛、下联气弱,或者下联气盛、上联气弱,造成头重脚轻、虎头蛇尾的毛病。如:

万仞惊峰承日月
一株柔柳伴花枝

此联上句写万仞高山、惊险高峰,写日月,气势颇盛;而下句却写柔柳,写花枝,多是柔弱之物,颇不对称。创作对联时应当避免。

6. 内容相关

对联的"联"字就是要内容相关联。如清代诗人、词人、学者朱彝尊曾写有一联:

同是肚皮,饱者不知饥者苦
一般面目,得时休笑失时人

联语如大白话,上联说饱者、饥者;下联说得时、失时,都与个人境况相关。既批评了饱者的狂态,又说明了做人应该有的修养。

如果一副对联上下联各写一种不相关的事物,二者就不能映照、贯通、呼应,就不能算一副合格的对联。这就好比上联问"你吃饭了吗",你下联来一句"今天天气真好啊"一样。

但这里有一个例外,就是"无情对",这种联上下联逐字逐词对仗并且很工整,但内容毫无关联,或者有似是而非的联系,大多属于牛头不对马嘴的那种。

如"公门桃李争荣日,法国荷兰比利时"一联,上联为唐诗名句,下联是欧洲三个国家的名字。就句意说,上下联毫无相关,但如果分解成单词单字,你会发现:"法"对"公","国"对"门","荷、兰"对"桃、李","比利"对"争荣","时"对"日"。这样,联语的趣味就出来了。

当然,以上六个方面在一副对联中不可能完全做到。一副对联如果能做到词类相当,结构相应,节奏相同,再加上平仄相谐就是工对了。工对能够产生一种整齐的和谐美。

工对当然好,不过联界中大多数还是宽对。形式是为内容服务的,对联也不例外。如果过分拘泥于格律,拘泥于平仄,就会损害内容,特别是对于对联这样一种在平时很常用的实用性很强的艺术形式来说更不能要求过严。

二、宜美宜用

这一特征是其他文学体裁和普通应用文所没有的。

首先,对联之美在于它的格律性,这也是自恃清高的文人墨客们喜欢对联的原因之一,也正是这一点使得对联和古典诗词一样有形式美和声律美。

的确,一副好对子读起来会抑扬顿挫,朗朗上口,会觉得很好听。如清代翁方纲题写于北京陶然亭的一联:

烟笼古寺无人到

树倚深堂有月来

联语意境优美,不着"幽静"二字,而幽静之意尽出。"无人到"却"有月来"的地方,自然是诗人墨客喜欢来此聚会吟咏的胜地。同时,仔细读来,抑扬顿挫,十分爽口,由此对联的艺术魅力就自然而然地出现了。

对联讲究对仗与平仄,集中体现了古典文学的形式美。北宋晏殊有词作《浣溪沙》是写他的闲愁的:

一曲新词酒一杯,去年天气旧亭台,夕阳西下几时回。

无可奈何花落去,似曾相识燕归来,小园香径独徘徊。

其中,"无可奈何花落去,似曾相识燕归来"乃千古名句。颇有意味的是,此句最初是作为对联来创作的。应该说,正是这一则对仗工稳的佳联,才使得这首词成为晏殊的代表之作。

其次,对联还具有极强的实用性。娶亲了,写副喜联;人老去,写副挽联;过春节,写春联;名胜古迹,写几副;房屋落成了,也请高手写一副;而在书法绘画、新闻标题、广告宣传等领域亦时有佳联问世。

可见,对联可以渗透到社会生活的各个领域,正如纪昀所说:"无事不可入联。"

三、亦庄亦谐

从内在使命和责任来说,文学和艺术是严肃的,人们反对游戏文学、游戏语言的不严肃的创作态度是对的。

不过,对联历来被看作笔墨游戏,虽然有点偏见,也有点冤枉,不过也说明了对联具有游戏性的特点。由于对联追求对仗,自然是对得越工越巧越好。

事实上,自宋代以来,纯粹以逗人取乐,展示个人智商高低为目的的游戏性楹联也不少,当然,此类对联主要得益于作者娴熟的、别出心裁的修辞手法的运用。

苏轼曾经创作过不少游戏性对联,留下了许多趣闻佳话。除了改联的故事外,还有一联颇有趣味:

坐、请坐、请上坐
茶、敬茶、敬香茶

据说,一次,官居要职的苏东坡便装来到一座寺庙中游玩。寺中的住持不认识苏东坡,只当他是普通香客,不以为然,只是冷冷地道了一声"坐",不情愿地对小和尚吩咐道:"茶。"

二人谈了一会儿,住持发现苏东坡谈吐不凡,很有才学,觉得他有来头,便做出恭敬的样子,说:"请坐。"又郑重吩咐小和尚道:"敬茶。"谈到后来,住持才知道眼前此人即是百闻不如一见的苏大才子,连声道:"请上座!"并再三叮嘱小和尚"敬香茶"。

到苏东坡告辞时,住持请求撰写一联留作纪念,苏东坡毫不推辞,挥笔写下如上一副。

此联信手拈来,寓意深刻,对势利之人的讽刺可谓入木三分。学界亦有人把此联的版权归于郑板桥,其撰联故事大致相同。

从他以后,对对子成为文人之间以至普通百姓中展示智商或者情商高低的一个重要平台,当然也成为我国传统文化的一部分。

纪晓岚有一联曰:

黑不是、白不是、红黄更不是,和狐狼猪狗仿佛,既非家禽,又非野兽

诗也有、词也有、论语上也有,对东西南北模糊,虽为短品,却是妙文

这是一副用来猜谜的对联(打一活动),谜底即是"猜谜"二字。"黑不是、白不是、红黄更不是"暗指的是"青",而"和狐狼猪狗仿佛"包含着一个"犭"字旁,合在一

起是"猜"字。"诗也有、词也有、论语上也有"是指"言"字旁;"对东西南北模糊"隐含了一个"迷"字,合在一起就是谜语的"谜"字,颇有趣味。

对联具有游戏性,但是,这绝不意味着对联就变成了一种游戏。事实上,楹联虽具有游戏性,但在灵动戏谑的背后往往暗含着责任心和使命感,让人们在开心畅怀过后去体味和思考。

同时,在那些极为庄重的场合,如名胜古迹、祠墓碑林,都有庄重典雅的楹联出现。

第五节 修辞技巧

对联作为中国文学一族,它使用的修辞技巧和其他文学体裁,如诗、词、曲、赋、文等并无本质区别。

不过,由于对联还有亦庄亦谐、宜美宜用的特征,所以在对联中,一些常用的修辞手法,在其他文学体裁中可能不常用,或者很少用。

有一联曰:

君子之交淡如

醉翁之意不在

据说,这是一个穷书生写的。有一次,他的朋友过生日,他没钱买贺礼。后来想出一个好主意:送一罐清水。注意这只是道具,就像演戏一样,还有更深的意思。只见这位仁兄在清水罐上写了上联:"君子之交淡如。"

他的朋友看了,深知其意。就以"醉翁之意不在"作下联。很明显,上联隐一个"水"字,用的是成语"君子之交淡如水";下联隐一个"酒"字,取"醉翁之意不在酒"之意。

在这里,两位老友用的都是"缺隐"的修辞技巧(下文有详细介绍)。而这种修辞手法,用在其他文学体裁上,似乎不适宜。

对联的修辞技巧很多。需要提醒的是,一副对联,特别是优秀的对联,会有多种修辞。比如上联还使用了"用典"的修辞。

一、语音修辞

1. 谐 音

利用词语读音相同或者相似,来表达另外一种意思,这种修辞叫作谐音,亦叫谐音双关。此手法大多见于巧妙有趣的游戏性对联或者是含蓄隐晦性的对联之中。

有一人家嫁女,想知晓男方有没有才气,就出上联一试:

因荷而得藕

该男子确实是货真价实的才子,对曰:

有杏不须梅

此联中,荷藕杏梅,都是上等果品。而"荷"谐"何","藕"谐"偶","杏"谐"幸","梅"谐"媒",都与婚姻大事相关。故而如上一联亦可解读为:因为什么而喜结良缘？有幸得缘,不需要媒妁之聘。

益母丹参桂子
五加桑葚红花

此联由益母、丹参、桂子、五加、桑葚、红花六味中药名组成,而联语所用的谐音修辞,亦使得此联别有一番新意:

一母单生贵子
五家双送红花

可作为国家计划生育政策的宣传语,颇有趣味。如下一联初看起来似乎是一副颇具诗味的写景联:

独览梅花扫腊雪
细睨山势舞流溪

而如下解读似乎令人捧腹:上联是由乐谱1、2、3、4、5、6、7的谐音而来;下联则是阿拉伯数字一、二、三、四、五、六、七的谐音化出。而读音只适用于浙江地区的方言而已。

再举一例子来说:

宰相合肥天下瘦
司农常熟世间荒

清代光绪时期,黄河长江流域大灾,民不聊生。当时,李鸿章执政,翁同龢任户部尚书。李鸿章是合肥人,翁同龢是常熟人。古代官场,常常以某人的籍贯来称呼他,因此李鸿章别号"李合肥",翁同龢别号"翁常熟"。

而"司农"又称大司农,为历代掌管财政、经济的长官,宋代之后,叫户部尚书。翁同龢曾经是户部尚书。

此联"肥"与"瘦"、"熟"和"荒"是借音同义不同。大意是说,瘦了天下肥了宰相,荒了世间熟了司农。巧妙地把他们的官职、籍贯嵌入对联,极尽讽刺之能事。

2. 异 音

异音是利用汉语一字多音或者一字多义的特点来创作对联,使得对联表面上看起来字形相同,而实际上读音不同,表义也不同,从而吸引读者的兴趣,产生耐人寻味的效果。

据清代联家梁恭辰的《巧对续录》中记载,一个秀才,遭人陷害即将入狱,时任太守为一清官,看了案卷后,明白其中缘由,故而出一联探视自己猜测之真假:

投水屈原真是屈(太守)

杀人曾子又何曾(秀才)

太守用的是爱国诗人屈原投汨罗江的典故。而秀才所用乃是"曾子杀人"的典故。曾子是春秋末期鲁国人,孔子的学生,《大学》《孝经》等儒家经典的版权所有人。

据说,曾子外出游学期间,有人向他母亲报告,说他在外面杀了人。曾子母亲开始不信,但一连几个人都这么说,曾母虽然聪慧,也不能不对自己的儿子表示怀疑。后遂以"曾子杀人"说明流言可畏。这个秀才用上这么一个典故,真是再贴切不过了。

此联对出后,太守故意刁难说,出句的两个"屈"字读音一样,而对句的两个曾并不一样:前一个读 zēng,姓,如曾子;后一个读 céng,曾经的意思。秀才解释说,"屈"字除了读 qū 外,还有一个读音,即 júe("屈"通"掘")。

再如北京故宫太和殿联:

乐乐乐乐乐乐乐

朝朝朝朝朝朝朝

出句一、三、五、六的"乐"读为音乐之"乐",二、四、七的"乐"应读为欢乐的"乐"。即读为 yuè lè yuè lè yuè yuè lè。

对句的一、三、五、六的"朝"读为今朝的"朝",二、四、七的"朝"应读为朝廷的"朝"。即读为 zhāo cháo zhāo cháo zhāo zhāo cháo。

3. 同 音

在普通话中,不带音调的音节共有 400 个,而常用汉字有三四千个,也就是说,同音不同字的现象非常普遍。运用汉语的这种特点进行构词造句,造成读音的混淆,就会有独特的趣味。

例如:

无山得似巫山好

何叶能如荷叶圆

此联出自《稗史》,相传是苏轼和他的老友佛印和尚所对。苏轼的弟弟苏辙认为

不够工整,就将对句改成了:

　　　　何水能如河水清

传说,唐伯虎去野外郊游时,也作有一副同音联:

　　　　嫂扫乱柴呼叔束
　　　　姨移破桶令姑箍

此联中"嫂、扫""叔、束""姨、移""姑、箍"都是同音字,意思却不同,读起来颇有趣味。

4. 拟　声

拟声就是通过象声词或者感叹词来模拟事物的声音,从而达到渲染气氛或者表现某种特殊情感的效果。

1933年1月,红军到了四川枫香沟,当地乡亲敲锣打鼓迎红军,有人写了一副对联献给红军:

　　　　红军到,反动逃,土豪劣绅藏猫猫,猫说妙妙妙
　　　　苏区乐,满山歌,人欢马叫笑呵呵,鸡鸣喔喔喔

上联借用猫的叫声,赞扬红军来了,反动派跑了;下联用鸡的叫声来说明苏区欢乐的情景。

当然,也有的摹声字只在半联出现,如下一联指的是酒店的灯笼,四面都有"酒"字,而下联才有拟声词:

　　　　一盏灯四个字,酒酒酒酒
　　　　二更鼓两面锣,嘡嘡嘡嘡

如下一联更是绝妙:

　　　　山童采栗用筐盛,劈栗扑簏
　　　　野老卖菱将担倒,倾菱空笼

"劈栗扑簏"是模拟栗子落入竹筐中的声音,而"倾菱空笼"则是模拟菱角倒出来的声音,颇有趣味。

5. 假　称

故意把要传达的意义假借对联中的人物之口叙述出来,叫作假称。

岳飞保家卫国和秦桧陷害忠良的故事妇孺皆知,在很多城市的名胜古迹中都有岳飞庙,其中大多有秦桧夫妇下跪的雕像。

有一副挂在秦桧夫妇脖子上的对联颇有意味。这副对联就是用假称的修辞技巧写成的:

咳！仆本丧心，有贤妻何至若是

　　啐！妇虽长舌，非老贼不到今朝

上联是说：咳，想我秦某原本就没良心，要是有个贤妻，也许不会混到今天这步田地。下联是秦桧老贼老婆的回答：呸，我虽然好在你耳边吹一些阴风恶语，不过，归根到底还是因为你这个老贼。

　　联语巧借秦桧夫妇之口，通过二人的相互指责，以此来推脱陷害忠良的罪责，其丑恶嘴脸跃然纸上，真可以说是绘声绘色，活灵活现。

　　还有假托生活中的职业角色来说话。下面一联即是以大夫之口写就的：

　　入吾门千差万错

　　要我诊九死一生

此联嘲笑庸医，作者以庸医愧疚的口吻，叫病人不要再去他那里治病。语气辛辣，颇有趣味。

　　钟云舫曾题写过笑佛联曰：

　　你眉头着什么焦，但能守分安贫，便收得和气一团，常向众人开口笑

　　我肚皮这般样大，总不愁穿虑吃，只讲个包罗万物，自然百事放宽心

联语是借用笑佛的口气来说话的。如下一联则是借用菩萨的口气写就的，且极尽讽刺之能事：

　　你求名利，他卜吉凶，可怜我全无心肝，怎出得什么主意？

　　庙过烟云，堂列钟鼎，堪笑人供此泥木，空费了多少钱财！

再如某地土地庙有一联：

　　噫，天下事，天下事！

　　咳，世间人，世间人！

土地爷为天下何事、世间何人而叹息？为什么而叹息？欲说还休，欲言又止，其中原因只有靠读者自己来解答了。而如下一联则有自我辩解的味道，谈古论今，颇有气势：

　　得失乃古今亡羊，任他们为帝为皇，为王为霸，大踏步跳出簪缨范围，说什么柳下圣兄留青史

　　富贵亦英雄走马，像俺者不农不士，不工不商，小发财坐享早晚香火，也有那花间贤姐唱黄梅

作为传说中的盗贼的先驱，以及提出"盗亦有道"的盗贼界理论奠基人，同时亦作为柳下惠的亲弟弟，联语的主人公跖（后世多称之为"盗跖"）一改两千多年来一

直被人骂的被动局面,主动反击,联语即假借其口气写就。

上联写其傲视群雄,包括帝、皇、王、霸以及其兄柳下惠;下联自称为富贵英雄,颇有趣味。

6. 绕　口

绕口就是绕口令,就是把两个音近的字放在同一联内交错反复,从而造成读起来拗口难读的特殊效果。

这一修辞对于方音重的人难度是太大了,比如说,很多地方 zhi 与 zi、chi 与 ci、shi 与 si 不分,即舌尖前后音不分。这样的话,几句绕口令就能难倒英雄汉。

清乾隆年间,有父子二人同于戊子年考中进士,有人为此写了这样一副对联:

父戊子,子戊子,父子戊子
师司徒,徒司徒,师徒司徒

上联,"父"读 fù,"戊"读 wù,声不同而韵同,读快一点,"父"与"戊"就很容易混淆。下联,"师"读 shī,"司"读 sī,趣味横生。

再举一例:

妈妈骑马,马慢妈妈骂马
妞妞轰牛,牛拧妞妞拧牛

联语颇有趣味,如果没有很好的辨音功夫,或者口齿不伶俐,是很难读成句子的。

二、文字修辞

1. 析　字

析字是对联的独门绝技。它主要是把所用字的字形拆开来用,或者把两个或两个以上的字拼凑成一个字来用,属于文字离合的技巧。

析字联往往能够给人耳目一新、妙趣横生的感觉。

从前有个穷秀才,屡试不第。有一些势利眼的人见他失意的样子,悄悄在他家门上写了一句话:

此木为柴山山出

意思是说,看他那个熊样,好像山里的木柴,这样的人到处都是。秀才见了,感觉自己的人格受到了侮辱,便也在门上回敬了一句:

白水作泉日日昌

意思是说,你们莫小看我,现在我只是时运不济,但我学问如泉水一样,不但不会枯竭,还会一天比一天多。从此,人们便不敢再小瞧他了。

联语中,"此"和"木"为"柴","山"和"山"为"出";下联"白"与"水"成"泉",

"日"与"日"("曰"的变通说法)成"昌"。

还有一联曰：

冻雨洒窗，东二点，西三点

切瓜分客，横七刀，竖八刀

上联拆"冻、洒"二字，分别为东与二点，西与三点(丫，bīng，古同"冰"，俗称"两点水"；氵，shuǐ，古同"水"，俗称"三点水")。下联拆"切、分"二字，分别为"七"与"刀"、"八"与"刀"，既切合事理，又生动有趣。

如下一联为一才貌双全的倪姓姑娘的征婚联：

妙人兒倪家少女

首字"妙"拆成联尾"少、女"二字；"人兒"二字组成"倪"字，颇为巧妙。而下面一联则是讽刺一位叫"吴省钦"的徇私舞弊的主考官：

少目焉能评文字

欠金岂可望功名

横批：口大欺天

"少、目"二字组成"省"字，"欠、金"组成"钦"字，"口大欺天"则暗示为"吴"字，讽刺之意不言自明。

2. 嵌 字

嵌字是对联常用的一种修辞，即是把人名、地名或者事物名等嵌入对联的句子之中，并保持它的独立性，从而产生一种话外有话、意外有意的独特效果。

有一家木器店的对联就用此修辞：

胜鲁班朽木能裁好样

超轮扁弯材可做直形

此联分别嵌入鲁班和轮扁两个人名：鲁班是我国古代杰出的建筑大师，被后世尊为建筑工匠的祖师；轮扁则是古代著名的制造马车的工匠。

清代有一副挽昆曲名丑杨鸣玉、责骂李鸿章联：

杨三已死无苏丑

李二先生是汉奸

作为《马关条约》等一系列不平等条约的签订者，李鸿章似乎已经被钉在了历史的耻辱柱上。

李鸿章在家排行老二，所以此处称其为李二。其因甲午战争战败而受到"剥去黄马褂"的处分。

此时，江苏昆曲名丑杨鸣玉正在演《白蛇传》。杨鸣玉因在家排行老三，所以又叫"杨三"。其在演"水斗"一场时,对穿着黄马褂上台的鳖精,突发奇想,临时改台词为:"娘娘有旨:攻打金山寺,如有退缩,定将你的黄马褂剥去!"

联系到因战败而脱去黄马褂的李鸿章,此剧一出,戏台的入座率特高,几乎场场爆满。

此事为李鸿章知晓后,恼羞成怒,动了杀机。大约在1894年前后,杨三悲惨死去。有人为他写了上面的挽联。

还有一联曰:

汉　子
唐　寅

联语下句嵌入了明代才子唐寅(唐伯虎),而上句只是一个称谓。看似互不相干,实则不然。前是朝代,后是地支,但却工整而合律。既是无情对,又是嵌字联。

五四运动时期,上海一家鸟店联:

三鸟害人,鸦雀鸨
一群误国,鹿獐螬

上联的"鸦、雀、鸨"是指三种害鸟,又暗指鸦片、麻雀牌和妓院的老鸨,是当时祸国殃民的三样东西。而下联中的"鹿、獐"是两种野兽,"螬"是害虫,与当时三个大卖国贼陆宗舆、章宗祥、曹汝霖的姓的读音相谐,用来暗指这三人。

邓小平任八路军政委时为战士们作过一副对联:

列为无产者
宁不革命乎

将"列宁"分别嵌入上下联句首。意思是说,你们既然都是无产者,难道不闹革命吗?

如下一联来自洞庭湖君山,上下联首字嵌入"君、山"二字:

君妃二魄芳千古
山竹清斑泪一人

此处源于一个传说,舜帝南巡途中逝世,其二妃娥皇、女英,悲痛欲绝,溺湘水而逝,屈原在《九歌》中把舜帝称为"湘君",而二妃为"湘夫人",此说学界多有争论。而君山之名或许来自于此。

再如挽中国早期电影明星阮玲玉联:

故都春梦成追忆
野草闲花满地愁

联语嵌入其电影代表作之二《野草闲花》和《故都春梦》,以表达对这位才华横溢、25岁即出演了29部电影,却以"人言可畏"之辞作为遗书主要内容而自杀,曾经万人为之送葬的中国电影史上最著名女影星的沉痛哀悼。

3. 同　旁

将偏旁部首相同的字按照一定的规则组合成联就是同旁。此修辞手法可以说是对联的独门绝技。同旁一般分为竖同和横同两类。

一是竖同,即偏旁相同的字分别处于上下两联相同的位置上。例如:

烟锁池塘柳

灯镶港埠楼

二是横同,即偏旁相同的字都排在同一联内。例如:

琴瑟琵琶八大王,王王在上

魑魅魍魉四小鬼,鬼鬼犯边

上联中的"琴瑟琵琶"四字皆是"珏"字旁,下联的"魑魅魍魉"四字皆是"鬼"字旁。

据说,联语上句是清末一个自认为中国通的外国鬼子所撰,意在声明八国联军的"王"者身份,借机侮辱中国。而联语下句则是清政府的一个随从所撰,其反击力度毋庸置疑:侵华的帝国主义分子只不过是小鬼子罢了。

再如:

梧桐枝横杨柳树

汾河浪激泗洲滩

上联是七个"木"同旁,下联是七个"水"同旁,颇为工巧。

相传有位老和尚在一次暴风雨之后,见到寺院中的梧桐树枝被折断,正好横架在杨柳树的枝丫上,触景生情,遂作上联,只是一时没有对出下联。

后来,有位才子经过汾河急流之处的泗洲滩,听说了如上半联,沉思片刻对出了下联。

此外,还有全同旁的:

湛江港清波滚滚

渤海湾浊浪滔滔

4. 换　位

与英语等字母文字的形合不同,汉语言则是意合。其主要语法手段是运用语序,语序不同就会产生不同的意义。在对联中,把字、词的语序加以调换,这样就会产生一种特殊的趣味,使得联语新颖奇特,寓意丰富深刻。

革命尚未成功

同志仍须努力

联语为孙中山先生的遗训。在全国各地的追悼会上,这副对联都十分醒目地挂在灵堂上，让悼念者牢记在心。

俗话说林子大了，什么鸟都有，泱泱中华有伟人，也有一些伪君子、真小人，这在民国时期更是普遍。有些人一边喊着中山先生的遗训，一边借革命之名，捞个人之利。

这时，有一愤青将中山先生的联语词序略加调整，即成了如下精彩的讽刺联：

同志尚未成功

革命仍须努力

联意是说，那些"同志"的私囊还没装满，还没有完全带回老窝里，国民革命要继续努力，为他们创造条件。

清代钟云舫，其人对数学、物理、化学和英语、法语等西学十分重视，同时又是著名联家，他有一联曰：

过苦年，苦年过，过年苦，苦过年，年来年去今变古

读书好，书好读，读好书，书读好，书田书舍子而孙

上联前四句，是"过苦年"三个字反复换位，下联前四句是"读书好"三个字反复换位，每换一次就出一层新意。

如下则是二字换位：

本日果然亡日本

皇天竟不佑天皇

联语中的"本日"和"日本"、"皇天"和"天皇"换位，颇有趣味。据说，此联写于抗战胜利之时，国人的喜悦之情以及对日本侵略者的嘲讽溢于言表。

5. 复　辞

同一个字或词在对联中有规律地一再出现，叫作复辞，也叫重字、复字、复词。上下联重复的字数次数不限，但是须同位对应。

例如：

果有因，因有果，有果有因，种甚因结甚果

心即佛，佛即心，即心即佛，欲求佛先求心

此联撰写于山西一个尼姑庵里。上联一再重复出现"因""果"二字。下联反复重复的字是"心"和"佛"。

其联语所暗示的佛家的因果、心佛观念即在此种反复中表达得淋漓尽致。

再如一关帝庙联：

兄玄德，弟翼德，德兄德弟

友子龙，师卧龙，龙友龙师

联语中，"兄、德、弟、友、龙、师"六字反复出现，是复辞的修辞。此外，"兄玄德"是

刘玄德刘备,"弟翼德"是张翼德张飞;"友子龙"是赵子龙,"师卧龙"是诸葛亮。名曰关帝庙,却一字没提关羽,但是从人物的称谓中可以看出,句句都是说关公,构思巧妙。

梅兰芳先生有一副戏台联:

看我非我,我看我,我也非我

装谁像谁,谁装谁,谁就像谁

此联共22字,实际上只有8个字,"我、谁"各重复了6次,"看、非、装、像"各重复了两次。

如朱元璋的南京秦淮河风月亭题联:

佳山佳水佳风佳月,千秋佳地

痴色痴声痴梦痴情,几辈痴人

而如下两副复辞联似乎带有更多哲思意味:

不生事,不怕事,自然无事

能爱人,能恶人,方是正人

笑古笑今,笑东笑西,笑南笑北,笑来笑去,笑自己原来无知无识

观事观物,观天观地,观日观月,观上观下,观他人总是有高有低

6. 顶　针

为了突出事物之间的有机联系,在叙述、说明时,把上句末尾的词语作为下句的开头,使两个句子的头和尾顶在一起,密不可分。这种修辞即是顶针或顶真。

此种修辞的效果在于能使得对联环环相扣、引人入胜。

无贪心无私心心存清白真快活

不寻事不怕事事留余地自逍遥

上联的第二个心和第三个心顶在一起,下联的第二个事和第三个事顶在一起,读到相顶处时,必须停顿一下。

词与词也有顶针的:

无锡锡山山无锡

平湖湖水水平湖

上联的"无锡""锡山""山无锡"和下联的"平湖""湖水""水平湖"之间都是顶针。

有一副讽刺寿联上下句用的是顶针修辞,颇有趣味:

　　寿比南山,山不老,老大人,人寿年丰,丰衣足食,食千种美味,位列三台,台享荣华富贵,贵客早来,来之有理,理所当然

　　福如东海,海广阔,阔大人,人面兽心,心田不好,好一个坏蛋,但愿万死,死无葬身之地,地归农民,民者无忧,忧者贪官

再如听雨楼观潮阁联:

　　听雨,雨住,住听雨楼边,住听雨声,声滴滴,听、听、听

　　观潮,潮来,来观潮阁上,来观潮浪,浪滔滔,观、观、观

7. 虚　字

在一联中巧妙地使用虚词,从而取得一种特殊的效果,这种修辞叫作虚字。一副对联,有实有虚,读起来别有一番情趣。

宋人有个叫洪平斋的,每作一联,都喜欢在末尾用"而已"二字。久而久之,习惯了,就连评论当朝宰相时也用了"而已"两个字,这下麻烦了,和他一样的都得到了升迁,而他却十年内原地踏步走。于是又作了一联:

　　未得之乎一字力
　　只因而已十年间

在这一联中,用"之乎"代指学问,用"而已"指不得升迁的原因。是说,十年了,我的学问一点用处都没有,就是因为说了"而已"二字。虚词在这里不仅表现了极为实在的内容,同时又使人感到特别有趣。

有一酒楼联曰:

　　入座三杯醉者也
　　出门一拱歪之乎

此联把"之乎者也"全用于联中,把酒客酒后的神态描绘得栩栩如生,趣味盎然。

8. 缺　隐

缺隐,亦是撰联的独门招式,即在撰写对联时,故意不写出某些字,让读者去填补,而对联的中心意思就在空出的这些字中。举一例子:

抗战时期有人写有一联曰:

　　感时溅泪
　　恨别惊心

此联化用的是杜甫的名句"感时花溅泪,恨别鸟惊心",作者空出"花、鸟"二字,是说那个日本侵略,国将不国的时代哪里还有什么花和鸟呢。

旧时,有一个知府和一个童子对句,下联最后一个字童子没有说出来:

    童子六七人,毋如你狡

    太守二千石,莫若尔□

上联是说,在这六七个孩子中,数你心眼最多,最狡猾。下联所缺的是什么字?是贪,还是清廉的"廉"?供读者自己填写想象,颇有趣味。

三、词汇修辞

1. 叠　词

将某个词语重叠使用,就叫叠词。叠词的运用可以使联句声律悦耳,朗朗上口。有一钟表店挂的对联就很好:

    滴滴声声莫把光阴虚度

    圈圈转转并非岁月重回

而如下一联则是对民国时期军阀混战的生动写照:

    南南北北,文文武武,争争斗斗,时时杀杀砍砍,搜搜刮刮,看看干干净净

    户户家家,女女男男,孤孤寂寂,处处惊惊慌慌,哭哭啼啼,真真惨惨戚戚

再如上海豫园联:

    莺莺燕燕,翠翠红红,处处融融洽洽

    风风雨雨,花花草草,年年暮暮朝朝

再如杭州西湖九溪十八涧联:

    重重叠叠山,曲曲环环路

    高高下下树,叮叮咚咚泉

而如下一联相传是一位官员发配边疆数十年,返乡时所作,联语所透露的不只是欣喜,亦有悲叹:

    月圆月缺,月缺月圆,年年岁岁,暮暮朝朝,黑夜尽头方见日

    花开花落,花落花开,夏夏秋秋,凉凉暑暑,严冬过后始逢春

2. 回　文

著名修辞学家、语言学家陈望道先生在其代表作之一《修辞学发凡》一书中说"回文,过去也常写作迴文,是讲究词序有回环往复之趣的一种措辞法",并总结说,"后来有人好奇,定要做到词序完全可以不拘,无论顺读、倒读,都可成文,

这便成了一种稀奇的文体。这种稀奇的文体,总名叫作回文体"。

一般来说,回文联大多思想价值不高,但也有例外。不过,作为一种高级的文字游戏,也有助于提高人们的思维能力。

例如,曾有一出句曰:

    上海自来水来自海上

对句很多,如下:

    北京输油管油输京北
    海南护卫舰卫护南海
    黄山落叶松叶落山黄
    山东落花生花落东山
    鲜肉小笼包笼小肉鲜

还有的上下联之间,不是以字为单位回环,而是以词、词组或者句子为单位回环。有一副挽闻一多联即是一例:

    一个人倒下去,千万人站起来
    千万人站起来,一个人倒下去

上联说,您倒下了,牺牲了,但是千万人却觉醒了,站起来了。下联说,千万人觉醒了,站起来了,可是先生您却倒下了,牺牲了。

杭州西湖有一副经典的叠字联,同时也可以把它看作是回文联:

    秀秀明明,处处山山水水
    奇奇好好,时时雨雨晴晴

3. 串 组

把两个以上本来没有联系的同类事物,按照一定的规则串联组合起来,然后需要读者故意望文生义,这样就会产生一种特殊的意味,这类修辞就是串组。当然,此类修辞不太常用,不过能灵活运用者却绝非等闲之辈。

例如:

    中国捷克日本
    南京重庆成都

据说,此联是成都一位才子在抗战胜利之时写的。上联由三个国名直接连接而成,其中"捷克"是欧洲的一个小国。不过在这里就先要望文生义了,"捷",很容易想到"大捷",像"台儿庄大捷""平型关大捷"之类;"克"就是攻克,所以"捷克"二字可以望文生义地理解为"战胜"。那么上联之意即十分明了:中国战胜了日本。

下联由三个城市名直接连接而成,我们也需要望文生义,"重庆"就是"重新

庆祝";"成都"就是"成为首都"。是说,南京重新庆祝成为首都。还有一联:

碧野田间牛得草

金山林里马识途

联语中,"金山"对"碧野","林里"对"田间","马识途"对"牛得草",颇为工整。

据说,联语出自1983年的央视春晚征联,出句为:"碧野田间牛得草。"而如上对句即被评为最佳者。

下联中的人物皆是文艺界的知名人士:金山原名赵默,是著名话剧表演艺术家,碧野是作家;林里曾任《广州日报》总编辑,田间是诗人;马识途曾任四川省作协主席,牛得草是著名豫剧丑角。再如:

田汉田间张望关山月

林农林里远征流沙河

联语由八个人名串组而成:田汉为戏剧家;田间、流沙河为现代诗人;张望、关山月是画家;林农为新中国早期著名导演;林里为著名编辑,远征即路遥,著名作家;均为文化界人士。

又如挽鲁迅先生联:

呐喊如狂人,为国而已

华盖育彷徨,导民中流

联中串组了鲁迅的《呐喊》《彷徨》两部小说集名和《而已集》和《华盖集》两部杂文集名,而《狂人日记》则是先生的小说名篇,中国现代白话小说奠基之作。

4. 转 类

转类,就是把一个词语由一类活用作另一类。比如说,原来是名词的现在用作动词,原来是动词的也可以用作形容词。鲁迅先生发明的成语"国将不国"就可以看作"转类"的典型。

解衣衣我,推食食我

春风风人,夏雨雨人

上下联各句中前面的"衣、食、风、雨"都是名词,而各句中后面的"衣、食、风、雨"就转成了动词。

明代江南四大才子之一的徐渭(徐文长),非同一般。有人对他的评价有如下称谓:他是诗人、画家、书法家、戏曲家、军事家、旅行家、酒徒、精神病、杀人犯等。

在徐渭去世120年后,郑板桥在研究他的画之后,佩服得五体投地,悄悄给自己刻了一枚章:青藤门下走狗(徐渭曾叫青藤道士,他的故居叫青藤书屋)。

其所撰之联,十分有趣,亦可以看出其不一般之处:

好读书不好读书

好读书不好读书

猛一看,两联完全一样,不知道什么意思。但将"好"字一转类,按照不同的读音念,意思就明白了。上联第一个"好"读 hào,第二个"好"读 hào,联意是:在年轻正好读书的时候,却不喜欢读书。下联第一个"好"读 hào,第二个"好"读 hǎo,与上联正好相反,联意是:等到老来喜欢读书了,却又不是读书的最好的时候了。再如:

思贤桥,桥上思贤,德高刺史名留世

琵琶亭,亭下琵琶,情多司马泪沾襟

据说,此联是北宋时期的文学家黄庭坚与友人同游江西九江甘棠湖时所作。当时,湖的长堤上有一座"思贤桥"。此联即用了转类的修辞。上联中,前一个"思贤"是名词,是桥名;后一个则为动词。下联中,前一个"琵琶"是亭子的名字,而后一个则是动词,意为弹琵琶。

此处的"德高刺史""情多司马"均指白居易,在其遭贬时,曾任九江刺史,颇有政绩。白居易在九江曾有著名诗篇《琵琶行》,其中一句"同是天涯沦落人,相逢何必曾相识"为历代失意文人士子所折服。

又如河北定县宝塔联,相传是乾隆所写:

城内宝塔,好比玉钻钻天

野外黄花,犹如金钉钉地

前面的"钻、钉"都是名词,后面的"钻、钉"都是动词。

5. 用 典

用典就是使用典故,包括历史故事,也包括名人或经、史、子、集中的话语。用典使得对联有着更为深厚的文化内涵,也更典雅,是对联最常用的修辞技巧之一。

清初著名诗人、书画家、文物收藏家和鉴赏家宋荦曾为苏州沧浪亭写有一联:

共知心是水

安见我非鱼

联语来自《庄子·秋水》:"庄子与惠子游于濠梁之上,庄子曰:'儵鱼出游从容,是鱼之乐也。'惠子曰:'子非鱼,安知鱼之乐?'庄子曰:'子非我,安知我不知鱼之乐?'"

6. 用　数

用数是对联的常用修辞技巧。一般说来,对联的用数与普通文章的用数没有本质的不同,但相对而言,对联的用数要受些限制。比如说上联用一个数,下联一般也只能用一个数。同时,上联用数的位置也要和下联的位置一致,否则就不能成对。某一家电商场有一联曰:

家电导游游四海
空调送暖暖三冬

在这里,"四"与"三"相对。"四海"是指全国各处,"三冬"即是冬天三个月,亦指整个冬季。

青岛崂山太清池钓鱼台联曰:

一蓑一笠一髯叟,一丈长竿一寸钩
一山一水一明月,一人独钓一海秋

全联"一"字用了十次,简洁明了,与柳宗元的《江雪》有异曲同工之妙,绘出一幅美妙绝伦的渔翁垂钓图。

四、语法修辞

1. 比　喻

比喻就是打比方。一般分为明喻、暗喻和借喻三类,同时又可分为用比喻词和不用比喻词两种情况。明喻都用比喻词,如"如、似、同、像、若"等。暗喻和借喻在对联中大多不用比喻词。如:

云衣竹带
海帽江袜

据说,此联是古代一个穷困潦倒的流浪汉题写的。联句短小,却包含了四个隐喻:衣服破烂得像天上的云彩一样一块一块的;衣带像竹子一样打了一个又一个的结;帽子破得像海一样没有了边沿儿;袜子破得像江水一样没有底儿。

而如下的贵州黄果树观瀑布联,则是明喻:

白水如棉,不用弓弹花自散
红霞似锦,何须梭织天生成

再如小凤仙挽蔡锷联:

不幸周郎竟短命
早知李靖是英雄

民国时期,护国军元帅蔡锷和名妓小凤仙之间至死不渝的爱情令后世之人唏嘘不已,联语写于蔡锷病逝之后。上联将蔡锷比作周郎(周瑜),确有几分相似之处:同样才高八斗,同样英年早逝(蔡锷逝世时仅35岁;周瑜36岁时去世)。

下联将蔡锷比作大唐开国元勋之一的亦是著名的军事家,并被后世加以神话有"托塔李天王"之称的李靖,而"早知"二字则有自比的意味。

据唐代传奇《虬髯客传》记载,红拂女原名叫张出尘,是隋朝权贵杨素的歌伎,因为常执红色的拂子,故有此称谓。红拂女以独具慧眼著称。她结识李靖时,李只是一个不得志的无名小卒,然而,红拂女却有"卓文君夜奔司马相如"的勇气,演绎了一出后世广为流传的爱情故事。此处,小凤仙自比红拂女,亦贴切恰当。

2. 比 拟

把物比作人,或者把一物比作另一物,甚至可以把物比作人都叫作比拟。一般情况下,前两种用得多,而后一种把物比作人多用作讽刺,用得少些。如:

鱼所肉所麻将所,所内者甜,所外者苦
猪公狗公乌龟公,公理何在,公道何存

联语传为中国共产党早期领导人之一郭亮同志所撰。联中将当时把持基层衙门乡公所欺压百姓的一些地主恶霸,称作"猪公狗公乌龟公",用的就是以人拟物。

用的更多的还是以物拟人,如一春联曰:

松竹梅岁寒三友
桃李杏春风一家

此联上句把"松竹梅"比作冬天里的三个好朋友,下句把"桃李杏"比作是春天里的一家人,确实别开生面。

水清鱼读月
山静鸟谈天

"鱼读月""鸟谈天"如此精巧的拟人修辞,使得联句新颖别致,意境优美。

再如两副比拟联:

烛谓灯云:靠汝遮光作门面
鼓对锣曰:亏汝空腹受拳头

人因爱富常离我
春不嫌贫又到家

3. 夸 张

有意扩大或者缩小事物的形象特征及其作用,却更生动地把事物的本质说出来,并给人留下深刻印象的修辞叫作夸张。一般分为扩大和缩小两种。

有一家酒厂的对联很有趣:

酒味冲天,飞鸟闻香化凤
糟粕落地,游鱼得味成龙

联语夸张至极,估计"茅五剑"(茅台、五粮液、剑南春)都比不上它,虽然有过度夸大之嫌,不过读起来还是让人耳目一新。

当然,夸张一定要以事实为根据,最忌说过头话。特别是挽联,一般都好戴高帽。不过,说"燕山雪花大如席"可以,而说"广东雪花大如席"就不是夸张修辞,却是荒诞修辞了。

镇江北固山甘露寺有一联曰:

六朝山色收杯底
千里江声到枕边

上联说,六朝的湖光山色都在这盛满美酒的杯子之中,它们使人陶醉;下句说,千里的长江流水之声,舒缓地飘到我的卧枕边,它们也使我陶醉。联语"六朝山色、千里江声"之大,与"杯底、枕边"之小形成鲜明对比,极尽夸张之能事。

山东泰山的一联也颇有趣味:

一日无心出
群山不敢高

再如济南趵突泉联,其给人的视听感受非同一般,而联语所言亦是别有一番风味:

平地忽堆三尺雪
四时长吼半空雷

4. 借 代

借代这一修辞,继承了对联体裁说话委婉的优良传统,不直接说出要说的人和事,而是借用和此人和此事有密切关系的东西来代替。常见的是局部代替整体,具体代替抽象等。在童话故事《小红帽》中,作者用"小红帽"代替那个戴小红帽的小女孩,用的就是借代修辞。如:

刘伶借问谁家好
李白还言此处佳

刘伶和李白都是古代以酒仙出名的酒客。在此联中是用二位酒仙来代替一般的酒客。

对于李白,大家都熟知,此仁兄是好喝、能喝并且喝醉后还能写出好诗的大侠。

而刘伶却少有人知,据说此君相貌奇丑,平时沉默寡言,但身边一定不能缺一样东西,即是酒。一次,因狂饮杜康酒而醉死,有趣的是,其在坟墓里待了三年又活了过来。可以想见,他出来之后,要说的第一句话一定是"不要崇拜哥,哥只是一个传说"。

再如一副劝学联曰:

黑发不知勤学早

白首方悔读书迟

此联以"黑发"代指年轻人,以"白首"代指老年人。

5. 衬　托

衬托又叫映衬,就是为了突出主要事物,用类似的事物或反面的有差别的事物作为陪衬。比如,要突出鲜花之美就用绿叶作陪衬。衬托又分为正衬和反衬两种。

苏州拙政园有一联就是用动来反衬园林的静,收到了很好的效果:

蝉噪林愈静

鸟鸣山更幽

再如:

口甜心里苦

眼饱腹中饥

把"甜、苦""饱、饥"相反的滋味放在一起,以"口甜"衬托"心里苦";以"眼饱"衬托"腹中饥"。挨过饿的兄弟姐妹们一定会有此体会。再如:

看透人情知纸厚

经多世路觉山平

纸是很薄的,但与人情比却显得厚;山路本来是不平的,但同世路比却是平坦的。此联即是以"纸厚、山平"这两种与实际相反的事物作为反衬,来说明人情淡薄,世路坎坷。

衬托联有时还多以相关人物作为陪衬来烘托主角,如下一联即是一例:

生何氏,殁何年,盖弗可考矣!

夫尽忠,子尽孝,岂不谓贤乎?

此联的主角为关羽的夫人,但是无论正史、野史甚至是小说,皆没有相关记载,颇为蹊跷。联语上句所言的"生何氏,殁何年,盖弗可考矣",确是事实。而下联则运用了衬托手法,颇为巧妙:其老公忠勇双全,其子孝心可嘉,其本人能会差吗?

6. 对　反

对反也是对联常用的一种修辞技巧之一,是把意义相对或者是相反的词放在一起从而产生一种矛盾统一的趣味。有一讽刺古代县令的对联曰：

大老爷做生，银也要，钱也要，红白兼收，何分南北

小百姓该死，麦未熟，稻未熟，青黄不接，有甚东西

此联在写法上用的全是对反。"大老爷"对"小百姓"；"做生"对"该死"；"红白兼收"对"青黄不接"；"何分南北"对"有甚东西"。清官贪官，群众的眼睛是雪亮的。联语针锋相对，意味深远。

再如，清末著名爱国武术家，家喻户晓的民族英雄霍元甲曾手书一联曰：

同外国民族争强，方为好汉

对自家乡亲和气，乃是英雄

再如《红楼梦》中的经典名联，用的亦是对反修辞：

假作真时真亦假

无为有处有还无

7. 双　关

一个词语同时关涉两种不同的事物，言在此而意在彼，即是双关，包括谐音双关和借形双关两类。

如旧时戏台联，即是借形双关：

看不见姑且听之，何必四处钻营，极力排开前面者

站得高弗能久也，莫仗一时得意，挺身遮住后来人

表面上，联语意在表达看戏时的个人气度问题：看戏要有风度，要有大局意识，合作意识，看得见就看，看不见就听，不要拥挤，不要挡住他人的视线。而深层看，更像是谈论官场作风：不要四处钻营，嫉贤妒能，排斥他人；不要一味得意，骄横跋扈，压制他人。

如下联语是以大字报的形式出现的，亦颇为工巧：

赵子龙一身是胆

左丘明两眼无珠

相传，康熙年间，江南曾发生过一起轰动全国的科考舞弊案，时任主考左某和副主考赵某大肆兜售试题，诸多官二代、富二代纷纷高中。众多考生以传统办法到文庙示威，并撰如上一联。

赵子龙即赵云，刘备的得力大将，刘曾赞其浑身是胆。而左丘明即是《左传》的作者，据说是盲人。

此处为双关，借二人的姓氏，痛斥两位主考徇私枉法、贪赃舞弊确实"一身是胆"，而选拔人才则是"两眼无珠"。如下几副用双关修辞写就的行业联，亦颇有深意：

虚心成大器
劲节见奇才（竹器店联）

不历几番锻炼
怎成一段锋芒（刀具店联）

修就一番新气象
剪除千缕旧东西（理发店联）

8. 歧　义

利用断句的不同或者音同形不同，故意使话语产生不同的解读方法，即是歧义。有一年，乾隆皇帝公费南巡旅游，与群臣在湖畔吃早餐，见桌上摆有油炸豆、五香豆两碟，遂出上联：

两碟豆

命纪晓岚应对，纪晓岚对道：

一瓯油

而乾隆帝转身指着花丛中的蝴蝶，又道，朕所言乃是：

花间两蝶斗

而纪晓岚亦不是等闲之辈。他看见一只水鸟在水上戏水，顿有所思，便答道，臣所对乃是：

水上一鸥游

"两碟豆"与"两蝶斗"、"一瓯油"与"一鸥游"属于音同意不同，很容易产生歧义。歧义联除了上面的谐音歧义，还有语义歧义、断句歧义等多种。相传徐文长曾为某庸医题有一联：

这位医生好，看病，祛病，不害民
此店药物多，利人，益人，少肥己

联语若改变断句，按照如下读法，则成为一副嘲讽联：

这位医生好，看病祛病不？害民！
此店药物多，利人益人少，肥己！

从前有个财主打算开酒店，出银子征求对联，要求把酒店之好全部写出来，包括酒好、醋酸、猪肥、人丁旺，店里又没有老鼠等等。一秀才联颇有趣味：

酿酒缸缸好，造醋坛坛酸
养猪大如山，耗子全死光
横批：人多、病少、财富

此联还可以念成：

　　酿酒缸缸好造醋,坛坛酸

　　养猪大如山耗子,全死光

　　横批:人多病,少财富

"中华民国"时期,各个基层乡镇衙门均设有公局,相当于如今的派出所,负责治安管理。但不少公局却是警匪一家亲,最后遭殃的总是老百姓。广西某地贴有一联加以嘲讽之：

　　公是公非行正道

　　局中局外结同心

联语有两种断句之法。

其一：

　　公是公非,行正道

　　局中局外,结同心

其二：

　　公是公,非行正道

　　局中局,外结同心

9. 设　问

设问是故意提出问题,然后再作出答复或者解释。设问的故弄玄虚和明知故问,可以吸引人们的眼球,也使得语言活泼有趣。

如云南土地庙联：

　　咦,哪里放炮

　　哦,他们过年

上联问,下联答,一问一答,模仿乡民的口吻,来写人世间过年的热闹气氛,绘声绘色,生动有趣。

又如徐懋庸挽鲁迅一联：

　　敌乎？友乎？余惟自问

　　知我？罪我？公已无言

问:是敌是友？答:我只能自己问自己了。问:是理解我还是怪罪于我？答:您（指鲁迅）已经无法再回答了。

鲁迅曾在杂文《致徐懋庸并关于抗日统一战线问题的公开信》中痛斥徐懋庸为"奴隶总管","借革命以营私"。而如下言语更是要命:"倘有同一营垒中人,化了装从背后给我一刀,则我的对于他的憎恶,是在明显的敌人之上的。"

其实,作为鲁迅先生十分器重爱护的文学青年,徐懋庸亦是极为崇敬鲁迅的。但却在"左联"这一个20世纪30年代的带有政治色彩的文学社团分裂论战中,二人莫名其妙地成了敌手。

联语是徐懋庸复杂的思想感情的具体显现。下联的"知我罪我"出自《孟子·滕文公下》:"是故孔子曰:知我者,其惟《春秋》乎?罪我者,其惟《春秋》乎?"

有的上联设问而不作答,如济南千佛山联:

笑到几时方合口
生来无日不开怀

再如某酒店联,自问自答,也颇有趣味:

问生意如何?打得开,收得拢
看世情怎样?醒的少,醉的多

10. 反　问

反问也叫反诘、诘问,不要求作答,也不必回答,答案就在问题中。可见,这种疑问形式表示的是肯定的意思,而且语气较为强烈,有不容置疑的意味。

为加强语气,反问时常用"何""岂""怎""难道""哪得"之类的词。反问与设问的最大区别是,反问不需要回答,联中其他成分也没有承担回答的责任和任务。

一代杰出的美术家和美术教育家吴作人先生曾为蒲松龄的故居题有一联:

岂有真鬼狐?前贤形此箴世
安得装妖冶?后代剥它画皮

上下联第一句都是反问。上联反问哪里有真的鬼怪狐仙?下联反问丑恶的东西怎么能装出美好的样子呢?妖冶,是妖艳、美丽的意思。

如下一联相传是一才子和一富商所对:

谁谓犬能欺得虎?（富商）
焉知鱼不化为龙?（才子）

富商仗势欺人,口气咄咄逼人,而才子亦不逊色,言语之犀利一样让人下不了台面。

11. 反　语

反语就是正话反说或者反话正说,作为比正面论说的效果更有力,也更含蓄有味的一种修辞,其多用于讽刺联中,以表达强烈的爱憎情感。

民国时期,泱泱中华名义上统一,实则军阀林立,各自占地为王。有冯国璋、曹锟为首的直系;有以段祺瑞为首的皖系;有以张作霖为首的奉系;有以唐继尧为首的滇系;有以陆荣廷为首的桂系;有以阎锡山为首的晋系等。

各派军阀称雄称霸,常年混战,老百姓生活在水深火热之中,有人撰联讽刺之:

许多豪杰

如此江山

联语反话正说,"豪杰"本义是指才能出众的人,此处指军阀们,"江山"本是壮丽的,但此处添加了"如此"二字,意在说明,"江山"已经被军阀们破坏得千疮百孔了。

明末清初的金之俊(字岂凡),是官场上的混子,其厚颜无耻的程度令人叹为观止:他先是做了明朝的大官;李自成(曾立国号"大顺")攻占北京后,他又投降李自成做了大官;清军入关后,他又转而降清做了大官。此老贼在政治上见风使舵,家教又不严,其子孙、仆人具有所有纨绔子弟的恶行。有人撰联讽之:

从明、从顺、从清,三朝之俊杰

纵子、纵孙、纵仆,一代岂凡人

联语"三朝之俊杰"(三朝俊杰之士)和"一代岂凡人"(一代非凡之人)表面上是赞美,实为反语:如果说,"从明、从顺、从清"是这位"三朝之俊杰"的具体政治表现,那么"纵子、纵孙、纵仆"则是这位"一代岂凡人"的日常生活表现。

更令人佩服的是,联家巧妙地嵌入了此老贼的名和字:上联嵌入"之俊";下联嵌入"岂凡"。一个见风使舵、毫无骨气、厚颜无耻的小人形象跃然纸上。

熟视无睹,诸君尽管贪污作弊

有口难诉,我辈何须民主自由

国民党统治时期,社会流行贪污腐败,大官大贪、小官小贪,而普通百姓对此种行为的反应近乎麻木。

联语巧妙地以反语修辞,用盲人自白的口吻诉说"诸君尽管贪污作弊",我等盲人"熟视无睹"(看惯了就当没看见);又用哑巴之人来诉说"我辈何须民主自由",只是我等哑巴之人"有口难言"罢了。

相传,联语贴在一所盲哑人学校大门口,联语对仗工稳,极尽反语之能事。

12. 层 递

对联的用语层层递进,一层又一层地表现作者的目的和意图,即是层递,一般分为递增和递减两类。

四川青城山天师洞有一联曰:

一生二,二生三,三生万物

地法天,天法道,道法自然

由"一"至"二",由"二"至"三",由"三"至"万",联语逐层递增,使内容层层深化。

有一个书生畅游十佛寺时，留下一联曰：

万瓦千砖百匠造成十佛寺

一舟二橹三人摇过四仙桥

上联的"万、千、百、十"为逐层递减，下联的"一、二、三、四"为逐层递增，对仗工巧，颇有趣味。

作为红学大家俞平伯的曾祖和革命家章太炎的老师，晚清著名学者俞樾一生清贫，但如下一联或许是其清贫之余的喜悦之事：

叹老夫半世辛勤，藏书万卷，读书千卷，著书百卷

看小孙连番侥幸，县试第一，乡试第二，会试第三

上联"藏书万卷，读书千卷，著书百卷"中的数字逐句递减，而下联"县试第一，乡试第二，会试第三"中的数字则是逐句递增。

13. 分　总

创作对联时，对事物先分述后总述，或者先总说后分说，就叫分总或总分。如大革命时期牺牲的革命烈士李甲秋曾撰一联：

吃苦是良图，做苦事，用苦心，费苦劲，苦境终成乐境

偷闲非善策，说闲话，好闲游，做闲事，闲人就是废人

联语平实自然，不用比喻，讲的是"苦"和"乐"、"闲"和"废"的关系，阐释了先苦后乐、因闲而废的人生哲理。上下联开头的"吃苦"和"偷闲"是总，后面的"做苦事、用苦心、费苦劲"和"说闲话、好闲游、做闲事"是分，层次感十分清晰。

再如某地的戏台联：

戏犹是梦耳，历阅邯郸觉梦、蝴蝶幻梦、牡丹艳梦、南柯惊梦，百世即须臾，只是一场春梦

事生于情也，诚看忠孝至情、儿女痴情、豪暴恣情、富贵薄情，万端观结局，不外千古人情

"戏犹是梦耳"是总述；"邯郸觉梦"指明朝戏剧家汤显祖的剧本《邯郸记》，"蝴蝶幻梦"指元代戏剧大师关汉卿的杂剧《包待制三勘蝴蝶梦》，"牡丹艳梦"与"南柯惊梦"指汤显祖的《牡丹亭》《南柯记》，是分述；而结尾的"一场春梦"又是总述。

而下联"事生于情也"是总说；"忠孝至情""儿女痴情""豪暴恣情""富贵薄情"是分说；结尾的"千古人情"又再次做一总结。

联语为典型的"总——分——总"结构模式，层次颇为清晰。

再如苏州留园五峰仙馆联：

读书取正，读易取变，读骚取幽，读庄取达，读汉文取坚，最有

味卷中岁月

与菊同野，与梅同疏，与莲同洁，与兰同芳，与海棠同韵，定自称花里神仙

14. 排　比

把结构相同或者相似，节奏一致、意义相关的三个或三个以上词、句在同一个句子中连续使用即为排比修辞。排比修辞能起到加强语气，深化感情，强调事理的作用。一般多用于说理和抒情，有时也用来写景叙事。用排比说理可以把道理阐述得更严密、更透彻；用排比抒情可以把感情抒发得淋漓酣畅。

如有一副集《四书》句联：

好学近乎知，力行近乎仁，知耻近乎勇

富贵不能淫，贫贱不能移，威武不能屈

据说，一位重庆的书生遇见了大明永乐皇帝朱棣，朱棣即兴将"重"字拆为"千里"，出上联：

千里为重，重山重水重庆府

书生对曰：

一人是大，大国大邦大明君

如下联语出自《清代名人轶事》，据说是高官徐文穆见杭州一地大操大办社戏，有感而发所书：

防贼防奸防火烛

费钱费力费工夫

再如：

东牌楼，西牌楼，红牌楼，木牌楼，东西红木四牌楼，楼前走马

南正街，北正街，县正街，府正街，南北县府都正街，街上登龙

联语中的东牌楼、西牌楼、红牌楼、木牌楼、走马楼和南正街、北正街、县正街、府正街、都正街、登龙街，皆是湖南长沙市的街道名。如下一联的主人公为曹操：

杀吕奢，借王屋，出奇兵，布疑冢，攻城善用臣谋，小名为瞒，人言尔诈

礼关羽，赎文姬，歌赤壁，煮青梅，让县自明本志，大字称德，或见其真

联语上句叙述了其"杀吕奢、借王屋(hòu)、出奇兵、布疑冢"四件事，其"奸诈"之心态跃然纸上。下联的"礼关羽、赎文姬、歌赤壁、煮青梅"四件事，则显示了其真实的性情。

15. 反　复

反复，就是根据表达的需要，连续(注意和复辞修辞的区别)使用同一个词语或者句子，从而更好地抒发作者的强烈情感，表达深刻的思想，当然有些只是单纯为了加强语言的节奏感。

明代的官员不好当，不但工资低而且还有东厂、西厂等特务机关来监视，传说有位太守不知道得罪了谁而被罢官，这位太守心中郁闷，就用反复修辞书写一联：

佛言不可说，不可说
子曰如之何，如之何

"不可说""如之何"即属于连续反复。

古代有一位学无所成的秀才写有一联：

休来，休来，哪知为人这般苦
完了，完了，自惭所学竟无成

联中"休来，休来"和"完了，完了"两句反复，读后令人同情这位可怜的书生。

有的对联运用反复修辞是为了增强语言节奏感，如大连庄河仙人洞联：

仙乘黄鹤去，知否，知否
客伴春风来，乐哉，乐哉

切莫小看"知否，知否"和"乐哉，乐哉"的反复，此处反复不但增强了节奏感，更重要的是符合联语所产生的地址——仙人洞所应该具有的仙家超脱飘然的派头。

1900年，八国联军侵华时，近代颇有名气的女教育家吴芝瑛撰有一联：

挺起，挺起，四亿病夫快挺起
醒来，醒来，百年睡狮猛醒来

"挺起，挺起"与"醒来，醒来"的反复，起到了加强语气、强化感情的作用，确实是发自肺腑的呐喊。

16. 拈　连

在联语中，甲、乙两个事物连用时，把本来只适用于甲事物的词语顺手拈来用到乙事物上，这种修辞就叫拈连。

拈连手法的运用，可以使语言新奇、生动、有趣。拈连一般可分为全式拈连和略式拈连两类。

在蒲松龄的《聊斋志异·细柳》中，有女一号细柳娘和其老公高生之间的妙

对,即是拈连联:

　　　　细柳何细哉？眉细、腰细、凌波细,且喜心思更细
　　　　高郎诚高矣！品高、志高、文字高,但愿寿数尤高

此联中,由名字"细柳"拈连出"眉细、腰细、凌波细(指女子之足,有凌波微步之说)",此处赞赏细柳的外貌;再由"眉细、腰细、凌波细"拈连出"心思更细",此处赞美细柳的心灵。

而对句亦高妙:由"高郎"拈连出"品高、志高、文字高",是赞美,再由"品高、志高、文字高"拈连出"寿数尤高",则是祝愿。层层拈连,小两口恩爱之情溢于言表。

作为封中国人为"东亚病夫"的最直接的凶手,人们对鸦片的痛恨,也许用言辞很难表达,如下一联即是尝试:

　　　　竹枪一支,杀死英雄不见血
　　　　明灯半盏,烧毁田宅并无灰

"竹枪"即烟枪,"明灯"即烟灯,均是吸食鸦片的工具。上联由"竹枪"拈连出"真枪",再由"真枪"拈连出"杀死英雄";而下联则由"灯"拈连出"火",再由"火"拈连出"烧毁田宅"。

作者运用拈连修辞,故意将"真枪""火"省去,使联语凝练简洁。联家对鸦片危害的痛恨之情喷薄而出。

五、特殊修辞

1. 集　引

一般说来,模仿抄袭旧有诗文词句是为人所不齿的。不过,事情往往会有例外,有一类对联就是专门以摘借前人现成诗文著称,它就是集联。

在对联创作中,集引既可以看作是一种修辞方式,又可以看作是一种写作方式,运用得十分普遍,成为撰写对联的一种重要的手段。集联既保留原有的字句,又赋予了新的含义,使得所写之联并不是简单地拼凑之作,而是一个再加工、再创造的过程。而在这一过程中,对联的语言也变得更为典雅、精彩,联意也更加清晰、明了。

从所集引的材料来源上看,集联可以分为集句联、集字联、摘句联,而以集句联最盛,故而,集联又常被称为集句联。

集句联取材范围很广,以集诗、词、文为多。集诗为联的如:

　　　　读书破万卷
　　　　落笔超群英

上联集杜甫诗句:"读书破万卷,下笔如有神。"下联集李白诗句:"落笔超群英。"

集文联也很常见,如杭州西湖月老祠联:

愿天下有情人都成了眷属
是前生注定事莫错过姻缘

上联出自元代著名戏剧家王实甫的《西厢记》,下联出自元代戏剧家高则诚的《琵琶记》。

集句联集前人诗文句子而成,但如果因此而轻视集句联,藐视集句联家,那就大错特错了。

泱泱中华,古代的诗、文、辞、赋浩如烟海,数不胜数,要想撰出一副精妙的集句联,并非易事。其中,所需要的广博的文化修养、高妙的移花接木之术也并不是人人都具有的。

更进一步分析,集句联不仅仅是对前人诗句的有机整合,在运用上还有其独特的功能。

其一,集句联是借他人的诗、文、辞、赋之句,来传达自我的心事,即所谓的"借他人酒杯浇自己块垒"。如清代名将左宗棠为新疆昭忠祠题联:

日暮乡关何处是
古来征战几人回

上联集自唐代诗人崔颢的《黄鹤楼》,下联集自唐代诗人王翰的《凉州词》。悲壮之情不为诗句所独有,亦是左宗棠个人情怀的体现。

其二,集名句格言成联,能产生独特的"名人效应"以达到某种独特的效果。如集唐诗的酒楼联:

劝君更进一杯酒
与你同消万古愁

上联出自诗佛王维的《渭城曲》:"劝君更尽一杯酒,西出阳关无故人";下联出自诗仙李白的《将进酒》:"与你同消万古愁,莫使金樽空对月"。

联语似一条工妙的广告,为酒楼增添几分文雅之气,其主要得益于如上两个大名人。

而摘句联是从同一个人的诗文中摘取现成的句子,不做任何删改,以对联的形式写就,并赋予新的含义。如:

新松恨不高千尺
恶竹应须斩万竿

联语摘自杜甫的《将赴成都草堂途中有作先寄严郑公五首》其四。

据说,杜甫在成都草堂时期,曾在草堂附近种植几株"新松"。但是,附近却疯长着野生的竹子,经常侵占新松的领土,故而,气愤之极的杜甫大骂"恶竹应须斩万竿"。

此处用作联句,意义即不单指新松和恶竹之间的恩怨了,还应该有扶善除恶之意。

此外还有:

欲穷千里目
更上一层楼(集王之涣诗)

山重水复疑无路
柳暗花明又一村(集陆游诗)

2. 增 改

和集引修辞一样,增改也是既可以作为一种修辞格,又可以作为一种写作方式。

对现成对联或者诗文的字句,在文字上,略加增、删、改、移并赋予新的寓意,此种修辞即是增改修辞,而所成的对联称为改联。

改联往往与原联的内容大意不同,或者反其意而用之,或者化腐朽为神奇。联改得好,有点石成金的绝妙。

增改一般有改字、减字、增字、移字多种方式。如:

古代有一个财主没有真才实学,只是略通文墨,却特别喜欢附庸风雅。后来,花了钱为父子俩买了"进士"的功名。夫贵妻荣,财主的妻子和儿媳妇也被封为夫人。

老财主于是写了一副对联,以示高贵:

父进士,子进士,父子同进士
妻夫人,媳夫人,妻媳皆夫人

此联一贴出,引起众骂,有一个穷秀才在原联上改了几笔:

父进土,子进土,父子同进土
妻失夫,媳失夫,妻媳皆失夫

"士"改为"土","夫"改为"失","人"改为"夫",三字之改,联意全变,讽刺意味十分浓厚。

据说,苏轼的妹妹苏小妹是位清高自傲的才女,上门提亲者可以排成一个连。但是,苏小妹不以出身地位论英雄,而以才论高下。有一个京城高干也来了,并带来一首歪诗。苏小妹看过后,写下一联:

笔下才华少
胸中韬略无

苏轼怕得罪高干子弟,还诗时,就各加了一字:

笔下才华少有

胸中韬略无穷

再如,一县令贪财枉法却又喜欢沽名钓誉,某年春节时在门口贴有一联:

爱民若子

执法如山

没过几天,有人在每句下各添八字,遂成:

爱民若子:金子银子皆吾子也

执法如山:钱山货山其为山乎

有一教书先生喜欢喝酒,但又常常发酒疯。一天,这位先生出一字对联要学生对:

师:雨

生:风

师:催花雨

生:撒酒疯

师:园中阵阵催花雨

生:席上常常撒酒疯

师生所对之联字数由一个到三个再到七个,颇有趣味。短短几句话就把师生二人的性格描绘得栩栩如生。

第六节 对联欣赏

对楹联的欣赏,不同的人会有不同的角度,这同欣赏者的兴趣爱好、文化素养、知识背景等等有直接的联系。不过,和诗词一样,对楹联还有一般的欣赏方法。具体的欣赏步骤如下:

第一步,先看形式。即对联的长短,格律性如何,是工对还是宽对等等。

第二步,分析内容。要分析内容必须思考,认真体会联语说了些什么,为什么这么说,上下联之间的意思有何联系等等。需注意的是要了解联中所说事物的背景。比如说,欣赏一副描写某地风光的对联,就要了解该地的地理环境和风物人情等等背景。如果是记事的,就要了解一件事的历史背景。

《义勇军进行曲》(国歌)的曲作者聂耳溺海而逝,其好友冼星海写有一副挽联曰：

> 乐府近凋零，学就成连人已逝
> 吹台遥怅望，化作精卫客应归

如果对"成连"和"精卫"其人其事不了解的话，是很难理解联语的。成连：春秋时期著名的琴师，相传俞伯牙（也是著名琴师）曾师从于他。上联用古代作曲的典故概括了聂耳的生平和艺术。精卫：上古时期炎帝的小女儿，有大家熟知的精卫填海的故事。作者实际上是用精卫填海的故事来追悼溺海而逝的聂耳，希望他的魂灵回到祖国。

第三步，艺术修辞的欣赏。艺术手法在上文中已经有所叙述，这里不再多说。要强调的一点是，一副对联，可能是多种艺术修辞的结合，可以从不同角度进行欣赏。

第四步，风格的欣赏。由于对联在不同的场合运用，也由于出自不同性情的人之手，所以就造成了风格的不同。

当然，将欣赏分作四步并不是绝对的，是因人因联而定的。

第七节 对联分类

人常说，树大分叉人大分家。对联亦不例外。

按照内容，一般分为专有联和普通联。专有联包括春联、喜联、寿联、挽联、胜迹联、行业联等。而普通联包括：励志联、修身联、处世联、惜时联、妙趣联、讽刺联、勤学联、气节联、为政联、交友联、治家联、忧国联以及长联等。

本书下编将根据所分之类，并依据各联产生时代的早晚作一一介绍。佚名之作均放在最后。名胜联以地理位置为分类依据。

下编 名联通赏

励志联
惜时联
勤学联
修身联
气节联
治家联
处世联　春　联
交友联　婚　联
忧国联　寿　联
妙趣联　挽　联
讽刺联　行业联
　　　　胜迹联
　　　　长　联

第一话 励志联

> 天亮了,太阳出来了,我们整理好自己的行李和梦想,出发吧。昨夜的暴风骤雨已经过去,高歌一曲,大志起兮云飞扬。

一

大丈夫不拾唾余,时把海涛清肺腑
士君子岂依篱下,敢将台阁占山巅

拒绝平庸,与激情相伴,也许是大唐帝国最为流行的广告词。此联的作者林嵩,虽然是晚唐(彼时的大唐已经日薄西山)之人,然而,读过此联,仍能感受到那盛唐的声响和气势。

为"大丈夫"这一女人为之激动的词汇定义:他,绝不会人云亦云,鹦鹉学舌,而经常会用波涛汹涌的海浪来清洗肺腑,以开阔自己的胸襟。

为"士君子"这一所有人都为之尊敬的词汇定义:他,绝不会忍气吞声,寄人篱下,而是敢于拿出把台阁建筑在山顶的气魄,为实现自己的雄心壮志而奋斗不已。

此联夸张的手法令人热血沸腾。令人热血沸腾的还有:林嵩(848－944,字降神),一个出身卑微的渔民,最终能成为一个进士,一个刺史(相当于市长),且活了96岁。

或许,他只是在海边为自己建筑了一个茅草屋。在这间屋子里,他可以看到海,可以看到山,当然也可以看到修身齐家治国平天下的四书五经。已经足矣。

27岁那年,他走出了这间草屋,来到当时的京城长安。他要飞,他要成为大丈夫和士君子。

他做到了,做得很好。而翻开整个大唐的历史,做得好的很多,他只是其中之一。此联所用的夸张手法,不但显示了林嵩的豪情,也显示了整个大唐的气势。

此联中,"大丈夫"对"士君子","不拾唾余"对"岂依篱下","台阁占山巅"对"海涛清肺腑",颇为工整。上下联用对比手法,分别诠释什么是大丈夫,什么是士君子,使得半联层次分明,上下联也相互对称。

可以作为楹联形成期的经典。

知识链接　对联常用术语

1.**上联**：对联的上半部分，也叫上比，一般以仄声收尾，张贴于右侧。

2.**下联**：对联的下半部分，也叫下比，一般以平声收尾，张贴于左侧。

3.**联尾**：上下联的最末一个字。

4.**出句**：别人先出的半联，所出的可能是上联，也可能是下联，均称为出句。

5.**对句**：与出句相反，是应对他人所出的半联。

6.**横批**："横"指书写方式，"批"暗含评论之意，与上下联相搭配组成一个有机的整体，共同为对联的主题服务。一般用于特殊对联，春联用得最多；与胜迹联配合使用的称为横额。横批语句一般多洗练雅致，其字数多为四字，多化用成语、诗句和常用语。

有志者事竟成，破釜沉舟，百二秦关终属楚
苦心人天不负，卧薪尝胆，三千越甲可吞吴

科举考试与古代读书人的恩怨情仇，不是用一两句话能说得清楚的。

应该说，它只是一个工具。有些人玩转得灵，所以他们能拿着这个工具在社会上畅行无阻；有些人却玩不转它，并一生为它所累，此联的作者即为一例。

如果说，"有志者事竟成、苦心人天不负"只是作者对一直处于失败和逆境中的自我的一种安慰，那么他所写就一部短篇小说集，则代表了另一种"事竟成和天不负"。

这部短篇小说集叫《聊斋志异》；这个读书人叫蒲松龄（1640—1715，字留仙，一字剑臣），一个世界级的短篇小说之王。

此联中，"百二秦关终属楚"一句是说强大的秦国有一百二十个关口，最终还是被楚王（指项羽）所攻破；"三千越甲可吞吴"一句是说，强大的吴国最终也被勾践用三千名越国的士兵打败了。

这是两个故事的结局，而导致结局的原因呢？蒲先生用两个成语来表示：破釜沉舟、卧薪尝胆。

故事讲完了，蒲先生又分别为这两个故事下了结论：一个是"有志者事竟成"；一个是"苦心人天不负"。

两个原本无关的故事经蒲先生妙笔的安排，变得有条有理，层次分明。两个故事皆是分三句来说：第一句议论，第二句原因，第三句结局。此联工整的对仗就在这种巧妙的组织中显示了出来。

何物动人，二月杏花八月桂
有谁催我，三更灯火五更鸡

联语出自清代著名的联家彭元瑞（1731—1803，字掌仍）之手。作为清代最为重要的文化工程《四库全书》的编修工作的主要参与者之一,能写就如此催人奋进之作,绝非偶然。

什么事物能打动我呢?是二月盛开的杏花和八月飘香的桂花。

当时的科举,每年二月举行会试,称春闱,时令正值杏花花开之际;八月举行乡试,称秋闱,过线者算是金榜题名,称为"折桂",此时则是桂花花开之时。故而才有了作者如上的问答句。

下联说,有谁督促我呢?是三更照我苦读的灯火,还有五更打鸣的老公鸡?"三更",指半夜十一时至翌晨一时。"五更",指天将明时。

联语用了设问的修辞,即前半联都是问,后半联都是答,十分巧妙。而在一问一答的过程中,功成名就的喜悦和动人,以及奋斗过程的艰难也自然而然地流露了出来。

其实,如上一联的下句的著作权应该归颜真卿(709－784,一说709－785,字清臣)。这位王羲之之后的最为伟大的书法家,曾经写过一首诗,名叫《劝学》,其中一句即为:三更灯火五更鸡,正是男儿读书时。

对于这位自小家里穷得连纸和笔都买不起的孩子来说,最应该感谢的恐怕是三更的灯火和五更的鸡叫。

也正是这种精神,才使他经过自己不懈的努力,终于自成一家,人称"颜体",成为中国书法史上最富影响力的书法大师之一。他的"颜体",与柳公权并称"颜柳",有"颜筋柳骨"的美誉。

海到无边天作岸
山登绝顶我为峰

联语出自林则徐(1785－1850,字元抚,又字少穆、石麟)的手笔,大气磅礴,气势咄咄逼人。看来,他本人被誉为近代中国"开眼看世界的第一人",并不是后人对他的阿谀奉承。

据说,此联是林则徐八九岁时所写,那时的人们也许会说他在吹牛。

几十年过去之后,当人们看到昔日的一个说大话的小孩变成了一个诗人,一个禁烟的英雄,一个和曾国藩、左宗棠等一起撑起清王朝脊梁的中兴重臣时,他就不是在吹牛了。

此联的意境前人早有描述。杜甫的"会当凌绝顶,一览众山小"即是一例。应该说,林则徐更多的是化用杜甫的诗境。

"会当"是唐朝人的口语,意思是"一定要"。是说,我一定要登上山的顶峰,只有这样,才能够一览众山之小。写此诗时,杜甫年轻气盛,但境界却极为宏阔,而杜甫本人也确实达到了"一览众山小"的境界:唐诗中,能与杜甫平起平坐的只有李白。

此联中,"海"对"山","到"对"登","无边"对"绝顶","天"对"我","作岸"对"为峰",字字相对,尤为工整。

上联写景:那壮阔的大海无边无际,如果非要看看大海的岸边是什么样子,那就不停地走吧,走到天边就是大海的岸边。可是天边在哪里?上联没有回答。

下联也是写景:不停地攀登,来到山的最高峰。此时最高的不是山峰,是"我"。在这里,林则徐不只是写出了一个人伫立山峰、振臂高呼的景象,更是在抒情。

"我为峰"不只是一种叫嚣,更是一种勇气和气魄,也意味着一种责任。作为硬汉的林则徐,他确实是一座山峰。

而在这里,上联的答案有了,即:"天边"就在"我"的心里。

读万卷书,行万里路
综一代典,成一家言

作为晚清思想家、改良主义的先驱,此联的作者龚自珍(1792－1841,字尔玉)的一生,应该说,是一直与书为伴的。同时,从他20岁离开家乡,走向仕途,一直到49岁猝然而逝,其间所行走的路也许不下万里。

当然,此联是龚自珍评价同时代的好友魏源(1794－1857,字默深)的。提出"师夷长技以制夷"等论点的魏源,也是一位思想家、文学家、改革家。

此联上句突出一个"万"字,下句突出一个"一"字。如果说,从"一"到"万",是小朋友们识数的正常的认识法则的话,那么此联意在传达的则是"从万到一"的法则:没有读"万"卷书,行"万"里路的功夫,就不可能有综合"一"个时代精华经典,而成就"一"家之言的辉煌。

此联庄重大气,也符合龚自珍和魏源两位大师级人物之间对话的口气和身份。他们的志向和抱负也在短短的16字中自然地流露了出来。

不过,在那个需要一再呼吁"我劝天公重抖擞、不拘一格降人才"的黑暗时代,才子如龚自珍者是会遭人忌恨的。

1841年8月的一天,年仅49岁的龚自珍突然暴病身亡,引起了种种猜疑,其中传言最多的则是与龚自珍相关的一个绯闻,绯闻的另一个主角是清朝一个王爷的小老婆。此案史称"丁香花疑案"。

龚自珍是被冤枉的,是他的思想和才学不容于那个乌烟瘴气的时代。他的改良主义的思想也不为当时的人所接受,不过,在他逝去几十年之后,有一群要求维新变法的人继承了下来,这群人的老大叫康有为。

此联中,"读万卷书"对"行万里路","综一代典"对"成一家言",为典型的自对联。

知识链接　　自　对

自对，指上下联自身之中存在对仗关系。晚清诗人、画家、书法家何绍基（1799-1873，字子贞）曾撰写过一副岳阳楼长联，即为自对的典型：

一楼何奇，杜少陵五言绝唱，范希文两字关情，滕子京百废俱兴，吕纯阳三过必醉。诗耶？儒耶？吏耶？仙耶？前不见古人，使我怆然涕下

诸君试看，洞庭湖南极潇湘，扬子江北通巫峡，巴陵山西来爽气，岳州城东道崖疆。渚者，流者，峙者，镇者。此中有真意，问谁领会得来

其中，"杜少陵五言绝唱，范希文两字关情，滕子京百废俱兴，吕纯阳三过必醉"，四句形成自对；"洞庭湖南极潇湘，扬子江北通巫峡，巴陵山西来爽气，岳州城东道崖疆"，四句亦为自对；"诗耶？儒耶？吏耶？仙耶"四句亦为自对；而"渚者，流者，峙者，镇者"，亦是自对。

自对手法的分类，不同角度有所不同。学者谷向阳根据自对的字数而分为一字自对、二字自对、多字自对以及全联自对。而学者肖大志在《试论对联的自对手法及各种自对句式》一文中，从联句对仗工宽的角度分成三种：兼用相对式、宽松相对式、不相对式。

应该说，自对从一开始即在对联对仗法则中扮演"另类"的角色，而此种"另类"或"非主流"，却为对联注入了新的血液。其独特的意义和价值，主要表现为以下两点：

1.给作者的创作带来了更大的自由，可以更灵活地运用各种形式的对仗，以增强表现力。

2.在分句较多的对联，尤其是长联中使用，会形成大对联中套小对联，参差错落的独特趣味。

身无半亩，心忧天下
读破万卷，神交古人

联语出自清代中兴大臣左宗棠（1812－1885，字季高，一字朴存）之手。联语既是对自己以及后代子孙的勉励，也是其一生的写照。

"身无半亩"并不是实指，而是说，我虽然家庭贫困、生活艰难，但是我仍然有心忧天下的志向。后来有位伟人，别人也曾评价他"身无分文、心忧天下"。这位伟人，大家都叫他毛主席。

如果对左宗棠的一生的重要事件做一个梳理，从中可以看出他一生都是在"心忧天下"和"神交古人"中度过的：

三次会试均没有考中，以后的路该怎么走？他思索着。这年他已经26岁了。

37岁时，年逾花甲的林则徐指名要见左宗棠，并寄予重望。

55岁左右创办中国第一个新式造船厂，以及第一家机器纺织厂，积极从事洋务运动。

一点不给慈禧太后面子,在万寿圣节不参加行礼。

英国人租界里曾立有"华人与狗,不许入内"的牌子,左宗棠发现后,下令立即摧毁并没收公园,逮捕人犯。

与俄国人决一死战,把他们从新疆赶走,占中国六分之一的疆土重又回归了祖国的怀抱。

他是李鸿章的死敌。曾痛骂李鸿章,"对于中国而言,十个法国将军,也比不上一个李鸿章坏事"。

此联全用四字,上下联之间对仗工稳,联语整齐简洁,铿锵有力,读来颇有气势,不愧出自大清杰出政治家之手。

二

愿乘风破万里浪
甘面壁读十年书

"愿乘风破万里浪"出自世界级的大诗人李白(701—762,字太白)的诗作《行路难》:"长风破浪会有时,直挂云帆济沧海。"

写这首诗时,李白正抑郁不得志,此诗也只是宽慰自己罢了。因为他相信自己一定会有顺着长风踏破万里浪的时候,一定会有挂着风帆渡过茫茫大海的时候。他做到了,他的诗作跨越了一千多年,来到当下中国的每个角落,即证明他没有口出狂言。

其实,"愿乘风破万里浪"最早的版权应该归南朝时一个叫宗悫(què)的小伙子。据说,他的叔叔曾问他的志向,宗悫说,愿乘长风破万里浪。小伙子的叔叔名气很大,叫宗炳(375—443,字少文),是一位杰出的画家、美学家。后来这句话被李太白看到,顺手偷来,写在自己的诗里。

下联的"面壁读书"则出自一位和尚。他就是大名鼎鼎的佛教禅宗的初祖——菩提达摩。

相传,他在成佛之后,不远万里从古印度来到中国,一心一意传授大乘佛法,后来到了嵩山少林寺,在那里独自面壁修行悟禅,很少走动,人们称他为"壁观婆罗门"。"面壁读书"即来自于此。

联语上句谈励志,下句说读书,励志、读书之间的紧密关系在工整的对仗中清晰可见。亦可看出联语的作者孙中山先生撰写此联的用意:既是鼓励,也是在警示自己。

各勉日新志
共证岁寒心

联语是一位倔强的老头写给他即将毕业的学生们的。

人们也许听说过,老头儿曾在一份辞职信中公开扬言,绝对不能再做那政府任命的、不自由的校长。也是在这位老头的主持之下,实施一系列改革,并使此大学成为中国大学的"一哥"。

人们一定听说过北京大学以及她曾经的校长蔡元培(1868－1940,字鹤卿)。

此联中,蔡元培先生,这位清朝进士出身的才子连连用了两个典故,虽然增添了一些阅读时的障碍,却使得联语有了可以深入品味的空间。

"日新",即日日更新,最早出自《礼记·大学》:"苟日新,日日新,又日新。""苟"的意思是如果,表示假设。据说,这句话被商朝的建立者汤刻在浴具上,这样,每次洗澡的时候都能够看到,以此来勉励自己要不断地做出新的成就,每天都有新的收获。

"岁寒"出自《论语》:"岁寒,然后知松柏之后凋也。"是用岁末严寒中的松柏来告示人们,只有经过严峻的考验,才能显示出不屈不挠的斗志。

联语字字相对,极为工整。"各"和"共"二字意在昭示,蔡先生并不只是勉励学生有天天向上之志,而且也是在严格要求自己。这样,蔡元培,一位严于律己的杰出教育家的形象跃然纸上。

直上青天揽日月
欲倾东海洗乾坤

人不可能飞到天上把月亮摘下来,但是,有雄心壮志者认为是可以的,至少此联的作者——原名叫寿康的小伙子,这样认为。

但是现实告诉他,就他这样的出身不可能一辈子"寿、康"。世态炎凉,自己更像一只哀鸣的鸿雁,改名吧,改名为"悲鸿"。

但是,"悲鸣的鸿雁"一样要展翅高翔,一样要直上云霄揽明月。

下联是一句造反的话,表达对黑暗旧社会的强烈不满:旧社会的污水浊泥太多了,必须倾倒东海的水才能够洗涤干净,这样,一个崭新的世界才会出现。

他就是擅长画马的画家、美术教育家,中国现代美术的奠基者徐悲鸿(1895－1953)。

然而,在20岁结识他人生的贵人——岭南画派的高氏兄弟之前,他确实是一只哀鸣的鸿雁。

但是,出身的卑微并没有压住他数次腾飞的冲劲儿。17岁独自到上海卖画,20岁又一次来到这个繁华的大都市,而大都市的繁华或许只是上层人士的乐土,一个无名小辈或许连基本的温饱都无法解决。

数次碰壁,曾经使他心灰意冷。徐悲鸿甚至为此有过自杀的念头。据他后来回忆,他曾经狂奔到黄浦江边,想要结束自己的生命。

1915年,当新年的钟声即将敲响的时候,饿了几天肚子的徐悲鸿终于得到了人们的赏识。一只悲鸣的鸿雁,揽得了天上的明月。

除此联外,他还有一联亦引起学界的关注:

独持偏见

一意孤行

通常情况下,组成此联的两个词被看作是贬义词。贬义就贬义吧,他不在乎,他照样独持偏见,一意孤行,虽然常被人误解为"偏见""傲气"。

如果,用这两个词来表示那种"贫贱不移、富贵不淫、威武不屈"的"傲骨",表示那种疾恶如仇、洁身自好、绝不与反动当局同流合污的高尚品德呢?

当然,言如其人,画亦如其人。徐悲鸿的"独持偏见,一意孤行"的品格,不仅表现在言行上,还融入他的书画作品中。

上联重在说自己的思想,下联重在说自己的行为。独持偏见,一意孤行,看似两个简单的成语,经徐先生顺手拈来,既是对自己思想、行为的最好表达,又是对自己书画艺术个性的精彩写照,构思巧妙,堪称佳联。

这乱世新年,何分贵贱

问苍茫大地,谁主沉浮

20世纪20年代的中国是乱世。乱世出英雄。英雄应该有上面一联的气势和魄力。当然,联语的作者毛泽东(1893—1976,字润之)却不只是用英雄一词能够形容得了的。

上联反映了毛泽东主席对社会现实的看法:这乱世的新年里,还分什么贵贱吗?

下联是一声询问:苍天大地的主人是谁?毛主席没有直接回答,但是答案就在此联中。

不分贵贱就意味着人人都是主人,没有奴仆,不管你是乞丐、贫农还是地主。而这种思想在当时无疑是异端。英雄之所以为英雄的一个重要原因往往在于他的异端。

此联对仗工稳,"何分贵贱"对"谁主沉浮",尤其工整。上下联气势充沛,一气呵成,读来让人备受鼓舞,不愧出自伟人之手。

涓涓溪流,岂能作浪

星星之火,可以燎原

相传,此联是一私塾先生所出的上句,毛主席对的下句。

涓涓溪流不能作浪,这是庸人的看法。而下联"星星之火,可以燎原"刚好相反,突显主席的自信和自强。

此联一问一答,问者软弱无力,答者自信百倍,而联意即在这样强烈的对比中体现了出来。

水转千回终到海
铁经百炼始成钢

联语的作者郑祖荣,生卒不详。联语浅显易懂,却暗含着两个过程。

第一,水流到大海。其过程必须是千回百转的,这是自然现象。

第二,铁锻炼成钢。其过程一定是千锤百炼的,这也是自然现象。

听话听音儿,或许更有深意。此联反过来看,要是水不经过千回百转,铁不经过千锤百炼呢?

至少,其中的一个结局是:柔软的铁会被任人宰割,连小孩儿都可以捏着玩的。

此联以水喻人,告诉人们要获得属于自己的一片广阔的海洋和天空,就必须要经历诸多和磨炼。

以钢喻人,似乎更多是警示:是做柔软的任人捏着玩的铁,还是做经过多次冶炼之后的高硬度高强度的钢呢?

此联比喻生动贴切,耐人寻味。"水转千回"对"铁经百炼","终到海"对"始成钢",对仗工稳。

三

宝剑锋从磨砺出
梅花香自苦寒来

以宝剑和梅花,这两个具有高贵气质的事物来喻人,或许是此联得以成为妇孺皆知的名联的原因之一。

宝剑银光闪闪的剑锋,和它那削铁如泥的气势和力量,征服了英雄和侠客,但是,剑锋从哪里来的呢?

是打磨出来的,也正如英雄是从磨炼中来一样。

越是寒冷,梅花越能显出它的清新和芳香。独具个性的它就是这样傲视着寒风和冰雪,也傲视着一丛丛经不起风霜雨露打击的花花草草。

应该说,看一个人的境界、能力、水平不是在他春风得意之时,而是看他在严寒酷冬时的反应,在极为困苦艰难时的行动。

所以,我们看到毛泽东主席在他的词作《卜算子·咏梅》中写道:待到山花烂漫时,她在丛中笑。

此联对仗工巧,所用的两个比喻:一个是具有英雄气概的宝剑,一个是具有儿女情长的梅花,使得整联有了典雅之气和可回味的空间,历来为人们所喜爱。

自古英雄多磨难
从来纨绔少伟男

与其说这是一副对联,不如说这是一句魔咒,被言中者比比皆是,能逃脱者少之又少。

此联的口语化更让人觉得这句话就是一句咒语,但似乎让人忘记了此联极为严谨的格律性:"自古"对"从来","英雄"对"纨绔","多"对"少",尤为工整。

"纨绔",本是指富贵人家子弟穿的细绢做成的裤子,后来泛指有钱人家子弟华美的衣着,借指富贵人家子弟。

不可否认,多元化社会中,好玩和耍酷也是一种人生态度的选择,但亦不可否认,多元化社会中,这一咒语的存在。

老骥伏枥志千里
短锥处囊半寸锋

老马,你老了吗? 一位53岁的老人拍了拍和他一起南征北战的宝马。

马没有出声。他知道,马已经老了,正如他一样。因为按照古人的说法,人"五十始衰"。

"但是,江山如此美好,我还想再活五百年",他说道,并挥笔写下一首诗,其中有一句曰:老骥伏枥,志在千里;烈士暮年,壮心不已。

此诗名叫《步出夏门行·龟虽寿》,作者即是曹操(155—220,字孟德)。

"骥"是良马,千里马的意思。老骥就是老的千里马。"枥"是马槽,养马的地方。以马来喻人,比喻有志向的人,虽然年龄大了老了,仍有雄心壮志。

如果,曹操是一位拐长剑指挥千军万马的枭雄,那么下联所写的就是另一种情形:即使囊中只有短锥也照样可以成为英雄。

战国时期,赵国平原君的门客毛遂主动自荐,随同平原君与楚王谈判。平原君见他平时没有名气,说:"有才能的人在世上,就像锥子放在口袋里,锥尖是会露出来的。怎么一直没有见到你的锥尖呢?"

毛遂笑了。最终,平原君还是允许他去,他也不负众望,凭他三寸不烂之舌说动楚国出兵抗秦救赵。

英雄是不会永远被埋没的。

此联所传达的也许不只是这两个典故所暗含的意思,还应该包括另外一层,即:像我老了、我没名气之类的借口永远都是成功的最大敌人。

"老马、短锥"在普通人眼中是颓废的意象,但是联语以此喻人,反其意而用之,给人以积极奋进之感,是此联的魅力所在。

海阔凭鱼跃
天高任鸟飞

广阔的大海,任凭鱼儿跳跃,高远的天空,任凭鸟儿飞翔。

联语是一种呼唤,为人们各尽其才而呼唤。而字字对仗,亦为联语成为经典立下汗马功劳。

<u>绝联征对</u>

出句:七里山塘,行到半塘三里半

注:有着一千一百多年历史的山塘街号称"苏州第一名街",东起渡僧桥,西至望山桥,长约七里,"七里山塘"由此得名。相传是白居易任苏州刺使时所建。

第二话 惜时联

> 一只虚度时光的飞虫,不明白时间是什么,别人告诉他钟表里就有时间。
>
> 它来到钟表前面,上下寻觅一番,终于发现了一个窟窿。飞虫在钟表里飞来飞去,只听到"滴答滴答滴答"的声音,看到几根指针在走动。
>
> 飞虫想这就是时间吗?浪费再多又怎么了?它本来就不属于我。飞虫准备飞离钟表,却发现进来时的那个窟窿被人用一块塑料板给堵上了。最后,它死在了钟表里。
>
> 临死前,飞虫才恍然大悟:时间,就是我的生命!

苟有恒,何必三更眠五更起
最无益,莫过一日曝十日寒

如果有恒心,哪里需要深更半夜才休息,而凌晨又老早起来读书呢?这是反问的修辞,意在给人们以警醒。

"一日曝十日寒"出自《孟子·告子上》:"虽有天下易生之物也,一日曝之,十日寒之,未有能生者也。""曝",晒;"寒",冻。即使是自然界中最容易生长的植物,晒它一天,冻它十天也不可能生长。

据说,毛主席在湖南第一师范学校求学时曾将此联中的上句"苟有恒"改为"贵有恒",并把这一联贴在住处的墙壁上作为自己的座右铭用于自勉。

而联语的作者胡居仁(1434—1484,字叔心),作为明朝颇有名气的理学家,时间观念亦极为强烈。在讲课之余,还笔耕不辍,有很多出色的学术著作问世。而他授课的学校即为大名鼎鼎的白鹿洞书院。白鹿洞书院建于公元940年,南宋时经大学问家朱熹先生重建扩充,成为中国四大书院之首,相当于今天的清华、北大。

1484年,这位以布衣终身的老者卒于故里,终年51岁。他一生清贫,死后只留下一个孤儿,家徒四壁,然而他的学术思想却对后世影响深远。

时间在我们普通人眼里是一个概念,而在大学者的眼里又是另外一个概念,即以自己的学术著作来延续自己的生命的长度。

胡先生做到了。在他逝世百年之后,即1585年,胡居仁被搬到孔庙里供了起来。这是封建时代对做出杰出成就儒家大学者的最高礼遇。胡先生地下有知,当含笑九泉。

联语对仗工稳,尤其"三更眠五更起"对"一日曝十日寒"最为工巧。三更、五更,一日、十日,既是数字的巧妙运用,又是一种对比,让人们在简单的数字比较中体会到其中的道理。

太极两仪生四象
春宵一刻值千金

"太极两仪生四象"出自《周易·系辞》:"太极生两仪,两仪生四象。"其中,"太极"为天地未开、混沌未分阴阳之前的状态,是古人对宇宙的一种解释,清轻者上升为天,混沌者下降为地。"两仪"为太极的阴、阳二仪。

"春宵一刻值千金"出自苏轼的诗作《春夜》:"春宵一刻值千金,花有清香月有阴。"现在喻指洞房花烛夜的美丽。然而,苏轼的本意却非如此。

"春宵"的意思是春夜。一刻:比喻时间短暂;刻,计时单位,古代用漏壶计时,一昼夜共分为一百刻。苏轼诗的大意是:春天的夜晚,即便是极短的时间也十分珍贵。花儿散发着缕缕清香,月儿有情,花儿有影。

经大家苏轼的大力传播之后,"春宵一刻值千金"成了千古传诵的名句,人们常常用来形容良辰美景的短暂和宝贵。

据说,此联并不是清代大学者纪昀(1724-1805,字晓岚)一人所作,而是他和他的一个叫戴震(1724-1777,字东原)的老朋友所对。

戴震虽然家境寒微,却饱读诗书。后来,来到北京,做了一个"北漂",生活靠朋友接济。后来,经人介绍得以见到大名鼎鼎的纪晓岚,并以自己广博的学识,赢得了纪昀的尊重,请他做两个孩子的老师。

颇有趣味是,戴震的学识是在一次饭局上做对联而展露出来的。一天,纪昀请几位朋友吃饭,席间戴震吟出一句:太极两仪生四象。

纪昀一听,心底暗暗折服。若对上此句,既要形式上工整,而且要意蕴深刻才行。沉思片刻,即道:"菜都凉了,'春宵一刻值千金'啊,快用,快用!"

联语中,"太极两仪"对"春宵一刻","生四象"对"值千金",对仗颇为工稳。所引用的两句话本来没有什么关联性,但是经作者的搭配组合而成为一副巧妙的对联,可以见出纪昀深厚的学问功底。

同时,上联更多的是形而上的哲学论调,严肃至极。而下联却刚好相反:苏轼的原意也好,纪昀的新意也好,还是当前普遍流行之意也好,都具有很强的趣味性。而此联即在此不协调的对仗中给人一种妙趣横生的感觉。

立志须存千载想
闲谈勿过五分钟

立"千载"之志,即立一个一千年的志向。白素贞女士之所以招人喜欢,最为重要的原因或许就在于她对爱情的坚定不移。

下联的"闲谈勿过五分钟"和上联的"千载想"一样,皆不是实指。

作为近代著名民主人士、新中国法学的元勋之一、中国宪政学家、前最高人民法院院长,联语的作者沈钧儒(1875－1963,字秉甫),没有严格的惜时观念恐怕难有如此成就。

联语上句是正面说理,下句是反面警示,联意在二者的鲜明对比中不言自明。

少壮不努力
老大徒伤悲

联语出自汉乐府古辞《长歌行》。现在这两句话已经成为人们日常的口头语了。

然而,此言更像是咒语,被这个咒语所束缚的人不计其数,而能超脱者大多是成功人士。

知识链接　汉乐府

从《汉书·礼乐志》的有关记载中可以知道,"乐"是音乐,"府"是官署,乐府,就是官方政府设立的音乐机构,相当于现在的文化部。它的主要职责是祭祀祖宗,祭祀天地,采集民间歌谣,也创作、搜集、整理为宫廷礼仪所需的音乐,流行的歌曲、舞蹈。汉乐府指汉时乐府机关单位。

在《中国古代文体概论》一书中,著名学者褚斌杰认为,汉代人把当时由乐府机关所编录和演奏的诗篇称为"歌诗",东晋南朝时人,才开始称作这些歌诗为"乐府"或"汉乐府"。

汉乐府诗是最能代表汉代诗歌成就的一种体裁。著名的除了上面的那首之外,还有大家熟知的《陌上桑》。诗中塑造了一个叫罗敷的大美女蔑视权贵、反抗强暴,不愿做"小三"的光辉形象。

绝联征对

1. 出句：今世进士，尽是近视
2. 出句：古文故人做

注：出句为析字联，"古文"组成"故"字，"故人"合为"做"字，难度颇大。

问题

驻马店，马主在前，马店在后

嵩山门，高山为上，山门为下

所拆的字是什么？

析字联征对

出句：二人土上坐(参考答案在本书中找)

第三话 勤学联

> 如果说，"万般皆下品，唯有读书高"和"百无一用是书生"一样属于极端主义而少有市场，那么如《三字经》中所言说的诸如"悬梁""刺股""囊萤""映雪""负薪""挂角"的故事则因为能给人们带来积极的影响而拥有更多的受众群体。

业精于勤荒于嬉
行成于思毁于随

作为一个3岁丧父，早年流离困顿的漂泊一族，作为一位25岁中进士，并最终进入当时最高统治集团的士子，作为一位被宋代大文豪苏轼称颂为"文起八代之衰"的巨子，作为唐代古文运动的倡导者、唐宋八大家之首，韩愈(768—824，字退之)无疑是标准的凤凰男。

而这位凤凰男的成功秘诀也许就在上面短短的14个字之中。

"嬉"，嬉戏，贪玩。"业"不只是指学业，也指事业、功业。上联中，"精"对"荒"，"勤"对"嬉"是两组鲜明的对比。"勤、嬉"是原因，而"精、荒"是结果，富有层次感。

勤奋，你会得到学业和事业的精通；贪玩，你得到的是学业的荒废和事业的一事无成。一如一个懒惰的农民来到他多日没有去过的田地，他看到的只有荒芜的庄稼以及那丛生的杂草。

下联的"行"是操行,品行,行为;"随"是随意,随便,放纵。这里的"成"对"毁","思"对"随",亦构成两组对比:"思、随"是原因,"成、毁"是结果。

上联谈业,下联谈行,又各从两个方面进行论说,言简意赅,"业精于勤"对"行成于思",是正面阐述,"荒于嬉"对"毁于随",是反面论说,一正一反,结构清晰,联意明了。

此外,韩愈还写过一句治学名言,明清时期著名的少儿读物《增广贤文》中也收录有此句,即:

书山有路勤为径
学海无涯苦作舟

此联的名气极大,或许,一是因为此联所用的比喻生动形象:"书山",像山一样的书籍(知识);"学海",像海一样的学问。二是因为此联对仗十分工整:"书山"对"学海";"有路"对"无涯";"勤为径"对"苦作舟"。

山和海,在中国人的印象中是美好的。而征服或者获得山和海的芳心必须有两条:勤奋和刻苦。

后来,有人只改一字,联意即大变:

书山有路勤为径
学海无涯巧作舟

需要明白一点:"巧"是建立在"苦"基础之上的,不能本末倒置。

学如逆水行舟不进则退
心似平原走马易放难收

作为收在《增广贤文》里劝谏人们用心学习的一副对联,其中的内涵或许远远超出了学习的范畴。

如果说,上联所说的是"学",是学业以及事业所必须遵循的"逆水行舟不进则退"的生存法则,那么下联说的乃是"心",是成就一番事业所必须拥有的心理和态度,即不能有贪玩的心理和玩物玩人的处世态度。

应该说,好玩是人的天性。工作之余,放松放松也是一种天性,理所当然,但做什么都要有一个度。好玩但不能贪玩;放松不能放纵。不然,玩心就像一个脱缰的野马驰骋在草原上,是收不住的。

联语以"逆水行舟"和"平原走马"来比喻学习,生动形象。此外,"逆水行舟"对"平原走马","学如"对"心似","不进则退"对"易放难收",对仗极为工巧,堪称佳联。

> **知识链接** 《增广贤文》
>
> 作为古代儿童启蒙书目之一，《增广贤文》的最初作者已经无从考证了，人们已知的是清代同治年间儒生周希陶曾进行过重订。
>
> 其实，《增广贤文》一书并不适合小孩子阅读，其中一个重要原因即在于其暴露的社会的阴暗面太多，如"贫居闹世无人问，富在深山有远亲"，"有酒有肉多兄弟，急难何曾见一人"，"衙门八字开，有理无钱莫进来"，"山中有直树，世上无直人"，"画虎画皮难画骨，知人知面不知心"等，或关于友情，或关于处世，或关于社会，也许是事实，却是冷冰冰的，与儒家传统相悖。
>
> 当然，也有一些哲理式的格言，如"良药苦口利于病，忠言逆耳利于行"，"善有善报，恶有恶报"，"乐不可极，乐极生悲"等。

博观约取
厚积薄发

联语出自苏轼（1037—1101，字子瞻，又字和仲，号东坡居士）的散文《稼说送张琥》。其中，"博观"指大量阅读，包括阅人阅世；"约取"指少量地慢慢地拿出来。

"厚积薄发"也许是地球人都知道的道理，然而，"薄积厚发"却是诸多人的毛病，尤其是具有狂妄自大和鲁莽轻浮性情的年轻人。

其实，苏大才子也犯过类似错误。据说，苏轼年轻气盛，自恃才高，十分看不惯当时的名僧了元——一位被朝廷赐号为"佛印"的禅师，决定要给"老秃驴"上上政治课。

一次，苏轼到寺庙，问佛印："你看我像什么？"佛印说："我看你像尊佛。"苏轼心里美滋滋的。佛印问苏轼："你看我像什么？"苏轼说："我看你像堆牛粪！"佛印听后并没生气，反而一笑了事。苏轼自以为是，回家即向苏小妹吹嘘一番。此才女听后，笑嘻嘻地说了句禅语："心中有佛则众生皆佛，心中有粪则众生皆粪。"

苏轼听后恍然大悟，从此与佛印大师成了莫逆之交。

此联中，"博观"对"厚积"，"约取"对"薄发"，对仗极为工稳。上下联都是成语，而词义也相对，使得此联的对仗不但停留在形式上，也表现在内容上。

而成语的精辟、简短也使得短短的八个字即把读书的一些基本原则、法则写了出来。

同为宋代的陆游对读书做人也有深刻的认识，他在一首诗中说：古人学问无遗力，少壮功夫老始成。纸上得来终觉浅，绝知此事要躬行。

后来，有人根据这首诗，改造成如下一联：

纸上得来终觉浅

心中悟出始知深

改联颇为工整："纸上"对"心中"；"得来"对"悟出"；"终觉浅"对"始知深"。而"纸上谈兵"的赵括可作联语最好的注脚。

书到用时方恨少

事非经过不知难

知识到运用的时候，才觉得平时积累不够；事情到亲自去做的时候，才知道其中的艰辛。

作为一副最早出自陆游（1125－1210，字务观，号放翁）的诗句劝勉联，联语虽浅显易懂，却闪烁着智慧的光芒。

"书到用时方恨少"一句近乎苦口婆心的劝学，令人感动，而"事非经过不知难"则主要是强调"行"的重要性。将"学"和"用"有机地结合起来，给人以深刻的感受，对仗亦工整自然，故千百年来成为劝勉联中的精品。

勤能补拙

学能医愚

勤奋能够弥补笨拙，学习可以医治愚蠢。其实，"勤能补拙"一句，邵雍在他的诗作《弄笔吟》中也有提及，他说："弄假像真终是假，将勤补拙总输勤。"

而此联更加简洁，只有短短的八个字，却把勤学所能带来的好处一一道来。如下一联也十分工巧：

诗书非药能医愚

道德无根可树人

书从疑处翻成悟

学到穷时自有神

应该说，自从孟老夫子的"尽信《书》不如无《书》"一言开始，"怀疑论"即已经为书——不只是孟子所言的《尚书》，打上了"有待检查"的标签。

如此看来，而今法律上的"疑罪从无"或"无罪推定"原则则不适于读书做学问了。还是应该坚守"有罪推定"的原则：看到的任何书，先要给它定一个罪名，或大或小，读过之后，怀疑过之后，深入思考之后，真正"好的书"就把它们的罪名去掉，"释放"它们。

而有些书也许会给你带来一些疑云，这是好事。可以说，正是这些"有罪"的书才是你真正"醒悟"的开始。

下联谈读书的境界。其中，"穷"和"神"的意义值得深入探讨。穷，意为自己的身体被其他东西压住,十分窘困,有劲儿使不出,所以穷的本义是穷尽、完结。

而此时,我们也许会突然发现身边会有一些奇光异彩出现。是什么呢？是"神"到了。

对于人来说,规则是用来遵守的,但对于神来说,却不存在规则,或者说没有规则才是一切规则的元规则,而打破规则并制定元规则的伙计,可以称之为"神"。

人们亦从联语中,看到了一个精通辩证法规律的郑板桥。从"疑"到"悟",从"穷"到"神",层次突出,论说严密,堪称佳联。

知识链接　尽信《书》不如无《书》

《孟子·尽心下》载:"尽信《书》,则不如无《书》。吾于《武成》,取二三策而已矣。仁人无敌于天下。以至仁伐至不仁,而何其血之流杵也？"

大意说,孟子在读儒家五经之一的《尚书》时,读到"武王伐纣"一段时,书中讲两军作战,血流成河。孟子认为,武王这样一位"以仁无敌于天下"的领袖,讨伐商纣王这样一个不仁之人,怎么会出现血多得把木槌都漂流起来的情形呢？孟子不相信,就说了上面那句话。后人加以改造就变成"尽信书则不如无书"。

过如秋草芟难尽
学似春冰积不高

"芟",剔除杂草；"春冰",春天的寒冰。将过错喻为"芟难尽"的"秋草",将学问喻为"积不高"的"春冰",颇为生动形象。

其实,人们常常脱口而出的"犯了就改,改了再犯,犯了再改,千锤百炼",并不只是一句玩笑话,似乎和上联有异曲同工之妙。

而无论来自民间的谚语"冰冻三尺,非一日之寒；为山九仞,岂一日之功",还是来自哲人(荀子)的阐述"不积跬步,无以至千里；不积小流,无以成江海；骐骥一跃,不能十步；驽马十驾,功在不舍；锲而舍之,朽木不折；锲而不舍,金石可镂",其与联语下句有诸多相似之处,称赞他们"英雄所见略同"并非恭维之辞。

上联谈修养,下联论治学,本身即构成意义上的对称。而"秋草"对"春冰","芟难尽"对"积不高",对仗颇为工稳。

板凳要坐十年冷
文章不写一句空

联语虽然主要针对学者而言,但并没有把普通读者完全排除在外,相信通过此联,人们也许对学者这一群体会有一些更为感性的认识。

"十年冷、一句空"或许难以办到,但是拔凉拔凉的板凳,一坐要多年却是真的。而"文章不写一句空"一句,在当今文章,尤其是学术论文垃圾成堆的时代,略显寂寞。

而联语的作者范文澜(1893—1969,字仲云)先生做到了,并以此证实了后世封其为"史学大师"并非虚言。

其代表作之一《中国通史简编》,即是在条件极为恶劣的延安窑洞里写的。但是,先生没有在意这些。他翻阅了大量的史料,包括长长的二十四史,而这也严重损伤了他的视力,到1946年,先生的一只眼睛失明,使他不得不将写作计划一再延搁。

令人欣慰的是,范老师的板凳没有白坐,范老师有毛主席这一个知音足矣。据说,在中南海毛泽东故居的书房里,至今仍珍藏着一套范文澜在延安时送给毛主席的《笔记小说大观》。

此联中,"板凳"对"文章","要坐"对"不写","十年冷"对"一句空",对仗十分工整。以作者天天打交道的"板凳、文章"两件物品来结构对联,显得平实自然,也把一个读书做学问之人的生活状态生动形象地体现了出来。

绝联征对

出句:中华文明,闻名中外

注:出句的妙处亦是难对之处在于"文明"与"闻名",异形同音,而"中"字用两次,且意义相同。

第四话 修身联

《礼记·大学》中有一言:"欲治其国者,先齐其家;欲齐其家者,先修其身;欲修其身者,先正其心……心正而后身修,身修而后家齐,家齐而后国治,国治而后天下平。"

此即知识分子尊崇的儒教信仰——"修身、齐家、治国、平天下",也是几千年来无数士子的最高理想。

同样,曾听智者说,一个人可以不信佛,但不可以对佛不敬。何因?佛的个人高洁的修为或许最为重要。

一

淡泊明志
宁静致远

诸葛亮(181—234,字孔明,号卧龙)在他54岁时,写给8岁儿子一封家书,即《诫子书》。其中有一句说"非淡(澹)泊无以明志,非宁静无以致远",后来人们把这句话加以简化,遂成为上面一副经典的对联。

名和利的力量是巨大的。想成名得利是一种动力,一定程度上也决定了一个人成就的大小。所以,追名逐利是无罪的。有罪的只是追名逐利时所使用的不道德不合法的手段。

而淡泊和宁静的力量也是十分强大的。就是这种力量让人们能心平气和地接受道德和法律的规范,也是这种力量使得迷茫的人能够拥有明确的目标和远大的志向。

只有淡泊才能明志,只有明志才能致远,上下联逐层递进,讲述道理,层次感很强。

诸葛老师的儿子诸葛瞻(227—263,字思远)做到了,没有给父亲丢脸。清心寡欲,致力于自身的修为,加上从父母那里继承下来的灵性,很得当时蜀人的喜爱。

其实,诸葛神人的这句话还可以找到更早的出处,此即文子所著的《文子·上仁》。文子写道:非惔漠("惔"通"淡",淡泊的意思)无以明德,非宁静无以致远。

那么,文子何许人也？文子,姓文,古代人把有名望的士人都尊称"子"。不过这位先生的具体名字及籍贯已经不可确切地考证了。

《文子》是文子所著。人们现在能知道的是文子是老子的弟子,因为我们见到《文子》一书上面全是"老子曰",当然,这本书也多是对《道德经》的阐释。

如果文子泉下有知,两千多年来很多人,包括现代人都在研究他的著作,他会很欣慰,因为他生前无名,死后亦无名,一生就是这样"宁静",但是,他的作品做到了"致远",远到2500多年后的今天。

行不得反求诸己
躬自厚薄责于人

"行不得反求诸己"出自《孟子·离娄上》:"行有不得者皆反求诸己,其身正而天下归之。"反求诸己,即反过来问自己,从自己这方面找原因。

"躬自厚薄责于人"出自《论语·卫灵公》:"躬自厚而薄责于人？则远怨矣。"躬自,自己;躬自厚,多反过来问自己、自身。这句话是说,严格要求自己,还要对别人宽容。

上联写严于律己,下联写宽以待人,相互对称。两联分别引自圣人(孔子)和亚圣(孟子)之作,虽然是集句联,却亦能看出作者贺长龄,作为清代嘉庆和道光两朝的名臣,对典籍的熟谙,其娴熟的剪辑功夫也十分高超。

海纳百川有容乃大

壁立千仞无欲则刚

大海广阔的胸怀,可以容纳千百条河流,所以它才是世间最为辽阔伟大的。

这是联语的作者——清末政坛巨子林则徐在告诫自己,要广泛听取各种不同意见,才能把事情办好,才能立于不败之地。

作为广东禁烟运动的总策划人和执行官,没有一批精兵强将是难以保证成功的,而林则徐做到了,他把诸多人的心血和智慧汇总在一起,并最后拍板,从而书写了中国近代史上颇为完美的一笔。这才是真正的大智者。

英雄都恃才傲物吗?至少在这位大清的顶梁柱、一品大员身上没有看出来。

悬崖绝壁能够直立千丈,是因为它没有过分的欲望,不向其他地方倾倒。

这是林则徐——一位清代少有的硬汉在告诫自己,当官必须杜绝私欲,只有这样才能像大山一样,不向任何事物倾斜、低头,才能刚正不阿,挺立世间。

上联写海,写海洋之所以大的原因;下联写山,写山崖之所以刚的道理。相互映衬,层次分明。而联语的磅礴气势也在有节奏的叙述中体现出来。"海纳百川"对"壁立千仞","有容乃大"对"无欲则刚",对仗也颇为工整。

如上联语撰于虎门销烟时期,如下一联也与虎门销烟相关:

烟锁河堤树

炮镇海城楼

联语用了同旁的修辞:"烟"和"炮"为火字旁;"锁"和"镇"是金字旁;"河"与"海"为三点水旁;"堤"和"城"是土字旁;"树"和"楼"为木字旁。颇为工妙。

知识链接　林则徐治家联

子孙若如我,留钱做什么,贤而多财,则损其志

子孙不如我,留钱做什么,愚而多财,益增其过

二

乾坤容我静

名利任人忙

天地容我恬静,追名逐利的事情任由他人忙吧。

联语简短却颇耐人寻味,而更耐人寻味的还是联语的作者——一位叫苏元瑛(亦作玄瑛),法号为曼殊的奇才。

通览苏曼殊(1884—1918)短短的一生,有人称其为情僧、诗僧、画僧、革命僧确实不无道理。而这位通晓英、法、日、梵诸种文字的才子的人生历程亦令人感慨良久。

其实,清代的东阁大学士杨应琚也曾写有类似的一联:

小楼容我静

大地任人忙

据说,此联是杨应琚在山中的一个小楼读书时所题写的,表明要抛弃嚣尘、远离名利而潜心读书。然而,杨应琚是个"大地任人忙"的世外闲人吗?不是。他后来因为虚报战功,被皇帝赐死了。

而苏曼殊似乎也要抛弃嚣尘、远离名利,但这位未成年就出家的狂人,身出家了而心没有出家。他也根本看不透红尘,因为他是一个人:一个敏感的诗人,一个注重情感的画家,一个痴情的浪子。

然而,他也一直在痛骂着虚名小利,并用自己的一生来诠释"名利任人忙"的真正内涵。作为生母为日本人的混血儿,三个月大的时候即与生母离别,或许注定了他一生的坎坷。

童年的苏曼殊没有母爱,而作为大户人家的苏家族人,带给他的更多的是冷漠和歧视。12岁时,苏曼殊曾大病一场,并被家人扔在柴房里气息奄奄而无人过问。

这是他第一次看到了"利"的虚伪和冷酷。小小年纪的他此时选择了出家,足可以看出其内心的恐怖和悲凉。

15岁时,因为其叔叔斥责他败坏了苏家名声而反对,并导致恋人自杀的恋爱悲剧,更使他悲痛欲绝。他再度选择了出家。

这是他第一次看到了"名和利"的结合能有那么大的威力。

后来,他以自己的身世写就一部小说《断鸿零雁记》,开近代中国文学史上的鸳鸯蝴蝶派的先河。

苏曼殊是一个爱国的革命僧人。作为陈独秀、章炳麟、柳亚子的好友,他参加了南社等革命组织,为推翻清政府的腐朽统治做出了自己的贡献。

这一次,他知道了什么叫"大利"。

真正的革命者是伟大的,是从不为名利所困的,在35岁时留下八个字"一切有情,都无挂碍",后猝然而逝。一生为情生,为情困,却从不为名利所困的他终于解脱了。

据说,他死后被葬于杭州西泠桥,与江南名妓苏小小墓南北相对。"情、名、利"任由后人去说吧。

此联一静一动,一个是小楼这样的小事物,一个是大地这样的大事物,在静和动,小和大的清晰对比中,告知人们许多有关修身、处世的哲思。此外,"小楼"对"大地","容我静"对"任人忙",对仗尤为工稳。

知足知不足
有为有弗为

"知足知不足"所带来的话题,国人似乎讨论了几千年。《老子》曰:"知足不辱。"自知满足就不会做一些使自己耻辱的事情。尤其不要做那种今天吃天鹅肉,明天披老虎皮的事,只有这样,才不至于吃天鹅肉不成、穿老虎皮刚两天就被抓进监狱。

而把此类意思表达得更通俗易懂的是宋代的林逋(968—1028,字君复,后人称为和靖先生)。在他的著作《省心录》中,有两处说到这个问题。一处说"知足则乐,务贪必忧";一处是"知不足者好学,耻下问者自满"。

林逋做到了,这位常说自己"以梅为妻,以鹤为子",人称"梅妻鹤子"而终身未娶的孤高自傲之人在世之时,已经名扬海内。有趣的是其去世之后,盗墓贼本以为这么大名声的墓中一定会有许多宝物,而他们失望了。

墓中只有一只端砚和一支玉簪。

端砚是作为男儿的林逋的自用之物。作为女儿家饰品的玉簪呢?可以想见其中,一定有着一段他生前不愿意说,却一直执着放不下,而后世的我们永远不能知晓的感情。

带着那段感情,他开始独闯天涯。有一天,他累了,他想找一个安妥他灵魂的寓所。他选择了西湖,选择了孤山,选择了鹤,选择了梅。

历史是公正的。林逋死后,人们在杭州西湖的苏堤上,建了"三贤堂",他是其中之一,另外两位是唐代白居易和宋朝苏东坡。

据说,此联是诗人、小说家、散文家冰心(1900—1999,原名谢婉莹)的祖父谢子修集古人名言而成的自勉联,并作为教育后代的家训。

其实,每个人内心都有两种力量在搏斗,譬如有:知足和不知足,知不足和不能知不足,有为和无为,弗为和无法弗为等等,这就使得短短十字之联包含了许许多多可以诠释的内容,此亦是优秀对联的基本特征。

世无遗草真能隐
山有名花转不孤

为纪念林逋,后人在杭州西湖孤山建有放鹤亭,多有文人墨客来此地参观瞻仰,如上一联的作者林则徐即是其中一位。

联语的"遗草""名花"语带双关,既可以指花花草草,亦可指物指人,尤其"名花"一词暗指林和靖,颇得屈原开创的"香草美人"寓意传统。

上联重在一个"隐"字,"隐"意味着无奈,也意味着超脱,颇暗合林和靖的境况。而下联则重在"不孤"。应该说,孤山的"梅花"为和靖的最爱,此处不用"梅花"而用"名花"则包含着更多可玩味的地方。因为名花并不单指梅花,还应该包括许许多多的"高洁"之花。故而,林逋这一朵"梅花"并"不孤"。

联语虚实结合,言简意赅,堪称佳联。

宠辱不惊,任庭前花开花落
去留无意,看天上云卷云舒

作为蔡元培先生的弟子,联语的作者刘海粟(1896—1994),生前获得了很大的成就和声誉,同时,亦存在很大的争议。

捧他的人,认为他是开拓者,是大师;骂他的人说,刘海粟吹了一辈子的牛皮,并把"洋场恶少和纨绔子弟"的标签贴在他的身上。

只是他已经去世了,即使他在世,他也不会在意,任由人们的言语在他耳边飞进飞出,也就像庭院前的花儿一样,自由地开开落落,也像天上的云儿一会儿卷在一起,一会儿又散开一样。

就是这种心态,这位老先生活了98岁。

联语以花开花落和云卷云舒这样的意象来比喻人们的心态,生动贴切,富有质感和强烈的动感。而"花开花落和云卷云舒"的动感只是表面,只是衬托。作者更多地意在传达动感之外的"静"——宠辱不惊和去留无意。全联的魅力即在动静之间的转化中体现出来。

实际上,清代的大臣张英(1637—1708,字敦复,号乐圃)也作过类似的对联:

白鸟忘机,看天外云卷云舒
青山不老,任庭前花开花落

此联和刘海粟联,后一句一样,不过此处的"白鸟忘机"却有一个有趣的来历。

此语出自《列子·黄帝》:"海上之人有好沤鸟者,每旦之海上,从沤鸟游,沤鸟之至者百住而不止。其父曰:'吾闻沤鸟皆从汝游,汝取来,吾玩之。'明日之海上,沤鸟舞而不下也。"

"机",机巧、损人之心;忘机即忘记机巧损人之心之意。鸟儿尚且知道"心机"之可恶,人呢?

而此类联语的最终著作权应该归明代的洪应明,亦是《菜根谭》的作者:

宠辱不惊,闲看庭前花开花落
去留无意,漫随天外云卷云舒

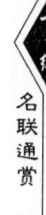

联语看似和刘海粟的一样,不过,"闲看""漫随"两词相互映照,更见作者内心的从容和恬静,且富有原创意义。至于其他,基本相同,此处不必啰唆,做复读机了。

> **知识链接**　　《菜根谭》
>
> 《菜根谭》是明代的一部语录体著作。著者洪应明,字自诚,号还初道人。《菜根谭》表面意思是说,人咬得菜根,则百事可成。进一步说,一个人只要能够坚强地适应清贫的生活,不论做什么事情,都会有所成就。从整体上看,《菜根谭》虽然是明一代知识分子儒释道三家思想的融合,却更多地带有"六经注我"的味道,颇值得一看。

好说己长便是短
自知己短便是长

此联与其说是一副精彩的对联,不如说是一精彩的辩证法则。什么是长,什么是短,怎样才能长,怎样才能短,透过此联短短的14个字,也许会有一些体会。

自知者明,不是一句空话。联语的作者申居郧,其生卒年不详或许本身即是自知的表现。

养天地正气
法古今完人

培养自己能充塞于天地之间的至大至刚气概,效法古今的完人,使自己德行完美。

"气"在中国哲学以及国人的生活中是一个很有分量的词语。中医讲"气"。生病了,老中医会说是邪气入身、湿气或者寒气缠身之类的话。如果精神上有"邪气"入身呢?

"人生自古谁无死,留取丹心照汗青"乃是流传千古的诗句。而此诗句的题目即是《正气歌》,诗作的作者文天祥(1236-1283,初名云孙,字天祥)亦以实际行动诠释了什么叫"正气",什么叫"身以成仁",也诠释了什么叫"尊严"。

文天祥被俘后,当有人向元世祖(横扫亚欧大陆的忽必烈)请示如何处理文天祥时,元世祖说:"谁家无忠臣?"命令手下对文天祥以礼相待。忽必烈爱其才,多次派人劝降,但都遭到文天祥的拒绝。

三年过去了,元世祖终于判了这位宁死不屈的英雄的死刑。行刑后不久,突然有人说皇帝有旨,不许杀害文天祥。然而,文天祥已死。忽必烈惋惜地说:"真是男子汉大丈夫,不能为我大元效力,杀了他真是可惜。"

尊严往往来自于硬骨头,无论面对你的朋友,还是你的敌人。

文天祥死了,但是他的人格之美、浩然正气犹如缕缕阳光照耀了中华一千多年,一直到现在。

此联中,"养"对"法","天地"对"古今","正气"对"完人",对仗十分工整。联语谈天地、古今,谈正气、完人,均是大气的意象,使得联语气势雄壮,而又庄重大方。

读完之后,一股"完人"的正气也在人们心中油然升起。不愧出自革命先行者孙中山(1866—1925,原名孙文,字载之,号逸仙)先生的手笔。

而在文天祥逝去的两百多年后,又一位硬骨头诞生了,他就是杨继盛(1516—1555,字仲芳,号椒山)。这位只活了40岁的英雄应该说是明代最为人尊重的汉子。他有一联可以说是其一生的写照:

铁肩担道义
辣手著文章

铁肩,一个真正的男子汉应该有的肩膀,也许不是宽厚的,但一定是勇于担当的。

辣手,老手、能手,"姜是老的辣"即是此意。联意是说,勇于担当的强者应该能担负起道德和正义的重任,技巧高的人应该能写出精美的文章。

杨继盛的骨头很硬,所以"穷二代"出身的他可以白天放牛,晚间读书到深夜,并终于在嘉靖年间高中进士,官至兵部员外郎。

亦因为他的硬骨头,才有了他铁一样的肩膀,使得他承担的东西太多太多,他也因此两次被陷害入狱,其中一次即是怒谏中国历史臭名昭著的小人之一严嵩。

后来,杨继盛被害,这是小人们的最后疯狂。然而,上帝要谁灭亡,必先让他疯狂。七年后,严嵩一家满门抄斩。这是小人的下场。除此之外,还永远背负着骂名,一直到今天。

人们说,战国养士,汉朝养兵,唐朝养艺,宋代养文,到了明清却养了一群小人。

之于明代,我们感受最多的还是悲哀和沉重。但是,除了这些小人之外,还有许许多多为我们所敬重的君子,是他们撑起了泱泱中华五千年文明的擎天之柱,也是他们用他们自己的血肉之躯、铮铮铁骨书写了一部部可歌可泣的文章。

此联虽然短短十个字,却一气呵成,读来铿锵有力,一股浩然正气油然而生,堪称佳联。

后来这一联到了革命先烈李大钊(1889—1927)同志手里又有一字变化:

铁肩担道义
妙手著文章

将"辣"字改成"妙"字,"辣"和"妙"一字之差,李大钊的性情为人和作文特点,即表现出来了。

人到万难须放胆
事当两可要平心

人到了万难的地步要放胆去做,只有这样,才能杀出一条血路来,而当事情处于两可的时候,要心平气和地去处理,不要急躁。

作为20世纪中国画坛最具传奇色彩的国画大师,联语的作者张大千(1899—1983),在知天命之年生日时撰写此联,自有深意。

如上联语是其大半生的经验总结,或许是一种解释。颇有趣味的是,其年轻时所度过的富有传奇色彩的"两个一百多天"也许更能说明问题。

其一,18岁那年,被土匪抓到山上,做了一百多天的土匪二把手。"人到万难须放胆",张大千18岁时也许就明白了。

其二,21岁时,社会动乱,个人失恋,使他看破了"红尘",遂在当时的松江县禅定寺出家为僧,做了一百多天的和尚,法号大千,张大千之名由此而来。"事当两可要平心"一语的写就或许与此相关。

上联是为人的感想,下联是处世的心得,相互对称。"人到万难"对"事当两可","须放胆"对"要平心",对仗也颇为工稳。

凌霄羽毛原无力
坠地金石自有声

人们对联语的作者臧克家(1905—2004)的熟知大多来自于他的诗作《有的人》,这是老先生为纪念鲁迅而作的诗,其中最经典的一句是"有的人,活着,他已经死了,有的人死了,他还活着"。

此联中,"凌"是逼近、升高的意思;"霄"是云霄,指高空;凌霄即飘到天上之意。上联是说,飘到天上去的羽毛原本是无力的。

臧克家显然是在告诉人们能升上天的并不都是神仙,也可能是羽毛。羽毛是怎样上天的呢?"吹的"也许是一个答案。

同时,套用臧克家的话说,有的人在天上,实际在底层;有的人在底层,实际在天上。

下联之意和上联相对。"金石"是指贵重的金子和玉石,下联是说,坠在地上的金石自然是有声响的。

时代呼唤更多的"金子和玉石",哪怕是一块普通的石头,它也总是掷地有声的。

上联的主角是羽毛,下联的主角是金石,并以羽毛的轻浮无力无声和金石的厚重有声来比喻为人和处世,比喻贴切,生动形象。而对反手法的运用又使得联意在比较中更加清晰明了。

每一个人都是主角,是做羽毛还是金石,是一个值得深思的问题。

种十里名花何如种德
修万间广厦不若修身

十里的名花一定会香气袭人,但是,美德呢?作者用"何如"一词已经回答了这个问题。此处反问的修辞,加强了语气,给人们以警醒。

建筑千万间高大的房屋,其功绩是巨大的,但和修养身心相比呢?

"万间广厦"来自诗圣杜甫《茅屋为秋风所破歌》:"安得广厦千万间,大庇天下寒士俱欢颜。风雨不动安如山!呜呼!何时眼前突兀见此屋,吾庐独破受冻死亦足。"

杜甫是圣人,不是简单的诗圣,他已经修了万千间广厦,后世一代又一代的寒士已经住进他盖的广厦,这些广厦成为安息后世寒士的灵魂和精神的寓所。而联语定能引起蜗居蚁族的共鸣,亦不是一句虚言。

此联中,"种十里名花"对"修万间广厦","何如种德"对"不若修身",对仗颇为工整,堪称佳联。

绝联征对

出句:一杯清茶,解解解元之渴

注:第一个是解除的"解",音 jiě;第二个是姓"解",音 xiè;第三个是解元的"解",音 jiè。"解元"为科举考试功名之一,科举制度中乡试第一名。唐代时,考进士之人均由地方政府统一解送入京,后来,此项制度沿传下来,乃有此名。

第五话　气节联

> 这是一个最讲气节的时代,又是一个最讲不清气节的时代。这是一个最讲民族气节、革命气节和做人气节的时代,又是一个最讲不清这些气节的时代。这是一个矛盾丛生的时代,又是矛盾的两个侧面不可分离地相互联系和对立统一的时代。
> ——狄更斯《双城记》

一个信仰缺失、价值颠倒的时代,我们该怎么做?

水唯善下方成海
山不矜高自极天

联语出自记录孔子及孔门弟子思想言行的古书《孔子家语》,可以作为所有恃才自傲者的座右铭。

"矜高",自大骄傲,"极天",达到天上,夸张手法。"善下",此处指水往低处流淌的态势,常用来比喻善待比自己地位低的人。

水,只有向低处流淌才能汇集成江河湖海;山,不必劳心去相互攀比、自大骄傲,因为本身自然而然地就是直冲云霄的。

可以说,此联只是写出了一种常识,而常识皆蕴含着深刻的道理。清代有一个诗人说:"善下斯为大,能虚自有容。"而"善下"不但是一种崇高的品格,也是做人的一种境界。

反过来呢?

上句写水,下句写山,以山、水来比喻谦虚的品质,生动贴切。同时,以海、天作为水、山的对比和映衬,使得联意更加清晰明了。

君子尚德小人尚力
尚德树恩尚力树敌

此联出自邵雍的《君子吟》。

"尚",崇尚;"力",武力暴力;"树恩",施恩。君子崇尚德行,小人崇尚暴力,崇尚德行能广施恩泽,崇尚暴力只能给自己树立仇敌。

作为一个长期隐居之人,联语的作者邵雍(1011—1077,字尧夫,谥号康节),确实少为人所知。其实,人们常说的"一年之计在于春,一天之计在于晨,一生之计在于勤"即出自于邵雍。

而广为人们所解读的是他的一组《梅花诗》,从中或许能看出他的一些高明之处。如第四首即为预言明朝兴衰之事的:

毕竟英雄起布衣,朱门不是旧黄畿。

飞来燕子寻常事,开到李花春已非。

英雄起布衣:指明开国皇帝朱元璋原本乞丐出身。

朱门黄畿:朱门指朱姓。黄畿应是"皇基"的谐音。朱元璋定都南京,但根基尚未稳固,所以说"朱门不是旧皇基(畿)"。

飞来燕子:"燕子"指燕王朱棣。此句可以附会为燕王朱棣起兵南下废除建文帝,后来迁都北京的朱家皇室内斗的"寻常事"。

李花:指李自成。李自成与朱元璋颇有共同之处,都曾为流民,称"李花子"亦可以说得通。1644年春,李自成攻入北京,明朝最后一个皇帝崇祯帝缢死景山,明朝灭亡,言"春已非"确有几分道理。

正如对于诗的解读一样神秘,历史上的邵雍一直以神秘著称。其生前虽然名震北宋,却多次婉拒朝廷征招。

如果一个事事知道先机的人出来干预历史,那么历史的进程是否会发生重大改变?而此人会因泄露天机而受到天谴吗?难道这是这位神人之所以不出山的原因吗?

或许他本人只是想做如他所写的《君子吟》中的君子吧。拒绝和官方来往有点极端,但是对一些说话直,好冲动而且只是愿意保持自己道德操守的性情之人来说,也不失为一种好的途径。

此联"君子尚德"对"小人尚力","尚德树恩"对"尚力树敌",看似是脱口而出的,顺势而下的话语,实则是一副自对工整的对联。

此外,上联概括了君子和小人行为的区别,而下句则是对他们行为的结果的简要概括,两相对照,尤为鲜明。

任他外貌千般假
守我中心一点真

中心,指内心。不管别人表面上多么虚假,守住自己内心的那片真足矣。

联语出自明代对联名家乔应甲的对联专著《半九亭集》。乔应甲,作为一个纵横官场几十年的公务员在尔虞我诈、阳奉阴违、虚情假意盛行的官场,他守住了自己的一份"真",确实不失"人民公仆"的光荣称号。

据说,在乔应甲刚走马上任御史大夫巡抚陕西时,乔应甲曾秉公执法,大义凛然,在证据确凿后,当庭用大棍打死恶霸亦是皇帝的小舅子曹某。民众拍手称快,呼为青天。

"任他"对"守我","外貌"对"中心","千般假"对"一点真",对仗颇为工巧。上联说假,下联言真,一真一假,相互对应。

同时,联语平实如大白话,以他人外貌的千般假来和自我内心的真做对比,既是对自我内心"真"的一种坦率的表白,也是对假的蔑视。而在这种坦率的表白和蔑视中,乔应甲本人的形象也跃然纸上。

一竹一兰一石
有节有香有骨

竹、兰、石本是普通事物,确实也都有"节"、有"香"、有"骨",亦可用来喻人:"节",喻人的节操;"香",喻人的好名声;"骨",喻人的骨气。

一个竹,一个兰,一个石,是我的最爱。因为竹有节,有高尚的节操,兰有香,有美好的名声,石有骨,有不屈的气概。

作者郑板桥(1693—1765,原名郑燮,字克柔,号板桥),作为"扬州八怪"之一,其诗、书、画世称"三绝"。如上联语亦是其人品和性情的反映。

正如大多数艺术家都有点怪毛病一样,板桥亦不例外。据说,其任官期间,经他所查办的污吏奸民,都要游街示众,有意思的是他为每一个犯人画一幅梅、兰、竹、石等图画,以此来吸引看客,同时亦给百姓一种警示。

上下联分别使用三个"一"字和"有"字,这种反复的修辞加强了语气,使得上下联连接自然,顺势而下,一气呵成。

疾恶如仇,几根傲骨横天下
舍生取义,一颗头颅落状元

疾恶如仇,死后,我的这几根傲骨也能横行天下;为了维持正义,不惜把我这颗头颅抛在荒凉的状元洲上。状元:此处指联语的作者大革命时期的革命烈士汤祥瑞的就义地"状元洲"。

联语全是大白话,却字字铿锵,掷地有声,催人奋进,给人以强烈的悲壮感。

捧着一颗心来
不带半刻草去

1923年,一位美国伊利诺伊大学和哥伦比亚大学的高才生,亦是美国著名教育家杜威先生的得意门生组织了平民教育促进会,联合他人编写《平民千字课》,并奔波于全国十几个省市,致力于平民教育。

同时,他把《平民千字课》作为教材,送到平民百姓家里,劝家家户户都要识字读书,而他的活动经费却多数是自己的稿费。

他即是联语的作者陶行知(1891—1946),一位被誉为"中国近代教育史上的一代巨人",而联语似乎也是他一生的真实写照。

如今,普及九年义务教育早已完成,高等教育也步入了大众化阶段。陶先生,泉下有知,应该感到欣慰。

此联中,"一颗心来"对"半刻草去",对仗尤为工巧。而"捧着一颗心来"和"不带半刻草去"皆是无私心之意,陶行知本人对教育事业的赤胆忠心跃然纸上。

――― 绝联征对 ―――

出句:江氏在江亭,追悼江西江县令

注:联语出现四个"江"字,而各有所指,亦不显牵强,实在绝妙,也是难对之处。

据说,联语撰于清末光绪年间,当时江西南昌曾发生过群体性事件,时任知县江某因秉公执法,被洋教士所杀,国人大怒,纷纷谴责。京城以江亢虎为首的诸多青年志士曾在陶然亭(亦名"江亭")为江知县举行追悼会,有人遂作上联,可惜无人应答下联。

第六话　治家联

> 家是温暖的港湾,家是永远的岸,家有时也是最不能讲理的地方。

贫贱之知不可忘
糟糠之妻不下堂

联语出自《后汉书·宋弘传》:"后弘被引见,帝令主坐屏风后,因谓弘曰:'谚言贵易交,富易妻,人情乎?'弘曰:'臣闻贫贱之知不可忘,糟糠之妻不下堂。'"

应该说,宋弘同志被评为标准的模范丈夫,确实名副其实。

糟糠,酒渣及谷皮,指粗劣的食物。糟糠之妻指贫贱之时,共同患难的妻子,也用来谦称自己的妻子。

贫贱时结交的朋友不可忘记;同自己一起吃苦的妻子不应当抛弃。

然而,在当下"小三、二奶、二爷"以及"朋友妻不客气"盛行的社会,此联则显得那么孤独和无助。

进一步说,在如今"经济基础决定上层建筑","宁愿在宝马车里哭,也不愿在自行车后座上笑"的时代,也许此种观念淡漠了,但是面包和爱情之间的位置应该怎样摆正呢?谁是次要的,谁是主要的?

多元化时代,人人都有选择某种生活的权利,但是你也要为自己的选择负责。

一粥一饭当思来之不易
半丝半缕恒念物力维艰

"物力",可以使用的物资;维,助词,无实意。

即使是一点粥一点饭也不应该浪费,应当想到它们来之不易;就算半根丝半根线也不应当糟蹋,要常想我们所用的物资得来的艰难。其实,唐人李坤早就说过:"锄禾日当午,汗滴禾下土。谁知盘中餐,粒粒皆辛苦。"

联语出自清代朱柏庐(1627－1698,名用纯,字致一)的《朱柏庐治家格言》(又称《朱子家训》)。作为教育家和颇重视道德修养的理学家,如上联语即是其个人生活作风的写照,亦是对子孙后代的严格要求,时光虽然逝去了三百多年,此言语似乎仍有教育意义。

此联对仗基本工整,尤以"一粥一饭"对"半丝半缕"最为工巧。上联讲食,下联说衣,两相对照,使得勤俭节约的理念不言自明。

由俭入奢易
由奢入俭难

联语出自中国第一部编年体通史《资治通鉴》。司马光(1019－1086,字君实,世称涑水先生)作为此书的作者,虽然是保守派人士,却在人格、品质上不逊于任何人,包括他的政敌——改革派首领王安石。

司马光小时候十分淘气,其砸缸的故事广为流传,可谓"一砸成名"。

不过,司马大人在为官上,却一点也不淘气,是清廉、恭谦、正直,不喜奢华的。这一点,他的政敌王安石也很钦佩,曾表示很愿意与他为邻。

司马光亦十分注重孩子的教育,要他们不奢侈、注意节俭。在司马光的教育下,儿子司马康从小就懂得俭朴的重要性,并以博古通今、为人忠厚和生活简朴而被后世称赞。

语言如大白话,"由俭入奢,由奢入俭"看似文字游戏,但在后面各加了"易、难"二字,使得整联在看似平常的话语中包含着极为深刻的道理。

养不教父之过
教不严师之惰

联语出自南宋著名学者王应麟(1223－1296,字伯厚)的《三字经》一书,亦是古代儿童的必背读物。

上联是说家庭教育不能缺失。而今"有人生没人养"一语虽然骂得难听,却也显示出家庭教育的重要性。

下联是说学校教育,"严师出高徒"即是此意。

读书好耕田好学好便好
创业难守成难知难不难

准确地说,此联出自清代杰出的现实主义讽刺小说《儒林外史》的第二十二回。

古代人崇尚"耕读传家",所以,在许多古旧住宅的匾额上,很容易见到"耕读传家"这四个字。

那么究竟做什么好呢?这要实事求是,要看自己到底有几斤几两。不过,不管做什么,关键在于要学好。

下联是说创业和守业的关系,并明确指出只有知道难处,才能做到知难不难。

然而,此联的作者——可敬可爱的大文学家吴敬梓(1701－1754,字敏轩,一字文木)却也是一个败家子。吴敬梓是富二代出身,到22岁时,父亲去世,家族内部的财产争斗令他极为反感又不想考取功名,此后,他即开始了声色犬马式的公子哥生活。

颇有意味的是,这位性情中人亦没有商业的理财观念,还常常以慈善家的身份出现,接济穷人,关照弱者,也因此受过骗,直至坐吃山空,家产荡尽。

对于此,有高人早就指出,他是有意为之,并说,只有丧失了财产,挣脱了家族的种种条条框框,他才能以纯粹的心境进入到文学创作之中。

此联对仗工整。四个"好"字以及四个"难"字是反复的修辞,使得联句顺势而下,一气呵成,而什么好、什么难也自然而然地流露了出来。

而中国人民大学的老校长吴玉章亦有相类似的对联:

创业难,守业亦难,须知物力难艰,事事莫争虚体面

居家易,治家不易,欲自我身作则,行行当立好规模

不痴不聋不做阿姑阿翁
得亲顺亲方可为人为子

作为集句联,联语出自周希陶的《增广贤文》。

"不痴不聋不做阿姑阿翁"出自《天平御览》卷四九六。是说,作为家中的父母或公婆,对儿子媳妇、女儿女婿的家长里短的私事,应当少问少管,睁一只眼闭一只眼。"清官难断家务事"即是此意。

其实,"不痴不聋不做阿姑阿翁"一句的版权应该归劳苦大众,颇有趣味的是作为皇帝的唐代宗李豫对此言亦十分熟悉。据说,其曾经以此种心态来处理爱女升平公主和驸马爷郭暖之间的夫妻别扭,并赢得了后世的交口称赞。

"得亲顺亲方可为人为子"源自孟子《孟子·离娄上》:"不得乎亲,不可以为人;不顺乎亲,不可以为子。"

"得",满足之意;"亲",双亲。满足与顺从父母,才可以成为一个有德行的人,才能为人子。联语虽然说得过于绝对,却也合情合理。

上联是从双亲的角度来论述,下联是从孩子的角度来讲解,这本身就构成了一组意义上的对仗,而"不痴不聋"对"得亲顺亲","不做"对"方可","阿姑阿翁"对"为人为子",形式上的对仗也十分工整。

此外,此联语言平实,如话家常。而人们似乎也在其中体会到一些居家过日子的法则。

侬别良人去矣,大丈夫何患无妻,倘它时重对婚姻,莫向新妻说亡妇

儿依慈父悲哉,小孩子终当有母,待异日再承慈训,须知继母如亲娘

语言的高妙与否往往和文字技巧无关,此联可以作为例证。沈琴仙(1786—?,

自署西湖女史)——作为联语的版权所有人,写作此联时,恐怕极少考虑文字技巧问题,以血泪写就即已足矣。

而"贤妻、良母"这一中国男人为之动情的词汇,在此处得到了最好的诠释。

"侬":古语,"我"的意思。"良人":古时夫妻互称为良人,后多用于妻子称丈夫;古代指非奴婢的平民百姓(区别于奴、婢)。清白人家的妇女,妻子对丈夫的称呼。最早出自《诗·秦风·小戎》。

如果说,"侬别良人去矣、儿侬慈父悲哉"两句回荡着女人特有的温情和爱意,让人为之感慨流泪;那么"大丈夫何患无妻、莫向新妻说亡妇;小孩子终当有母、须知继母如亲娘"四句则更像是女强人的话语,其通情达理以及用心良苦之处让如今诸多的善男信女为之折服。

也难怪沈琴仙之父曾赞誉自己的女儿:"若为男身,吾门兴也。"从中不难看出沈琴仙的才华和智慧。其诗、书、画、联、文俱佳,素有闺中诗人之誉。其名在当时已载入《大清怀庆府志》。

然而,才高短命的她,带着对丈夫和幼儿的深深眷恋离去了。此联既是遗嘱,也是一则绝命联。其感人肺腑之处令人潸然泪下。

兴家犹如针挑土

败家好似浪淘沙

要使得一个家兴旺发达,就好像用针挑土一样,是慢慢积累的。应该说,此联的作者是一位颇具幽默感的伙计,扁担挑土已经极少,何况针乎?此为夸张手法。

败家就好像是大浪淘沙一样。滚滚波涛大浪极为厉害,别说小小的沙石,就是泰坦尼克号邮轮也怕它们三分。

语言幽默风趣,比喻生动形象,"针挑土"对"浪淘沙",尤为工巧,堪称佳联。

依仁成里

与德为邻

联语上下句均出自《论语·里仁》。子曰:"里仁为美。择不处仁,焉得知?"又,子曰:"德不孤,必有邻。"

"里"指故里,居住的地方。"依仁成里"即和有仁德之人居住在一起。

其实,作为集句联,联语主要表达了"关注仁德"的购房理念。颇有趣味的是,如此看来,似乎孔老夫子在两千多年前已经为人们考虑如何选择房源的问题了。

无富色无贵色无文章色,方成士品

有书声有机声有小儿声,才是人家

"士品"本指士大夫的品行才学,此处指有品位的士人。其标志即三无:无富色无贵色无文章色。

无富色：即使手中有大把大把的银子，住着老美老美的房子，也不能骄奢淫逸。

无贵色：即使你官做得再大，也不能认为就自己高贵，他人都是乡巴佬，自己就比他人高一等。

无文章色：写文章作诗不要无病呻吟，也不能说来说去全是空话、大话、假话、套话。

如果说，"三无"是高品位之人的外在标签，那么下联的"三有"，就是高品位家庭的内涵。

有书声：有书声才显得有文化，有品位，要是一个家里天天有麻将声，那么这一家的品位就可想而知了。

有机声：自远古神州大地的第一夫人——蚕母娘娘嫘祖开始，女性就担当起繁重的家务劳动，除了做饭之外就是养蚕抽丝做衣服了。所以，家中有一位贤淑的妻子织布做衣也是完美家庭的一部分。

小儿声：古语说，不孝有三，无后为大，虽然有点狭隘，但在古代的社会条件下却也是一种正常的想法。

"无富色无贵色无文章色"对"有书声有机声有小儿声"，"方成士品"对"才是人家"，对仗工稳。上下联全用排比，使得整联流畅自然，有一气呵成之气势，而朴实的语言避免了说教的嫌疑。

浙江余杭的陆象山也有类似一联：

无狂放气，无道学气，无名士风流气，才称儒者
有诵读声，有纺织声，有小儿啼哭声，才算人家

知识链接　　工对与宽对

作为诗律术语之一，工对又称为"严对"。工对一般要求同词性的词语相对，即名词对名词，代词对代词，形容词对形容词，副词对副词，虚词对虚词。旧时，人们还把名词分为天文、地理等若干门类，也要求各个小类的名词相对。

如宋末元初沈义甫幼时应对私塾老师联：

雨打波心，看见茫茫象眼
风吹水面，浮来片片龙鳞

"打"对"吹"，动词对动词；"看见"对"浮来"，动词对动词；"茫茫"对"片片"，叠词对叠词。"雨"对"风"，"天文"对"天文"；"波"对"水"，地理对地理；"心"对"面"，器官对器官；"象"对"龙"，动物对动物；"眼"对"鳞"，器官对器官；是名词的各个小类互对。

此外，工对，除了有严格的词类相当的要求外，还须做到结构相称、节奏相应，以及平仄协调，这样才能产生一种整齐和谐之美。

上面一联即做到了结构相称。同时，上下联节奏都是2-2-2-2-2。而整联的平仄关系亦如下所示：

仄仄平平仄仄平平仄仄
平平仄仄平平仄仄平平

上下联各个部分对仗十分工整，堪称工对。

宽对与工对是相对的概念。它比较灵活而自由，便于表达感情。一般只要词性大致相当，节奏大致相应即可构成对仗。此种对仗，一般称之为"宽对"。

此外，还有一种介于工对和宽对之间的对仗类型叫"邻对"，即事物邻近的词类相对，如天文对时令，地理对居室等，如《红楼梦》潇湘馆联：

宝鼎茶闲烟尚绿
幽窗棋罢指犹凉

本联只用14字，但却有三个邻对。"窗"对"鼎"是"居室类"对"器物类"，"棋"对"茶"是"文具类"对"饮食类"，"指"对"烟"是"形体类"对"天文类"。

绝联征对

出句：游西湖，提锡壶，锡壶掉西湖，惜乎锡壶

注：据说，苏轼在杭州执政时，一天与几位朋友同游西湖，服务人员提着一把锡壶给苏轼倒酒，一不小心将壶掉入湖中。有一友人当即撰出如上出句，请苏轼对下联，苏轼绞尽脑汁也没有对出，遂成绝对。

联语的高妙和难对之处在于"锡壶""西湖""惜乎"三个词的读音几乎相同。

第七话 处世联

人生在世，如何看得透、放得开，又如何不会生发所谓的"看破红尘"之感；人生在世，如何出淤泥而不染，又如何踏遍荆棘不生恨；人生在世，如何常能逍遥自在，怡然自得，又如何留芳名与后世。

皆是学问。

一

良药苦口利于病
忠言逆耳利于行

作为妇孺皆知的谚语，其最早见于《史记·留侯世家》，当然，把著作权挂在司马迁的名下,却也不妥,因为最晚在秦朝末年,此话语已经在社会上流传了。所以,人们才会看到如下一幕。

秦末,刘邦和项羽争天下,刘邦的军队率先攻破当时的秦朝首都咸阳。进城后,有着流氓痞子习气的刘邦为宫中美色珍玩所迷惑。其哥们樊哙谆谆劝导亦无用。

此时,出身贵族,有着高度政治头脑的张良说了一句"毒药苦口利于病,忠言逆耳利于行,请主公听樊哙的话吧",令刘邦如凉水浇头般醒悟过来。

原句中的"毒药",不是指有毒的药,"毒"是"毒口"之意,即味道不好。

联语深得辩证法的规律:良药、忠言是好的,有用的,但是苦的药、难听的话,又都是不喜欢的,怎么办?

如上联语即是参考答案。

此联中,"良药"对"忠言","苦口"对"逆耳",对仗尤为工整。同时,语言如话家常,浅显易懂,却蕴涵深意,历来为人们所喜爱。

纵有千年铁门槛
终须一个土馒头

"铁门槛",包有铁皮的门槛,旧时,为显示住宅的气派和主人的富贵长久而设计的精美装修,据说有的名门望族甚至希望自家的铁门槛可以留存上千年。

然而,即便铁门槛能够留存一千年,人能活一千岁吗?人到头来得到一个什么呢?

得到的只有一个如下联语所言的"土馒头"。"土馒头"即人生终点站的标志,即一个坟头而已。颇有趣味的是帝王的"土馒头"甚至会成为一座丘陵,而此类人工丘陵只不过是人的征服欲的另一种罢了。

联语流露的是冷冷的虚无主义的思想。在《红楼梦》中,此两句联语是清高自傲的妙玉最爱,所以,她所在的寺庙即叫馒头庵。

当然,也是一种解脱,而此种解脱可能走向另外一个极端,即一旦什么都看透的话,那即意味着什么都可以做,不管法律和道德允不允许。然而,此又落入了极端的享乐主义和功利主义。怎么选择全在自己。

作为摘自南宋"中兴四大诗人"之一的范成大(1126—1193,字致能)的诗作《重九日行营寿藏之地》的集句联,其工整的对仗是其成为佳联的重要砝码。

此外,以"铁门槛、土馒头"两个事物作为一种象征,既生动形象,又包含着深刻的人生体会。"纵有、终须"两个虚词,带有淡淡的哀诉的味道,也让读者在这种哀诉中体会到了更多的东西。

> 远富近贫，以礼相交，天下少
> 疏亲谩友，因财绝义，世间多

据说，此联是一个叫鄂比的八旗子弟对他的好友曹雪芹（约1724—约1764，名沾，字梦阮，号雪芹、芹圃、芹溪）的由衷评价，亦是世态人情的真实写照。

众所周知，作为汉语文学的极致之作《红楼梦》的作者曹雪芹，其显赫的家族出身，称其为官二代或富二代亦不足为怪。然而，至曹雪芹时，其家族却到了"白茫茫大地真干净"的地步。

故而，此处的"远富近贫"一词语带歧义，既可以实指曹家事实，亦可以指远离富贵亲近贫穷之人之事，这确实"天下少"矣。

如果说，上联是赞美"远富近贫，以礼相交，天下少"的曹雪芹，那么下联则是对世风日下的不满。

联语对仗工整，"远富近贫"对"疏亲谩友"，"以礼相交"对"因财绝义"，对反修辞使得联意一目了然。

"疏"，疏远；"谩"，怠慢、轻视、欺骗。此联不加雕饰，语言质朴却真挚感人。据说曹雪芹十分喜爱，曾经把它挂在住室的墙壁上，并且署名"拙笔"，语句也有些改动：

> 远富近贫，以礼相交，天下少
> 疏亲谩友，因财而散，世间多

> 世事浮云，薄宦得闲方是贵
> 光阴流水，他乡虽好不如归

"薄宦"本意是卑微的官职，也用作谦辞。

世间万事一如天上的浮云，飘来飘去，官职亦然，看淡官场，闲适舒服方是真谛；光阴似流水，他乡再好亦不如归。

作为33岁高中进士后即踏入官场的明代联家乔应甲（1559—1627，字汝俊）的官场感言，出自乔氏的唯一存世之作《半九亭集》。其"薄宦得闲方是贵"和"他乡虽好不如归"两句直逼官场中人和游子的内心，既是一种劝说，也是一种提醒。

颇有意味的是1100年前的一位诗人一生三仕三隐，和乔应甲的官场经历颇为相似，亦可以作此联的注脚。

29岁时，第一次出仕，勉强待了一个多月，即辞官返乡。原因是其受了欺骗，只不过作为高官们的支撑门面的"花瓶"摆设。

第二次出仕任镇军、参军等小官，此后又归隐。

41岁时出任山东彭泽县令。而上任80多天后，因得罪权贵，正式向官场告别，真正走上了回乡隐居之路。

这位老者即是陶渊明(约 365－427,字元亮),又名陶潜——一位汉魏南北朝 800 年间最杰出的诗人、辞赋家。

在他最后一次辞官回家后,写下了广为人知的《归去来兮辞》。

与此联相类似的还有:

无求方觉人情厚
克己始知世路宽

以势交者,势尽则疏
以利合者,利尽则散

欲人不知,莫若勿为
欲人不闻,莫若勿言

任人须知人,友人须客人,人和事就
无事不找事,有事不怕事,事在人为

无易事则无难事
有虚心方有实心

二

醴泉无源,芝草无根,人贵自立
流水不腐,户枢不蠹,民生在勤

此联为嘉庆朝时的程祖洛(？－1848,字问源)所撰,是处世的原则性和灵活性关系的生动表述:醴泉没有源泉仍然甘美,灵芝没有根也生长,而人亦贵在自立;流动的水不会腐臭,经常转动的门轴不会被蠹虫蛀蚀,而民贵在勤劳。

醴泉,指甘泉;芝草,灵芝草,中国古代认为灵芝具有长生不老、起死回生的功效,被视为仙草。

联语上句以醴泉和灵芝的无根、无源来衬托人亦不能依附太多,贵在自立。为此句作反面注脚的比比皆是,三国的吕布(？－198,字奉先)可谓典型。

吕帅哥出身贫寒,但人穷志不短,从小练就一身好武艺,后来经人介绍投奔到并州(今山西太原)丁原门下。这是他第一个主人。

汉朝小皇帝去世后,丁原与大军阀董卓争夺对汉王朝的控制权,董卓以高官厚禄引诱吕布杀了丁原,于是董卓成为他第二个主人。

后来,有一个叫王允的大臣看不惯董卓的专横跋扈,即使用连环计和美人计(美人即貂蝉),借吕布之手杀了董卓。此时,王允和吕布等共同把持朝政。这时候的主人应该是汉朝皇帝。

董卓死后两个月,其部下又攻入京城,吕布战败,仓皇出逃。吕布投靠袁术,这是他第四个主人。但因自恃有功而十分骄恣,袁术不满。

后来,吕布改投张扬,这是他第五个主人。张扬手下向他建议擒拿吕布,吕布便转投袁绍。这是他第六个主人。在袁绍处,吕布又居功自傲,终被袁绍赶走。

后来,曹操攻打吕布的老窝下邳,因吕布有勇无谋而多猜忌,最终为曹操所杀。

盖棺论定,"人中英雄"吕布骨子里少了一样东西即无原则、不自立,其一生的漂泊和悲惨的结局均与此相关。

下联中的"流水不腐,户枢不蠹"出自《吕氏春秋·尽数》:"流水不腐,户枢不蠹,动也。"而"民生在勤"则出自《左传·宣公十二年》:"民生在勤,勤而不匮。"

以醴泉、芝草、流水、户枢等普通事物来比拟处世的法则,生动形象而韵味深长,堪称佳联。程祖洛亦有如下一联:

　　　　无多事,无废事,庶几无事

　　　　不徇情,不矫情,乃能得情

清斯濯缨,浊斯濯足
智者乐水,仁者乐山

作为清代的诗人、藏书家,此联的作者吴骞(1733—1813,字槎客)应该有着渊博的知识和深厚的文化修养,其顺手拈来的集句联即是例证。

上联出自《孟子·离娄上》:"有孺子歌曰:'沧浪之水清兮,我以濯我缨;沧浪之水浊兮,可以濯我足。'孔子曰:'小子听之!清斯濯缨,浊斯濯足矣。自取之也。'"

大意是说:"从前有个小孩歌唱道:'沧浪的水清,可以洗我的帽带;沧浪的水浊,可以洗我的两脚。'孔子说:'学生们听着!水清就洗帽缨,水浊就洗脚。这是由水本身决定的。"

而同样的故事在楚辞《渔父》(作者可能是屈原)中,也有出现。

屈原(约前340—约前278,原名屈平,字原)第二次被流放,灰心绝望。一位渔父(古代对老年男子的尊称)见了,就问他,你那么大的官怎么会这样呢?屈原回答说,举世皆浊我独清,举世皆醉我独醒,所以被流放了。

渔父就劝他,说了一些要看清时势,要有灵活性,要与时俱进之类的话。而屈原却说,我是何等的清白,怎能与那些小人为伍呢?我宁愿投江喂鱼,也不愿苟且偷生。

渔父笑笑唱着歌走了，不再和屈原说话。渔父唱的即是："沧浪之清兮，可以濯吾缨；沧浪之浊兮，可以濯吾足。"最终，屈原还是跳进了汨罗江。

是那个时代和社会抛弃了屈原还是相反？虽然是调侃似的问句，却应该引起人们严肃地思考。因而，上联不只是"水清、水浊"的讨论，更多的是处世的一种态度，亦是一种人生选择。

"生存还是毁灭，这是个问题。"(To be or not to be, this is a question.)"丹麦的王子"哈姆雷特的经典话语，屈原早于一千多年前即已经扪心自问过。

下联出自《论语》："仁者乐山，知（同智）者乐水，知者动，仁者静。"可以说，以山、水喻人既是中国文学的一种常见手法，也是中华文化审美观念的一种体现，当然更多的还是一种处世观念。

山是厚重的，因为大地是它的根基，巍然屹立，不为外在的事物所动摇。仁爱之人亦如山一般，宽容仁厚，不忧不惧。

水是柔弱的，却像孙悟空一样千变万化。遇到圆的容器，它自身的形状即是个圆形，遇到方形的容器即会变成方形。而聪明人和水一样，善于随机应变，而不固守一成不变的某种标准和规则。所以，水总是活跃、乐观的。

此联是自对联，即"清斯濯缨"对"浊斯濯足"，"智者乐水"对"仁者乐山"，十分符合对仗法则。此外，整联全用四字，简洁典雅，且具有深刻的思想内涵，值得人们反复体味和深思。

欣戚相同，为人莫想欢娱，欢娱即是烦恼
福命不大，处世休辞劳苦，劳苦乃得安康

"欣"，欣喜，"戚"，悲戚，伤悲之义，是一组对比。"欢娱"和"烦恼"相对，"劳苦"和"安康"亦相对。而联语的作者彭元瑞的高明之处即在于娴熟地运用了辩证法的逻辑，得出一个结论：欢娱即是烦恼；劳苦乃得安康。

此外，联语中"欢娱、劳苦"各用了两次，一次在中，一次在尾，是顶针的修辞。

其实，此联只是讲了一个"心"字。欣喜、悲戚、欢娱、烦恼、劳苦、安康都是自我内心的外化。既然同为心中所生之物，为什么不平等呢？

下联中的"福命"是福气与命运。《论语·颜渊》曰："死生有命，富贵在天。"这句被誉为宿命论的最佳广告词，为无数不愿做奴隶的人所唾骂。

但有时，相信一次命，相信是老天的安排，也许是对自我内心的一种保护，因为它避免了内心剧烈地挣扎和折磨。

欲知世味须尝胆
不识人情只看花

作为联界大师梁章钜伯父，联语的作者梁直奉一生阅人阅事无数。此联虽

为赠人之作，却也有自我劝勉、自我警示之意：要想知道人世的滋味，那就尝尝胆；要懂得人情冷暖，不能只看到人生之路两旁美丽的鲜花，还要看到丛生的荆棘。

初读起来，联语冷冰冰的言辞令人难以接受，然而，这却是"世味人情"的真实面目。

此联对仗颇为工稳，以"胆、花"比喻世味、人情，寓意深远，让人回味无穷。尤其"须""只"二字，有画龙点睛之妙。

士要成功须定力
学无止境在虚心

据说，如上联语是近代名人朱荫培为一平姓学者所撰，亦常作为平姓宗祠的通用联。

"定力"源出佛家用语，为佛家"戒、定、慧"三学（戒律、禅定、智慧）之一。而作为世俗凡人亦需要定力，春秋鲁国的一个叫展禽的人可以为此联作注。

此仁兄虽有满腹学问，名扬天下，却因性格耿直，不善逢迎，一直不得重用。而令后世之人了解、钦佩的还是他的定力。

据说，一次，这位仁兄出远门，晚上住在都城门外。当时天气严寒，后来有一位女子来投宿，此仁兄怕她冻死，就让她坐在自己怀中，用衣服盖住她，一直到第二天天亮也没有发生越礼的事。

后来，这位仁兄最后一次被罢官之后，干脆就退居到自己原来的老根据地，一个叫柳下的地方。在那里，他招收学生，传授文化、礼仪，深受乡人爱戴。死后，被谥名为"惠"。

柳下惠（前720—前621）死后，他的墓历来受到人们的保护。战国时，秦国讨伐齐国，曾经过柳下惠的墓地，秦王即有如下指令："去柳下惠墓地采柴者，杀无赦。"

尊严来自于有原则、有定力的品质，何时何地这都是不可改变的真理。

上联谈成功法则，下联谈学习心得，相互映照，符合对仗法则，尤以"须定力"对"在虚心"最为工整。

知识链接　　祠　联

祠联，主要用于家族祠堂。一般有通用祠联与专用祠联之分。通用祠联是各姓祠堂皆可通用的对联。而专用祠联只能用于某一特定姓氏家族的祠堂，其内容与该姓氏的起源、祖先，家族历史名人以及相关的丰功伟业密切相关。如反映李姓祖先业绩的祠联就不能用于张姓。

立脚怕随流俗转
高怀犹有古人知

如上联语并非"中华民国"开国元勋之一的黄兴(1874－1916,字克强)的原创,其出自南宋江湖派诗人戴复古的七绝《题姚显叔南屿书院》:"立脚怕随流俗转,留心学到古人难。"

无论是原诗还是黄兴的新联,在如今熙熙攘攘,众声喧哗,三俗(庸俗、低俗、媚俗)横行的时代,联语略显寂寞。

作为威望仅次于孙中山的民国政治家,黄兴尤怕随波逐流,何况而今的诸多世俗之人呢?

至少古人,如戴复古者,虽然时代和个人才气等因素给他们表现的机会和空间颇为狭窄,使之不能完全脱俗,但尽力已经足矣。

此外和此联有相似之处的还有:

立脚莫随流俗转
置身宜与古人争

知识链接　江湖派诗人

作为南宋时期的一个诗歌流派,并非诗人的书商陈起对其形成起到了关键的作用。颇有艺术眼光的他编辑出版了《江湖集》《江湖前集》《江湖后集》等诗集,收入的作家极为庞杂,著名的有戴复古、姜夔、刘克庄、刘过、敖陶孙、叶绍翁等。

之所以取名"江湖集",大概有两个原因:其一,所收入的作家,虽然生活年代不同,最多相差百年,但大多是功名不就而浪迹江湖的下层文人;其二,多愤世嫉俗,不平之作,而诗风也多以质朴平直为美,且受制于时代和个人才气,题材多狭小,工于小巧。亦有一些作品脍炙人口,如叶绍翁的《游园不值》。

年年失望年年望
处处难寻处处寻

横批:**春在哪里**

据说,如上联语出自一个小姑娘之手。学业失败,爱情失意的她,一时想不开,准备魂归浙江普陀山,此联即是她内心的真实表现。

碰巧,诗人郭沫若到普陀山游览,捡到了小姑娘写的笔记本并看到了记在笔记本中的如上联语。

郭沫若(1892－1978,原名郭开贞)十分焦急,就叫人马上寻找失主。失主终于找到了,她叫李真真,即那位要"魂归普陀"的女孩。后来,郭沫若又耐心开导她,并撰一改联:

年年失望年年望
事事难成事事成
横批：春在心中

一个是"处处难寻处处寻"，一个是"事事难成事事成"；一个是"春在哪里"，一个是"春在心中"。诗人的豪情使得改联境界大变，气势倍增。

发上等愿，结中等缘，享下等福
择高处立，就平处坐，向宽处行

此联是无锡梅园荣毅仁（1916－2005）先生旧居的一副对联，也是荣氏家族——这个被毛主席评价为"中国民族资本家的首户"大家族的祖训。

如果说，把人分为三六九等是一种奴隶的法则，那么把愿望、缘分、福气分为上中下三等则代表着一种人生生活的态度。

发上等愿：愿望、理想、抱负定得高一些，理想化一些，是自己能看得起自己。

结中等缘：缘分是可遇不可求的，那就自然些，不做非分的要求，是自己不给自己找烦恼。

享下等福：不得不承认，运气在人生中也占有重要的地位，福气有时候和运气有点相似，有人抽到了最高奖，有人拿到的是"谢谢惠顾"。不要多想，尽力就行。

上联看似写三种不同层次的要求，实际上，是以上中下三等逐层而下的走势写出了达观的人生生活态度。下联则是以行走来比喻人生。

择高处立：站得高才能看得远，才能做到高瞻远瞩，这是常识。

就平处坐：处世要平和，要和普通人平起平坐，不要认为自己比人家多一个脑袋，更不要自以为老子天下第一。

向宽处行：做事要心胸宽阔，不要斤斤计较，只有这样才能畅行无阻。

联语自对工稳，语言平实。以上等、中等、下等以及高处、平处、宽处这样的富于变化的词语来比喻人生，生动形象，耐人寻味。

此外，排比和反复修辞的运用，给人一种声律优美、语句和谐的感觉。而在这种感觉下，这短短24个字中所浓缩的先辈们非常高明的人生哲学，以及一种草根阶层的人生态度，也就自然而然地流露了出来。

三

莫愁前路无知己
西出阳关多故人

"莫愁前路无知己"出自唐代著名的边塞诗人高适《别董大》："莫愁前路无知

己,天下谁人不识君。"

有着"安土重迁"和"恋乡"传统的中国人,对于远游一向有所抵触,如上联语却一语惊人:此去你不要担心遇不到知己,天下哪个不知道你某某人!

"西出阳关多故人"出自唐代诗佛王维《送元二使安西》:"劝君更尽一杯酒,西出阳关无故人。"作者只改一字,语句大变,意境也大变,一种乐观开朗、蓬勃向上的精神焕然而出。

联语极易令人联想到《水浒传》所传达的大碗喝酒、大块吃肉,路见不平一声吼,风风火火闯九州的快意人生,这也许是此联虽为集句联却为人们喜欢的原因之一。

宜未雨而绸缪
勿临渴而掘井

"未雨绸缪"出自《诗经·豳风·鸱鸮》:"迨天之未阴雨,彻彼桑土,绸缪牖(yǒu)户。今女下民,或敢侮予?"其中,"绸缪",紧密缠缚之意。大意是,趁着天未阴雨,啄取那桑皮桑根,将窗扇门户缠紧绑牢……

应该说,诗句所叙述的那只可怜的母鸟是伟大的,失去了自己的孩子,仍然要辛勤地筑巢,也许不做"落汤鸟"是一种解释。而人呢?

"临渴掘井"出自《黄帝内经·素问·四气调神大论》:"夫病已成而后药之,乱已成而后治之,譬犹渴而穿井,斗而铸锥,不亦晚乎!"

大病已患而后才用药,乱局已定而后才治理,能不晚吗?

"未雨绸缪、临渴掘井"本是两个意义相反的成语,作者高明之处即在于在两个词之前加了宜和勿,以表明作者鲜明的处世态度。

立德仁义礼智信
处事天地君亲师

自孔夫子开始,经孟子、何晏、董仲舒、朱熹等儒学大佬一再修改论证,发现"三纲五常"是治理国家的一大法宝,故而为历代帝王所折服,并坚定执行。

"三纲"即"君为臣纲""父为子纲""夫为妻纲";"五常"是指"仁、义、礼、智、信"。

当然,此纲纪法规,尤其是"三纲"所暗含的愚民思想亦遭到众多极端激进主义者的质疑,温柔可爱的女性朋友亦在此列。然而,"存在的即合理的",其合理之处值得人们细细思考。

作为民间祭祀的对象,"天地君亲师"何时牵起手来成为官方的意识形态,已不得而知,但是,此五字却撑起了两千年来的民族信仰大厦。

"立德"是"总","仁义礼智信"是"分";"处事"是"总","天地君亲师"是分。而"仁义礼智信"和"天地君亲师"两句又用了排比的修辞。

这样，使得联语通顺流畅，有一种无法阻挡的气势，读来朗朗上口，具有较强的节奏感和动感。

前辙车是后人鉴
古人事是今人模

"前辙车是后人鉴"最早出自《荀子·成相》："前车已覆,后未知更何觉时！"在《战国策·赵策一》亦有言曰："前事之不忘,后事之师。"

而西汉一位18岁即名扬天下的才子贾谊（前200—前168,别名贾生），在他的流传千古的政论文《治安策》（亦称《陈政事疏》）也有一言："前车之覆,后车之鉴。"耐人寻味的是,贾谊本人却成了"前车之覆,后车之鉴"的典型案例。

应该说,贾谊是聪慧的,他汲取了前人翻车的教训,并把这个教训写出来,为一个大汉王朝的统治者绘制了一幅幅执政路线图。贾谊也是幸运的,他遇到了一位明君。汉文帝部分采纳了他的建议,并委以重任。

于是,这位20余岁即被文帝召为博士的才子,不到一年又被破格提拔为太中大夫（相当于部长）。

正如秦一样,统一六国是分水岭,统一后策略应当改变。贾谊被提拔后亦是一个转折点,其锋芒毕露的性情应该有所收敛。在自己的根基并未夯实之前,其再大刀阔斧地改革势必导致既得利益群体的反对,其后来被贬为地方官也与此相关。

或许正是缘于此种心态未能及时调整,其巨大的精神压力与日俱增。一天,其学生亦是其主人梁王刘胜从马上摔下致死后,贾谊因为未尽到当老师的责任,悲痛欲绝常常哭泣,最终在风华正茂的33岁时死去。

联语似乎是预言,以古人、前人之事来警示今人。

忍一时风平浪静
退一步海阔天空

作为谚语出身的对联,如上联语所暗含的以血汗、泪水换来的"忍、退"智慧,亦令人不可小视。

"风平浪静"和"海阔天空"是两个秀美的景点,也是人们向往的所在。而通往这些景点的道路却是需要智慧的：为什么忍？为什么退？怎样忍？怎样退？何时忍？何时退？

大肚能容容天下难容之事
开口便笑笑世间可笑之人

作为最早出自北京潭柘寺的耳熟能详的联语,其作者虽然无从考证,但亦可看出联家深厚的功力。然而,功力更高的还是联语的男一号大名鼎鼎的弥勒佛。

能成为中国民间普遍信奉并广为流行的一尊佛,其个人的魅力尤为重要。

据佛经记载,弥勒佛和其老师如来佛一样,皆是古印度的婆罗门家庭出身,虽然弥勒佛没有如来佛的显赫的王子身份,却也是官二代。据说,他在释迦牟尼佛入灭之前先行入灭,被认为是"未来佛"。

大约从北魏开始,弥勒佛作为典型的"快乐男生"而拥有了大批的铁杆粉丝。在五代以后,江浙一带的寺院中开始出现笑口弥勒佛的塑像。据说,此种造型源于一个自称为契此的布袋和尚。

此仁兄有着大大的肚子,高高的眉头,天天乐呵呵的笑容。他四处为家,靠乞讨为生,常常挑着一个布袋进入闹市,将别人给他的东西统统放进布袋。圆寂后,他的崇拜者认为他是弥勒佛转世。这样,天南海北的寺院中,即多了一位笑呵呵的胖老头,他就是弥勒佛。

他肚子里为什么能容难容之事?能容什么难事?为什么笑?笑什么可笑之人、之事?等等疑问,给人们留下了丰富的想象空间,也带给人们诸多处世上的智慧启迪。

"大肚能容"接"容天下难容之事","开口便笑"接"笑世间可笑之人",为顶针的修辞,而连用三个"容"和三个"笑"字,则更使得联语生机盎然,读来有一种连绵不断的气势。

也许是弥勒佛的肚子太大,也许其笑得太多,也许此联的名气太盛,古往今来有着文人相轻恶习的士人争奇斗艳,写下诸多语言诙谐幽默且富有哲思的佳联,现抄录几副:

大肚纵能容,也不容瘴气乌烟、贪赃枉法
慈颜常带笑,最可笑虚情假意、欺世盗名

大肚能容容天下难容之事
慈颜常笑笑世间可笑之人

开口便笑,笑古笑今,凡事付之一笑
大肚能容,容天容地,与己何所不容

大肚能容,问人间恩怨亲仇,个中藏有几许
开口便笑,笑世上悲欢离合,此处已无些须

大肚能容,了却人间多少事
满腔欢喜,笑开天下古今愁

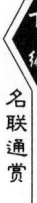

出句：望天空，空望天，天天有空望空天

注：相传，联语出自一科场失意多年的秀才之手。其撰联的地点在杭州钱塘江畔的六和塔上。虽然说，登古塔观钱塘，至今仍是一项旅游内容，但对于此秀才之类的失意文人来说，"登高望远"一词之后，往往要加上"自伤情"三字。

出句中的"空"字有两种读音（kōng、kòng）；三种词性以及四种字意：名词（空中）、副词（白白地）、名词（闲暇之时）、形容词（空空的）。"天"作双解：一指天空，一指每天。

第八话　交友联

一

在最古老的汉字——甲骨文中，"友"是两只右手靠在一起的形状，就像老朋友见面，两人伸出右手紧紧相握一样。

可见，成为朋友必须从握手开始。要是两个朋友决裂，即可称为"分道扬镳"。

此成语来源于《北史·魏诸宗室·河间公齐传》。其中，"道"，道路；"镳"，马嚼子；"扬镳"，驱马向前，分路而行。比喻志趣不同，各走各的路。

如下一联可为上面的意思做一个总结：

志和者不以山海为远
道乖者不以咫尺为近

志向一致的人，即使隔着高山大海，也不认为远；信念不同的人，即使相距咫尺，也不认为近。"乖"，违背、背离；"咫"，古代称八寸为一咫，"咫尺"，很近的距离。

联语以山海、咫尺为喻，生动形象地诠释了朋友的真正内涵，似乎也符合联语的作者东晋化学家葛洪（284—约364，字稚川，号抱朴子）的处世心态。而艺术手法上，也颇契合联语的出处——道教炼丹术之集大成之作《抱朴子·博喻》一书的书名。

作为官二代出身的葛洪，能对炼丹术、搞化学感兴趣，着实令人肃然起敬。后来，炼丹炼出了"名气"，连当时的皇帝亦有所耳闻，故而作为贤良人士，聘请他入朝做官。有趣的是葛洪对从政当官不感冒，京官不做，富裕之地的地方官亦不做，执意要到一个边远荒凉之地做官，其原因在于那里有他所要的东西：炼丹的原材料。

更离谱的是在赴任途中,他又改了主意,在广东某盛产炼丹原料之地停了下来,专心搞他的小冶炼,并终其一生。

人家认准的是自己的"道",就是做学问,搞"化学"。

志在高山志在流水
一客荷樵一客听琴

"志在高山志在流水"出自战国列御寇的《列子·汤问》:"伯牙鼓琴,志在高山,钟子期曰:'善哉乎鼓琴,巍巍乎若泰山!'而志在流水,钟子期曰:'善哉乎鼓琴,洋洋乎若江河。'"

虽然,"高山流水遇知音"的故事常常被重视事实的史学家打上子虚乌有的标签,并以"善意的无限夸大了的友谊"作为结论。但是,大多数人还是愿意受骗,还是愿意在一个清风徐来明月当空的夜晚,听一位琴师弹奏比这清风明月还要美妙的乐曲,更愿意听此琴师在得知知音去世后,在其坟前所弹奏的最后一支乐曲。

今天,人们也许听过古典名曲《高山流水》,但是,每个人心中的知音哪里去了?

上联是说俞伯牙,并分别嵌入他的两首曲子《高山》和《流水》,而重复"志在"二字,在形式上说明此处的"志在",是两个人的"志在"。

一个是俞伯牙,另外一个是谁?是一个客人,是一个扛着柴草并能听出琴韵的钟子期。而如下一联亦颇为工巧:

道旁樵客何须问

琴上遗音久不传

与有肝胆人共事
从无字句处读书

不管从生理上讲,肝胆(肝脏和胆囊),是否真的能够互相照见、相互影响,但是有一点是肯定的,即"肝胆之人"作为一个褒义词而一直为人们所用。

《史记·淮阴侯列传》曰:"臣愿披腹心,输肝胆,效愚计,恐足下不能用也。"宋代的散文家曾巩有《送宣州杜都官》诗曰:"江湖一见十年旧,谈笑相逢肝胆倾。"近代人谭嗣同的《狱中题壁》曰:"我自横刀向天笑,去留肝胆两昆仑!"

"无字句"乃佛家用语。放下一切执着(包括文字),作为佛家禅宗的门规,大概起源于禅宗六祖慧能,而他却是一位斗大之字不识的智者。后来,人们把"参禅悟道"称为"无字悟"。

当然，有字书还是要读的，而"社会"这个无字的大书更需要朗读。因此，联语的版权无论归苏轼，还是归周恩来（1898—1976），其二人一生所读的书皆不是常人能比。

此联中，"与"对"从"，是虚词相对，"有肝胆人"对"无字句处"，"共事"对"读书"，对仗颇为工整。

二

朋友是需要选择的。

所以，知识渊博，世事洞明的孔老夫子（前551—前479，字仲尼）在《论语》中有一言：

益者三友
损者三友

联语出自《论语·季氏》："孔子曰：'益者三友，损者三友。友直，友谅，友多闻，益矣。友便辟，友善柔，友便佞，损矣。'"

友直：真诚而正直的朋友，是镜子，一照就知道自己穿戴够不够整齐，或是哪方面没有注意到。友谅："谅"代表诚信，以诚信作为原则。友多闻：多闻，即见多识广。

口齿敏捷，能言善辩为"便"（pián），"辟"，不诚实。"便辟"意为曲意逢迎、谄媚于人。"善柔"，意为善于装出和悦的脸色。便辟、善柔、便佞皆是心术不正、心机颇深的小人之举。

此联文字朴实、简洁，正反对照鲜明，却有相当多的解释空间，不愧出自孔圣人之手。

在孔老师逝世大约110年之后，有一位伟大的思想家、文学家诞生了，他就是庄周，即庄子（约前369—前286，字子休，一说子沐），与道家始祖老子并称为"老庄"，他对交友也有很深刻的看法：

君子淡以亲
小人甘以绝

此联语亦用了对比的修辞："淡以亲"指君子相交往往表面平淡如水，而双方的心地却十分亲近；"甘以绝"指小人之交，表面上十分亲密，最终却会断绝关系。

此联似乎是咒语，被言中的比比皆是。

其实，庄子还说过类似的话，也可以作为一副精美的对联来看：

> 君子之交淡若水
>
> 小人之交甘若醴

此联中,"醴"(lǐ)是甜酒。君子之间的交情淡得像水一样清澈不含杂质,小人之间的交往像甜酒一样。

何因?恐怕利益的纠葛是最重要的。

由于这一联的名气大,后人多有模仿,下面即为一例:

> 友如作画须求淡
>
> 文似看山不喜平

> **君子先择而后交**
>
> **小人先交而后择**

联语出自隋代教育家王通(约584-617,字仲淹)的《文中子·魏相》,以对反修辞来比较君子、小人的交友之道,令人有所警醒。

但是记住一点,得罪十个君子都无所谓,但是,得罪一个小人就十分麻烦了。

然而,君子、小人,又不是一眼能看得出来的,所以古人又云:

> **路遥知马力**
>
> **日久见人心**

联语出自"日用百科全书"型的古代民间类书《事林广记》。为南宋末年,福建人陈元靓所撰。

上半联以"路遥知马力"为喻,生动形象地把君子、小人的识别法则表述出来,与下半联搭配得颇为巧妙。"路遥"对"日久","知"对"见","马力"对"人心",对仗尤为工整。

> **近贤成智**
>
> **近愚益惑**

此联出自《喻林》一书,作者是明代的徐元太,生平难以考证。其实,联语的最早版权应该归佛教经典《阿育王譬喻经》。

联意说,亲近贤人,就会变得聪明有智慧,亲近蠢人就会不明事理。

其实,古人还有"近墨者黑,近朱者赤"一说,说的也是客观环境对人影响的道理。从科学的角度来看,"近墨者黑"是一种正常的物理现象,即分子的自然扩散现象。

联语虽然只有短短八个字,但仍和一个格言警句一样具有启发意义。对比手法的运用,则使得联意清晰明了。

三

朋友是需要珍惜的。

对于此，清代藏书家、目录学家孙星衍（1753－1818，字伯渊）撰写的一副对联说得很在理：

莫放春秋佳日过

最难风雨故人来

"莫放春秋佳日过"出自陶渊明《移居诗》（之二）："春秋多佳日，登高赋新诗。"

"莫放春秋佳日过"，这句话人人都会说，但真正做到这一点确实很难。人生境界不同，理解也就不一样。不管哪一种人生，记住"莫放"二字足矣。

下联的"风雨"，本指自然界的刮风下雨，也比喻危难和恶劣的处境。

颇具讽刺意味的是，人们一般只有在自己失意时才会想起往事、故人、旧物。只有在这时，你才会忆起两小无猜、欢乐游戏的发小；想起求学时情投意合共寝一室的老同学；念起人生路上曾经惺惺相惜、秉烛长谈到三更的挚友。

现在，他们在哪儿呢？如果友人此时不期而至，或许此联是你内心情感的最好表达。

联语平实，如话家常，却流露出股股暖意。同时还有许多可以深入品味的空间，让人们遐想连篇，这也是诸多名联都具有的特征。

文章真处性情见

谈笑深时风雨来

好文章从何而出？"笔墨下出"或许是最为浅薄的认识，真心或许是一个答案。

而对待朋友呢？其实，人人都会有一本友人的写真集，而暴风骤雨似的争论应该是此写真集中的精彩一张。

其实，如上一联也是联语的作者，出身于高干家庭的翁同龢（1830－1904，字叔平，号松禅）的真性情的体现。或许正是在此真性情的指引下，在其任刑部右侍郎期间，纠正处理了很多案件，其中最为著名的当属百余年来家喻户晓的晚清四大冤案之首的杨乃武与小白菜冤案。

人生得一知己足矣

斯世当以同怀视之

人生得一知己已经足够；今生今世会视之为同胞兄弟。

作为对真挚友谊的一种渴望、期待，也是一种珍惜的表达，联语的作者何溱——一位浙江钱塘人，也影响了他的许多老乡。据说，鲁迅先生（浙江绍兴人）就曾以此联赠给他的挚友瞿秋白。

联语为流水对，对仗看起来不是特别工整，但仍不妨碍此联成为经典名联，一个重要原因在于它是理想友谊的最好表达。

知识链接 　　流 水 对

　　流水对是律诗、对联对仗的一种特殊形式。它不求形式上的严格工整，而注重情感、语气上的自然贯通，上下两句连贯如行云流水，故而称为流水对。

　　如杜甫名篇《闻官军收河南河北》一诗的尾联"即从巴峡穿巫峡，便下襄阳向洛阳"，下句紧接上句继续描述行程，就是一句典型的流水对。

　　从句子的结构角度来说，由于流水对的上下句，是一个复句的两个分句，故而流水对可以从下面两方面来理解：

　　一是上下联衔接自然，依托假设、递进、承接、转折、因果等关系而连成一个有机的整体。

　　二是上下联内容区分明显，撇开格律不看，光看内容，也一定能分出上下联，且不能逆转。

　　流水对富有动感、质感，从而使得联句、诗句灵性十足，故而在诸多诗人、联家之作中常有流水对出现。

穷达尽为身外事
升沉不改故人情

联语所传达的只有一点：一切都是假的，只有感情是真的。而此话语出自一位"穷二代"，一位完全靠自己打拼而成为中国近代海军第一批留学生的口中，似乎更值得人们细细品味。

此凤凰男即是爱国名将萨镇冰（1859—1952，字鼎铭）先生。作为赠给他的挚友、冰心（谢婉莹）的父亲谢葆璋的一副联语，其语言虽然平实朴素，而流露的"故人情怀"却犹如冬天里的股股暖意令人备感亲切。

------- 绝联征对 -------

出句：凤山山出凤，凤非凡鸟

注：联语以地名"凤山"开头，将"出"、繁体的"凤"字（鳳）拆解组合："山、山"两字组成"出"字；"鳳"字由"凡、鸟"组成。

据广西《凤山县志》记载，"凤山山出凤凤非凡鸟"出自清代凤山县的一位才女之手。其人才貌双全，以联征婚，并声明此征婚非诚勿扰，对出即嫁，否则宁愿单身。大批士子纷拥踏至，却无人对出，遂成绝对。

------- 参考答案 -------

●63页"析字联征对"　一月日边明

此参考答案在多种对联故事书中，多有叙述。

据说，一位皇帝和爱妃一起散步，后来到一个土丘上坐下，递出上联，请其妃子对出下联。出句为析字联，两个"人"字放在"土"字上，为"坐"字，切合二人当时的情形，颇为巧妙。

据说，其妃子以"一月日边明"对出，亦极为高明。中国传统，月、女、臣为阴；日、男、君为阳,"日"与"月"组成"明"字,而最为重要的是颇合当时的情形以及妃子的情感期待,即自己在皇帝身边如月伴日。

第九话 忧国联

在商周时期,"国"字写成"或"。中国第一本字典《说文解字》解释说,"或"为象形字,由"口、戈、一"三个字组成。"口"像一个城邦,因为古代战争频繁,所以一个个城邦都建有城墙以便把城市围起来,好保护自己。"戈"是兵器,要想保卫你的小城,那就必须靠武力,要知道枪杆子才是硬道理。"一"字就是一条线,表示边界线。

大约到了周代晚期(也有说秦汉以后),"或"的外面加了个"口"即为"國"("国"的繁体字)。國字的大"口"表示国家疆土的范围,小"口"为国内的人口。"戈"也是兵器、军队之意,之所以"戈"部署在国界线和人口之间,原因大概不出两点:防御外敌;镇压内乱。"或"下方的"一"字表示土地,中华农耕文明之所以如此先进,也许和历朝历代对土地、农业的重视相关。

"国"演化到这个时候,说明古人思考的更多,也更深刻了,忧患意识也增强了。

大约到宋元时期,才出现简化版国字,即"国"。

半部论语治天下
南华一卷可终身

上句出自宋代学者罗大经(1196—约1252,字景纶)的《鹤林玉露》卷七。据记载,联语的作者赵普(922—992,字则平)曾做过两任宰相,作为位高权重之人,得罪人是极为正常的。有人曾对宋太宗说赵普不学无术,极少读书,所读之书不过一本《论语》罢了。

后来,宋太宗问起来,赵普承认,并辩解说半部《论语》足治天下。等赵普百年之后,家人打开他一向极为保密的书柜,发现确实只有一部《论语》。

其实,在自给自足的封建社会里,以半部《论语》来治理天下,可能性还是比较大的。所以,有人说中国古代最伟大的人不是秦皇汉武,也不是唐宗宋祖,而是《论语》的作者孔老夫子。

下联是说《南华经》对于修身养性的重要性。

《南华经》本名《庄子》，是道家经典著作，汉代道教出现以后，便尊之为《南华经》。唐玄宗天宝元年(742)间正式封庄子为"南华真人"，而《庄子》即被称《南华真经》。

此联上句谈为政，下句谈修身，相互对照。语言通俗如大白话，却有几分傲气，"半部论语、南华一卷"足够治理天下和修身养性，虽然有吹嘘的嫌疑，却也说明这两部书的重要性。

风声雨声读书声声声入耳
家事国事天下事事事关心

作为联界赫赫有名的一联，联语的作者顾宪成(1550—1612，字叔时)亦不是等闲之辈。然而，在"家天下"的时代，"士"的遇和不遇颇为重要。

但是，穷二代出身的顾宪成并不喜欢"生不逢时"这个词汇。然而，从其所遇的皇帝明神宗——一位糟糕的皇帝的所作所为来看，"生不逢时"之感常常郁结于他的内心，倒是真的，虽然其"江山代有人才出，独领风骚一百年"的入世情怀始终没有改变。

明万历二十二年(1594)，以"忤旨"罪被罢官的顾宪成回到老家，有趣的是罢官竟使其"一举成名天下知"。

定居后，在友人的帮助下，创办了东林书院，开始了常被人称为知识分子的穷途末路的教书生涯，并题如上联语于书院门口。应该说，此时的顾宪成才开始了自己真正的人生，并用自己的一生诠释了联语的全部意义。

以东林书院为根据地，以后来形成的被反动派阉党所大肆迫害的东林党为团体，以顾炎武所提出的"天下兴亡，匹夫有责"为斗争精神纲领，以顾炎武为精神领袖的民主政治活动，确实是中国政治史上的精彩一笔。

"风声雨声"并不单单指大自然界的风雨，亦双关暗指政治上的狂风暴雨，有诗意的味道。作为读书人，一手握书，一手执剑或许是千古文人的侠客梦，而无论握书还是执剑，所要经历的风雨一样，他们"齐家治国平天下"的雄心壮志亦相同。

五个"声"与五个"事"，既符合工整的对仗法则，亦使得联语流畅自然，有一气呵成之势，读来朗朗上口。此外，联语对仗工整，而"风"对"雨"，"家"对"国"，"耳"对"心"尤工，历来为人们所喜爱。

清风有意难留我
明月无心自照人

明亡时，联语的作者刚刚26岁，然而，即使是友人称他为清代人，其写"绝交书"的可能性也几乎是百分之百。"生是明人,死是明鬼"也许是他用一生来实践的过于极端的誓言。

现实不容我,那就与古人对话吧。抗清失败后,隐居石船山,开始了他令后世诸多学者为之折腰的学术之旅。

据官方的《清史》记载,仅康熙年间,邀他出山的大小政客就已经很多,其中即有名声不佳的吴三桂,而"婉言拒绝"却是其一贯的立场。

71岁时,又有一个官员来拜访这位一直不留大辫子的大学者,想赠送些吃穿用品。虽在病中的他,依然孤高耿介,认为自己是明朝遗臣,拒不接见清廷官员,也不接受礼物,并写下如上联语,以表忠贞。

愚忠是一个评价,而民族的脊梁亦是一个评价。

他即是王夫之(1619—1692,字而农),世称"船山先生",一个"中国知识分子中稀有的人物";一个被认为是"明末清初哲学及学术的最高峰"(日本学者村濑裕也语);一个"中国古典哲学唯物主义的最高峰"(张岱年语)。

凉爽的清风,虽然有意于我,但是我却不愿意;圆圆的明月,虽然无心于我,但我心中永远有轮皎洁的月亮。

清风和明月不只是自然界的清风和明月,亦暗指清朝和明朝。联语的双关,使得联意含蓄蕴藉,颇富诗味。

其实,类似以"清风""明月"来影射清廷而遭大祸者比比皆是,如"清风虽细难吹我,明月何尝不照人"(明末清初的学者吕留良),再如"清风不识字,何必乱翻书"(清代某读书人)。此即是清代恐怖的文字狱。

苟利国家生死以
岂因祸福避趋之

"苟",假如;"生死以",生死以赴;"趋",追逐福气。只要对国家有利,不管是生是死,我都会赴汤蹈火在所不辞的;难道会因为对自己有害的就躲开,对自己有好处的就追逐吗?

作为出自林则徐的诗作《赴戍登程口占示家人》的摘句联,联语的典雅和悲壮即在于作者的崇高和孤独。然而,联语的作者并不孤独,他赢得了"生前身后名",虽然此时的他已经"白发生"。

作为禁烟后发生的因战败而割地赔款的鸦片战争替罪羊,林则徐被道光帝革职,"从重发往伊犁,效力赎罪"。其内心的屈辱可想而知,当与妻子在古城西安告别时,他没有怨天尤人,而是写下如上的诗句。

"苟利国家生死以"一句铿锵有力,爱国情怀喷薄而出,令人心潮澎湃;而具有强烈质问口气的下联"岂因祸福避趋之"则给投降派以坚定的反驳,气势恢宏,颇符合作为一代政治家、民族英雄的气度。

其实,上句的最初版权应该附在春秋时郑国的宰相子产(?—前522,名侨,字子产,又字子美)的名下。在治理郑国的时候,为了强国富民,他积极实施一系列改革措施。据说,在他改革军赋体制时,遭到了既得利益群体的围攻,有人甚至准备谋杀他。

后来又有人出于对子产的关心,就把咒骂他、暗杀他的话告诉了他。

而子产说:"何害? 苟利社稷,死生以之!"

最终,他的改革得到了老百姓的认可。他死时,郑国人悲痛至极,都说:"子产离开了我们,叫我们去依靠谁呢?"

药是当归,花宜旋复
虫还无恙,鸟莫奈何

在古语中,"当归"是药名,"旋复"是花名,"无恙"是虫名,"奈何"是鸟名即杜鹃。作者黄遵宪(1848—1905,字公度),作为清末的诗人、外交家,在此处用这些普通人很难记住的药、花、虫、鸟之名并不是为了炫耀自己知识的渊博,而是通过双关修辞的运用,表达更为深沉的情感。

"当归"是说自己应该还乡;"旋复"是说自己一定能东山再起;"无恙"是说自己过得好好的,是对自身境遇的表白;"奈何"是对他人担忧的一种不屑。整联对仗工整,构思巧妙,颇有意味。

从1877年11月到1882年3月,而立之年的黄遵宪以外交官的身份在日本待了四年有余。在这段时间,具有学者气质的黄遵宪研究日本历史,尤其是日本明治维新史,并写成一部50多万字的《日本国志》。

可惜,当时没有人重视这部书。数年后,中国竟惨败于自汉唐以来就为中国知识分子所鄙视的日本。一时间,天崩地裂了。

为什么一个弹丸小国竟然变得如此强盛?

这时,《日本国志》终于引起国人的重视。据说,光绪皇帝就曾向翁同龢索要过此书。光绪皇帝后来能布告天下,正式开始维新变法,不能说没有此书的一点影响。

但是,变法失败了。

此联即是在这样的背景之下写成的,暗示作者——这位变法派代表人物的决心和信心:维新变法虽然一时失败了,但人还在,心未死,时局仍然可以重新扭转。

当然,作者变法图强的理想最终没有实现,但是在作者去逝六年后,辛亥革命爆发,专制制度也完成了自己的使命,步入了坟墓。

知识链接　　借　对

在《中国楹联学概论》一书中，学者谷向阳认为，在对联创作中，由于对仗的需要，常利用汉字一字多音、一字多义或者一义多字的特点，借用与此字相关的另外一个字来组织对仗。常见的有借音和借义两类。

借义对颇多，诗圣杜甫的诗律最工，尤其是七律。如其七律《曲江》之二："借债寻常行处有，人生七十古来稀。"乍看起来，两句中毫无对仗之处，然而通晓古文之人，却能看出其中蹊跷。

原来，古代有"八尺为寻，倍寻为常"的说法，故而此处的寻常不但可做"平常"解，亦可做数量词解，刚好与下句的"七十"相对，此即是"借义对"。再如：

新四军拼命抗日
老百姓安心过年

联中"日"字本指日本帝国主义侵略者，若是从意义上看，无法与下联的"年"相对，而"日"亦具有日期之意，这样即与"年"形成了工对。

如下联语则借"牡"音"母"，与"雄"相对，为借音对：

雄黄酒
牡丹烟

能攻心则反侧自消，从古知兵非好战
不审势即宽严皆误，后来治蜀要深思

此联中，"反侧"是不正直、不顺从，也指一些不安分守法之人。"反侧自消"意为不顺从之人自然就消除了。那么，采取什么方法呢？攻心。

这样，上联的意思即十分明了：采取攻心的办法，会使那些疑虑不安、怀有二心者自然消停，自古以来深知用兵之道的人并不喜欢用战争解决问题。

而"七擒孟获"之典故，无论是否有吹嘘的成分，其基本上还是离不开诸葛神人的攻心战。当然，马谡(sù)"攻心为上，攻城为下；心战为上，兵战为下"的策略亦起到重要作用。

或许基于攻心战的成功，保证了大后方的稳定，才有了诸葛亮后来的安心北伐中原之举。

下联是说，不能审时度势的人，其处理政事无论宽或严都是要出差错的，后来治理蜀地的人应该深思。这里所说的是诸葛亮的"治蜀"策略——"审势"，即对形势的准确把握。

应该说，诸葛孔明对当时蜀地的矛盾纠葛分析得极为准确，并做出了正确的抉择。

当刘备等人入主蜀地之时，有人劝说应该实行高祖刘邦入关时的"约法三章"政策，而诸葛亮并未采纳。其重要原因即在于此一时非彼一时也，即形势已变。

故而,诸葛亮更多地采取强硬手段加以治理,称之为"铁血宰相"并非辱骂之词。

作为成都武侯祠内的一副名胜联,之所以放在此处,即因为此联和为政联系得更为紧密。联语的意义和作者的睿智即在于揭示了治理四川,乃至为政的诸多深刻哲理。

其实,联语的作者赵藩(1851－1927,字樾村)撰写此联更多地还是出于对现实的考量。

当时,时任四川总督,常被称之为清末三屠(湖广总督张之洞,直隶总督袁世凯,两广总督岑春煊)之一的岑春煊,曾经做过赵藩的学生。虽然,岑春煊屠杀贪官污吏甚多,亦颇得美名,然而,此门生却对治理四川有些手生,尤其残酷镇压四川的白莲教一事更是有些过分,而赵藩却一时想不出如何规劝他的学生。一次经过武侯祠时,灵感突然来了。

上面一联即这样写就。写好之后,赵藩派随员送往武侯祠悬挂起来,以便造成影响,引起他的学生的注意。

当然,岑春煊注意到与否都无所谓了,历史没有给腐朽的清王朝以更多机会。十年后,也就是1912年,孙中山先生领导的辛亥革命埋葬了清王朝。

如下联语亦是赵藩所撰,自对极为工巧:

有德则贵,有业则富,有礼则安,有学则雅
宁厚勿薄,宁方勿圆,宁拙勿巧,宁朴勿华

白眼观天下
丹心报国家

作为伟大的民主革命先行者、"中华民国"的缔造者之一,国民党三元首之一,联语的作者宋教仁(1882－1913,字遁初,号渔父)为革命奔波一生,然而其偶有所感,瞬间记下,却也有一些经典言语传世,如上一联即是一例。

据说,宋教仁曾经人引荐,结识了另一个革命者冯心侠,大有相见恨晚之感,遂撰如上一联相赠。

冯心侠的一个眼睛是先天性青白眼。故而,此处的"白眼"一词语带双关,颇为巧妙。"白眼"最早出自阮籍,表示轻视,此处更多是冷眼相观之意。

天下大乱,熙熙攘攘,如何看待,冷眼或许是一个方式;作为国之士人,"赤胆忠心"一词也许是其心迹的最好表达。联语对仗工稳,尤以"白眼"和"丹心"最工。

然而,1913年,宋教仁被暗杀于上海,确实令人割腕惋惜,在当时曾引起举国悲叹,如下几副挽联,或许是此种心情的最好表达:

只身系安危,为先生哭,为吾党哭,为民国哭

大名垂宇宙，是文学家，是道德家，是政治家

血泪洗河山，今对河山挥血泪
英雄造时势，我为时势哭英雄

言满天下，行满天下，大业未成，毕命仅三十二岁
为一家哭，为一路哭，良心不死，报仇有四百兆人

融贯东西学理，调和南北党争，问如此奇才，古今有几
道德发为文章，英雄造成时势，痛横来惨祸，天地不仁

知识链接　　白　眼

此词经常和魏晋时的一位诗人联系在一起，此人叫阮籍，字嗣宗，陈留尉氏（今河南尉氏县）人，魏晋时的一位著名诗人。

传说，具有"犀利哥"气质却是官二代出身的阮籍，能作"青白眼"：两眼直视，黑色的眼珠居中则为"青眼"，以此来表示尊重；两眼斜视，眼珠向上翻，露出眼白，以此表示蔑视。

据说，阮籍母亲去世，诸多友人前来吊唁。给挚友嵇康的待遇是"青眼"，而给嵇康的哥哥嵇喜的待遇则是"白眼"。"白眼"一语即出于此。注意和"白眼狼"的区别。

升官发财，请往他处
贪生怕死，勿入斯门

题写于黄埔军校大门上的如上联语，言语朴实如大白话，却以先声夺人、铿锵有力的气势获得了人们的广泛喜爱，尤其"请往""勿入"二词更是坚定有力，不容置疑，读后令人心中顿生浩然正气，对革命人坚强的意志亦钦佩不已。（注：此联另有"行往他处""请走他路"之说。）

知识链接　　黄埔军校

作为"中华民国"时期最为重要的军事院校，黄埔陆军军官学校（简称黄埔军校）曾为国共两党培养出许多著名的军事家和将领，并被评为战前世界四大军校（美国西点、英国皇家、中国黄埔及日本陆军士官学校）之一。

第一任校长是蒋中正（蒋介石）。中国共产党方面，周恩来曾任政治部主任，叶剑英曾任教授部副主任。

杰出校友云集，开国十位元帅中，五位出自黄埔军校，他们是徐向前、叶剑英、聂荣臻、林彪和陈毅。

而毕业于此校的国民党将领中，著名的有杜聿明、胡宗南、宋希濂和陈诚等，数以百计。

不做奴隶,要做主人,乃是人之所以为人的基本条件。周总理的如下联语即显示了他誓做主人的铮铮铁骨:

不为列强之奴仆
誓做中华之主人

据说,此联是12岁的周恩来和一个博学的老爷爷所对。联语虽然有口号的嫌疑,却也是少年周恩来个人远大理想的真实写照。

做无品官,行有品事
读百家书,成一家言

可以不做任何品级的官员,但要做有品位的事;欲要成就一家之言,则要读百家之书。

从"无品"到"有品",从"百家"到"一家",是对比,也是一种转化。联语简洁,富有动感,读者在转化和对比中能得到许多启示。

绝联征对

出句:由山而城,由城而坡,由坡而河,由河而海,每况愈下

注:出句暗指一系列政治人物:"山"指孙中山(1912年任临时大总统),广东中山人,"城"指袁世凯(1913年任民国首任大总统),河南项城人,"坡"指黎元洪(1916年任大总统),湖北黄坡人,"河"指冯国璋(1917年以副总统代理大总统职),河北河间人,"海"指徐世昌(1918年任大总统),江苏东海人。

联语既可指自然界的常识现象,亦双关暗指自孙中山以后的几个大总统,"每况愈下"一个不如一个。语言质朴浅显且语带讽刺,颇为有趣。

第十话 妙趣联

一

妙和趣,本来是两家。"妙"多是美好、奇巧的意思;"趣"多是趣味、乐趣的意思。而为人处世做得好的,大多都能同时拥有以上两点特征,此类人也多属于达人一族,即"妙趣达人"。

东晋书圣王羲之即是一位。据说,有年春节写了一副春联,让家人贴在大门两侧。对联是:

春风春雨春色
新年新岁新景

"春"和"新"连续重复三次,新春之美,跃然纸上。再加上王羲之——一代书法大师的漂亮真迹,此联刚一贴出,即被人趁夜揭走。

能被后世封为大师者,除个人某一方面的杰出成就外,风范和气度亦十分重要。王羲之的反应是再撰一联,写完后,让家人先将对联剪去一截,把上半截张贴于门口:

福无双至
祸不单行

两句成语,名声不好,带有咒骂性质,但对仗却极为工整:"福"对"祸";"无"对"不";"双"对"单";"至"对"行"。此言语,除了脑残之流外,自然不会有人来揭了。

次日早晨,王羲之出门将昨天剪下的下半截分别贴好,对联变成:

福无双至今朝至
祸不单行昨夜行

上下联各添加三字,联意大变,上句言大师自己,下句却是言小偷。想必王羲之料定小贼昨夜必定来过,故而说他们"祸不单行昨夜行"。联语即以此展现了大师的幽默、睿智以及风度。

天若有情天亦老
月如无恨月常圆

他本是大唐皇族的后裔,无奈家道没落,到他这一代已经看不出他这个家族曾经的辉煌。但是,中兴家族的使命使得他一刻也不放松,经过努力,获得了"乡贡进士"的资格。

不过,才高八斗的他却招来一些文人,特别是他的竞争者的妒忌。一小撮人想出了"避讳计",并大造舆论,认为,这位才子的老爸名字是晋肃,"晋"和进士的"进"一个音,所以不得考取进士。

这种舆论声音传到当时的高官及文坛老大韩愈的耳朵里,很生气,给他写了一封信,劝他参加考试。但最后还是未得准许。

在古代社会阶层中,所排列的次序是"士农工商",即读书为先,农次之,工再次之,商人最后。一个知识分子能成为一个"国士"是最大荣誉。

怎么办? 那就写写诗,做做赋吧,也许这样才能给自己以安慰。他就是年仅27岁就逝去的天才——后人多称其为"诗鬼"的李贺(790—816,字长吉)。

上联即出自他的诗作《金铜仙人辞汉歌》:"衰兰送客咸阳道,天若有情天亦老。"意思是说,如果苍天像人一样有情,苍天也会老去;众生与老天的区别即在于天地无情人有情吧。

而老天呢?诗人的询问引起许多人的好奇心。后来,此话开始在民间流传,很多文人雅士也以此为出句,撰写对句。

后来,宋初的文学家和书法家石延年(994—1041,字曼卿),对出了如上一联的下句。

月不会长圆,这是常识。然而,石延年来一个反向思维,使得他所撰的对句有了新意,即:什么情况下,月会长圆呢?是不是月亮无恨的时候呢?

联语对仗工稳,且富有律诗的意境之美,既给人们以一种情感的寄托,又告诉人们什么是生活的常态,值得细细品味。

白头翁
苍耳子

作为较早的中药联,联句的作者,唐宣宗李忱(810—859)和著名词人温庭筠(约812—870,本名岐,字飞卿)确实具有开山之功。

相传,穷苦困顿的杜甫曾得过一种急症,后来为一白头老翁用一种草药所治愈,此后,杜甫即称此草为"白头翁",以示对那位白头老者的感激。

这只是传说。然而,白头翁有清热解毒、凉血之功效,却有科学道理的,同时其亦以自我的柔弱之美获得了大众的认可而作为园林或道路的一道亮丽的风景。

而"苍耳子"虽然具有诸如散风除湿、通鼻窍之类的功效,但因其自身所含有的剧毒而令人敬而远之。

联语短短六个字中,"白对苍"均是颜色词,"头对耳"均是肢体词,"翁对子"均是称谓词,极为工整的对仗,让人不得不佩服联家的语言功底。

无论史学家如何费尽心思地从三苏(苏洵、苏轼、苏辙)的书信来往以及其他证据中,寻找苏小妹的蛛丝马迹,亦无论传说中的苏小妹是否真的存在,正如高人所言,我们却可以看作是"苏轼单纯内心的另一个化身存在"。下面与苏小妹相关的几联或许能说明些问题。

其一:

未出堂前三五步
额头先到画堂前

联语出自苏轼。拿一向认为自己是大美女,至少也是美女胚子的苏小妹高高的额头开涮,且极尽夸张之能事,读后着实令人喷饭。应该说,长相的缺陷,尤其对女孩子而言,是最为忌讳的,而苏家兄妹却超脱于此。而如下的苏小妹联亦令人想起"巾帼不让须眉"一词。

其二：

去年一滴相思泪

至今未到耳腮边

联语所言乃是苏轼据说长达一尺的脸，语带双关，确实报了仇。

其三：

清水池边洗和尚，浪浸葫芦（苏小妹）

碧纱帐里坐佳人，烟笼芍药（佛　印）

佛印（1032—1098）和尚的加入，使得此联更具有传奇色彩。据说，因生病而坐卧在碧纱帐里的苏小妹等苏轼为她送药，半晌不见其踪影，有点恼怒。遂出上联向前来做客并与苏轼谈天说地聊得极为尽兴的佛印和尚兴师问罪。

以"葫芦"隐喻和尚的"光头"，颇有趣味，且颇符合天真烂漫、心直口快的苏小妹的性情。

而佛印大师以美丽的"芍药"来喻佳人——苏小妹，则收到了双重效果：既以软话化解了小美女的气愤，亦见其胸怀之宽广。

其四：

闭门推出窗前月（苏小妹）

投石冲破水底天（秦少游）

作为后世文人墨客以及普通老百姓极力撮合而配成的一对夫妻苏小妹与其夫秦少游（1049—1100，名秦观，字少游，一字太虚），其二人所演绎的种种故事只不过寄托了人们的某种情感罢了。苏小妹可能不存在，然而秦少游却是实打实的男子：北宋后期婉约词派的代表，"苏门四学士"之一。

应该说，两位皆是才子（女）。新婚之夜本是"春宵一刻值千金"之时，而苏小妹却以对对联打发时间，着实令人联想到此故事的创作者亦是一位联家，至少也是一位对联爱好者。

"闭门推出窗前月"一语为苏小妹所出，颇符合一位新婚女子的心态神情，"闭门"是羞涩，"推出窗前月"一语双关，既可以理解为推窗见月，亦可以理解为对自己郎君的"推推搡搡"，其情感的羞涩表现得淋漓尽致。

而"投石冲破水底天"也是暗示，却似乎或多或少地蕴含着男子的龌龊心思，与上句很难搭配，可以说绝不可能是曾写过"两情若是久长时，又岂在朝朝暮暮"之语的秦少游所撰。

不过，"闭门"对"投石"，"推出"对"冲破"，"窗前月"对"水底天"，工稳的对仗还是值得一赏。

三光日月星(辽使)
四诗风雅颂(苏轼)

据说,北宋时,辽国使者来结盟,以共同抵抗金国的进攻。但辽使十分傲慢,以为大宋的军人是一群酒囊饭袋,文化上也是一片沙漠。

联语上句即是辽使所出,应该说,此出句确实难对:"三光"加上"日月星"三个并列的天体名词,故而对句一般要以"四"字开头,但问题出来了,以四字开头必须找到四个并列的名词,而这样即成了"四×,××××",字数不对称。

而苏轼却以其敏捷的才智令来自蛮荒之地的辽人见识了什么叫文化底蕴。从内容和乐调上来看,《诗经》分为"风、雅、颂"三个部分,而"雅"又分为"大雅"与"小雅",故而,苏轼此处称"风雅颂"为"四诗"亦不存在错误。

而下面一句对句更是让辽人惊讶不已:

四德元亨利

本来,"四德"应该是"元亨利贞",但是由于当时老赵家有位皇帝名"祯"(宋仁宗),出于避讳,不能言及,故有此说。

知识链接　元亨利贞

《易经》中的"乾卦"曰:"乾。元亨利贞。"宋代的大学者程颐解释说:"元亨利贞,谓之四德。元者,万物之始;亨者,万物之长;利者,万物之遂;贞者,万物之成。"所言乃是自然万物生成的全过程,又可以解为春、夏、秋、冬:"元"相当于春时万物之发生,"亨"相当于夏时万物之长养,"利"相当于秋时万物之成熟,"贞"相当于冬时万物之收藏。

其实,以上均可看作是儒学家的穿凿附会之解,作为本来用于占卜的古代的实用之学,以下解释或许更接近作者原意:元,开始;亨,亨通;利,利益;贞,正。

作为和其老爸一样具有"不做则罢,要做做绝"的性情,且在其治下拥有"永乐盛世"之美誉而名扬千古的帝王,明成祖朱棣(1360-1424,朱元璋第四子)的文治武功自然不可小视,其臣子亦不是等闲之辈。

传说,其曾以"色难"二字质问当时大百科全书《永乐大典》的总编解缙,解缙(1369-1415,字大绅)以"容易"作答。"色"对"容","难"对"易"确实是精巧的无情对。

和尚和尚书诗,因诗言寺(尚书)
上将上将军位,以位立人(解缙)

联语亦产生于朱棣执政期间。当时,一尚书趁检查工作之便,引一帮子京官要员莅临寺庙公费旅游。后来,尚书一时诗兴大发,遂吟一首破诗,并题于寺庙显要位置。

再后来,此官故地重游,发现其诗下面竟有一首打油诗,甚怒,命寺庙住持彻查此事。

当然,以此京官的气度也没有怎么惩罚那位顽皮的做打油诗的小和尚,只是撰写了上面一联的出句,要小和尚对出对句。小和尚自然对不出,询问了诸多秀才、举人,亦无人对出。后来,还是解缙解了围。

联语出句确实难对:"和尚"二字连用了两次,可用法大不一样。第一个"和"与"尚"共同组成"和尚"一词;第二个"和"字是动词,第二个"尚"字又跟"书"组成另一个名词即"尚书"。后半句是拆字联,把"诗"拆成了"言、寺"。大意是,你这个和尚,和了尚书写的诗,从诗里说到了这座寺庙。

出句自然巧妙,富有趣味,而对句亦工亦巧:"上将"二字也连用了两次,第一个"上"和"将"组成"上将"一词;第二个"上"为动词,坐上登上之意;第二个"将"与"军"组成了另外一个名词"将军",而"以位立人"则是把"位"拆成"立""人"二字。大意是,上将坐上将军的座位,靠着这个位置,树立个人的威望,管束三军。

而如下联句亦令人见识到拆字联的美妙:

> 蚕为天下虫
> 鸿是江边鸟

联语中,"蚕"拆为"天"和"虫",而"鸿"拆为"江"和"鸟",且对仗亦工,传说为南朝著名文学家江淹(444－505,字文通)所撰。再如:

> 人曾是僧,人弗能成佛(苏小妹)
> 女卑为婢,女又可称奴(佛　印)

所拆字:僧(人曾)、佛(人弗)、婢(女卑)、奴(女又)。

> 石山岩上古木枯,此木是柴
> 白水泉边女子好,少女真妙

所拆字:岩(山石)、枯(古木)、柴(此木);泉(白水)、好(女子)、妙(少女)。

天当棋盘星作子,谁人敢下
地作琵琶路当弦,哪个敢弹

以天空作棋盘,以星星作棋子,这样的棋局,谁敢下?以大地作琵琶,以道路作琴弦,谁又敢弹?

联语想象之奇特,对仗之工巧,以及极尽夸张之能事,同时末尾以反问语气出之等等,令人不得不佩服联语的版权人——解缙的才华,而从中亦可看出其个人性格的狂傲不羁和耿介直言。然而,性格即是命运。此种个性似乎和其一贬再贬,终以"无人臣礼"下狱,并被当时的特务活埋雪中,年仅47岁而死有着极大关联。

  凤　鸣(客　人)
  牛　舞(戴大宾)

  人们往往为世间的天才所惊叹,然而早慧早逝的天才更应该为人们所惋惜,如上联语的作者戴大宾(1488—1509,字寅仲)即是其中一位。其5岁即能吟诗作对,13岁中举人,20岁即中进士第三名的人生履历不得不令人羡慕不已,然而,其21岁病故亦让人感慨万千。

  相传,上面一联即是其13岁时应一客人所对。出句典雅,而戴大宾之对句却趣味横生,牛怎能舞呢？大宾的解释是:"《尚书》上说:'百兽率舞。'牛是兽,不在其中吗？"而如下联语亦见其敏捷的才思：

  月　圆
  风　扁

"月圆"二字普普通通,而"风扁"二字却令人不解,但是从字面上来看,却完全符合对仗法则。大宾的解释是:"风见缝就钻,不是扁的怎么能做到呢？"

  而明中期著名的诗人、政治家李东阳(1447—1516,字宾之)则以其6岁对出皇帝的出句而名扬四海。下面几联即可证明其才子的身份。

  其一：

  书生腿短(明英宗)
  天子门高(李东阳)

  相传,6岁的李同学被明英宗(即朱祁镇,1427—1464)召见,过宫门时,小东阳年幼腿短,迈不过门槛。英宗见状戏出一联:"书生脚短。"小东阳即以对句作答。此联语的版权是否归二人所有,颇有疑问。因为"天子门高"一句亦含有讽刺味道,想必不是小小的李同学所能对出。

  其二：

  螃蟹浑身甲胄(明英宗)
  蜘蛛满腹经纶(李东阳)

  "蜘蛛"对"螃蟹","满"对"浑","腹"对"身","经纶"对"甲胄",对仗极为工整。同时语带双关,出句"浑身甲胄"似乎是位征战沙场中的将军,而对句"满腹经纶"则更像是"经天纬地,运筹帷幄的军师",颇有趣味。

  其三：

  庭前花始放
  阁下李先生

  据说,有一次,作为新科进士,十来人同去拜访李东阳,其中一位见到李东阳后,道出了下联,本意是行礼打招呼用语,而李东阳却添上上联,组成了一副无情联。

作为为无情对,此处的"李先生"指李东阳。"庭"对"阁",皆为宅地名词;"前"对"下",皆是方位词;"花"对"李",为植物;"始放"对"先生",从字面上说,皆含有开始之意。对仗极为工巧,但上下句之间却无任何关联。

其四:

李东阳气暖(佚　名)

柳下惠风和(李东阳)

传说,此联是李东阳与人应答而作,上联为他人所出,亦为无情对。"李东阳"是人名,用他的"阳"字同后面的"气"组成"阳气"(春光之意),大意是,李树东边的春光透露出暖意。

"柳下惠"亦是人名,用他的"惠"字同后面的"风"字组成"惠风"(和风、微风之意),大意是,柳树下面微风习习。

而"李东阳"对"柳下惠","气暖"对"风和",更进一步分析,"李"对"柳","东"对"下","阳气"对"惠风","暖"对"和",颇为工整,令人不得不佩服联家玩弄文字技巧的高超技艺。

知识链接　　无　情　对

前文已有说明,对联的一个基本要求是内容相关。而事实往往有例外,即有一种对联故意不相关,上下联各说各的,此种无情感联系的颇富趣味的对联称为"无情对"。

下面两副对联即为联家常举之例,现抄录下来,供读者玩赏。

其一:

出句:树已半寻休纵斧

对句:果然一点不相干

对句:萧何三策定安刘

上下联中"树""果""萧"皆草木类,"已""然""何"皆虚字,"半""一""三"皆数字,"寻""点""策"皆转义为动词,"休""不""定"皆虚字,"纵""相""安"皆虚字,"斧""干""刘"则为古代兵器。尤其第一个对句,以常用语对诗句,出奇制胜,颇有趣味。

其二:

细羽家禽砖后死(乡　绅)

粗毛野兽石先生(蒲松龄)

联语中,"细羽"对"粗毛","家禽"对"野兽","砖"对"石","后死"对"先生"极为工整,内容却毫无关系。据说此联是蒲松龄与一乡绅所对。

利用汉语词汇的多义性和歧义性,从而对出风马牛不相及却对仗工稳亦能让人会心一笑或拍案叫绝的联语,此即是无情对存在的独特价值。下面两联亦是无情对:

皓月一盘耳

红星二锅头

珍妃苹果脸

瑞士葡萄牙

蔺相如,司马相如,名相如,实不相如
魏无忌,长孙无忌,人无忌,我亦无忌

作为明代著名文学家、"前七子"首领李梦阳(1472－1530,字献吉),联语相传是其与一学子所对,却似乎以自己的境遇诠释了此联:"名"为"前七子"之首,"实"确是如此;一生无所顾忌,并为之付出了沉重的代价。

蔺相如:人们并不陌生,作为战国时期著名的政治家、外交家,与他相关的三件事(完璧归赵、渑池之会、负荆请罪)足够使其名传千古。

司马相如:西汉著名的辞赋家,亦善于弹琴,与四川某地首富之女——大美女卓文君私奔更使他声名远播。

魏无忌:拥有3000人之多的智囊团的他,虽然贵为战国时魏国的贵族,但却不是不学无术、狂妄自大的富二代,不论对方贫富贵贱,皆能谦恭对待,其中包括曾看守城门,70岁方被人识的隐士和智者侯嬴以及曾以杀猪为生,却勇武过人,据说连老虎都惧怕其三分的朱亥。

长孙无忌:作为唐太宗李世民夺取皇位继承权的兵变中的首功之臣,作为李世民的妹夫,作为唐初的两朝宰相,言其是唐太宗的第一心腹一定没有什么谬误。

联语嵌入如上四位大名鼎鼎的人物,为联语增添了历史的厚度。此外,上句连用四个"相如",词性却不同,前两个为人名,后两个是副词,可以作"名副其实"解。下句四个"无忌"也具有类似品质;无忌,无所忌讳。

此种反复修辞,使得从字面上看起来整齐有序,读之亦有回环起伏的音乐美。

学界对此联亦有争议,有一个说法认为此联为明朝名臣、民族英雄于谦所撰。

艾自修,自修没自修,白面书生背虎榜
张居正,居正不居正,黑心宰相卧龙床

明朝宰相张居正(1525－1582,字叔大,少名张白圭)幼时以"神童"著称。科举考试时,他和艾自修同科中举,张居正名列榜首,而艾自修则倒数第一,张居正洋洋自得,出了上联挖苦他。

据学者考证,在科举考试中,排在最末一名,俗称"坐红椅子",又叫"背虎榜"。虎榜即龙虎榜,就是进士榜,他的名字在最下边,像是背着那榜,所以有此说法。

艾自修既愧又恨,发誓君子报仇十年不晚。后来,艾自修忍辱负重在张居正手下工作了好多年,终于发现了一个大秘密,即张居正的后花园有通向太后娘娘寝宫的密道,有"私通嫌疑",当即续写出当年"背虎榜"的下联:"张居正,居正不居正,黑心宰相卧龙床。"并向皇帝禀报。

此联以人名入手,上联嵌入"自修"既是人名,又表示没有好好自修功课,到如今成了最后一名。嘲笑之意,不言自明。

下联更是绝妙，巧借其名"居正"，而讽其"不居正"，又以"黑心"对"白面"，以"龙床"对"虎榜"，对仗工整，极尽讽刺之能事。

下面一联和上联一样，也是几年后才对出来的，而此时他快要成为刀下之鬼了。此即历史上有名的"生题死对"：

半夜二更半（老方丈）

中秋八月中（金圣叹）

作为明末清初著名的文学批评家，金圣叹（1608—1661，名采，明亡后改名人瑞，字圣叹）认为《庄子》《离骚》《史记》《杜诗》《水浒》《西厢记》是天下才子必读书，并打算逐一评点，因"哭庙案"牵连被朝廷处以极刑，只完成了其中的《水浒》与《西厢记》的评点，即《第五才子书法》《第六才子书法》。

在刑场上，他细数了一生的未尽之事。除如上所言外，三年前的往事又涌入脑海。原来，三年前的一天夜里，他曾留宿在一所寺院，由于夜不能眠，故而向方丈借佛经一读。时当午夜二更时分，老方丈随口道出出句"半夜二更半"，然而，才子如金圣叹者冥思苦想，绞尽脑汁仍未对出。

此时，其子赶到刑场，痛哭不已。金圣叹问其日期。儿子所答，竟给了金圣叹以灵感，随口对出下句："中秋八月中"。原来，当时正逢八月十五中秋节。

应该说，对出出句确非易事。因为，出句中的"半夜"与"二更半"说的是一个时辰，并且首尾皆是"半"字。当然，金圣叹联更趋自然巧妙："中秋"与"八月中"说的日期亦一样，而首尾也都是"中"字。

当儿子赶回来时已是行刑在即，儿子更是悲痛万分，金圣叹安慰儿子，并又作一联：

莲子心中苦

梨儿腹内酸

上联的"莲"与"怜"谐音，意为看到儿子悲戚之状深感可怜；下联的"梨"与"离"谐音，意为要与儿子永别了，心中万分酸楚。

知识链接　哭　庙　案

作为封建社会，颇富道统思想传统的江浙一带，尤其苏州地区一直有"哭庙"一说。其实质即在于无政治权利的文人士子以儒家道统为工具来对抗统治阶级的滥权行为。

作为历代封建王朝官方意识形态的孔学儒家，不但可以监督百姓士子，同时亦是最高统治集团所必须遵循的。基于此，每当苏州一带地方政府有不法之事或者不当之举，众多士子皆会到孔子文庙哭诉，以示抗议。在明代朱子理学盛行，道统精神颇为强势，常常是一股不可小视的力量。

而"哭庙案"却使得苏州读书人所坚信的道统精神遭到了沉重打击,清初著名的大才子金圣叹即卷入此案,并被杀害。

清顺治十八年,苏州吴县的读书人上访举报时任吴县县令任维初的贪污腐败,却得不到公正对待,士人们只好到文庙中孔夫子牌位前哭诉,然而却被诬陷为造反,以"维稳"为名,大开杀戒。

此案和奏销案、通海案共称为江南三大案,即是清初统治集团为站稳脚跟而采取的政治恐怖主义。

雨入花心,自成甘苦
水归器内,各现方圆

同样是雨露,同样渗入花蕊之中,只因花的不同,而会出现不同的结果:有甜亦有苦。

如果说,上句是就水的质的变化而言,那么,下句则更多地在强调水的形态的变化:水入器皿中,器皿方则方,器皿圆则圆。

作为常见的自然现象,作为经过大才子金圣叹加工而带有哲思味道的联语,其给人的启迪亦不是三言两语所能够表达清楚的。

联语不仅能作双关,亦可作三关,乃至多关解,值得慢慢品读,细细琢磨。如人如何对待外界影响和变化,如何把握机遇等。

成文自古称三上
作赋于今过十年

作为"五谷轮回之所",应该说很难写,更重要的是很难写得高雅,而明末的魏善伯所写如上厕所联语似乎是例外。

"三上"典出欧阳修《归田录》:"余生平所作文章,多在三上,乃马上、枕上、厕上也。"其中的"第三上"即为"厕上"。应该说,能成为宋代诗文革新运动的领袖人物及著名史学家,其包括"厕上"在内的"三上"功不可没。

"作赋于今过十年"则化用西晋文学家左思作《三都赋》的典故。相传,貌丑口讷、不好交游的左思亦知道成名须趁早的处世法则,其曾花费十年时间创作了辞藻壮丽的《三都赋》。创作期间,家中包括厕所在内都放有纸笔,以迎接灵感的突然来临。

据说,文章写好之后,豪贵之家竞相抄写传诵。"洛阳纸贵"这一成语即来自于此。

联语所用典故皆与厕所相关,却又巧妙避开"厕所"二字,含蓄蕴藉,自然清新亦典雅大方,令人叹为观止。

发长发长发长长
长发长发长长发

怀才不遇、极具个性的唐伯虎(1470—1523,名唐寅,字伯虎,一字子畏,号六如居士、桃花庵主等)为后世广为所知,其撰写的如上联语,着实为美发行业做了极好的广告宣传,从中也让人们见识到了这位才子的才华。

联语只用了两个字:长、发。而"长"有长短的"长"、生长的"长"和常常的"长"三种常用之意;"发"字不仅有头发之意,亦有发财之意。据此联语可以有两种解读之法:

其一:fà zhǎng fà zhǎng fà cháng zhǎng
cháng fà cháng fà cháng zhǎng fà

其二:fà cháng fà cháng fà zhǎng cháng
zhǎng fà zhǎng fà zhǎng cháng fà

此外,一家豆芽店联亦颇有趣味:

长长长长长长长
长长长长长长长

怎么读呢?答案在本书中找。

二

无论"一切向钱看"的财富思想多么强势,"学识渊博"一词仍然为大多数成功人士所敬仰。"附庸风雅"虽然常常被看作贬义词,但亦从另一个侧面反映了国人对于"学识"的重视,无论是否存在"做门面"的嫌疑。

据说,清初,苏州秀才韩慕庐,高中进士前在一家私立学校任教。私立学校的校长肚子里的墨水不多,却是位附庸风雅之人。一天,韩老师外出,校长代课,在教学生读《礼记·曲礼》中"临财毋苟得"一句时,"毋苟"读成了"母狗",正巧一位同窗来看韩老师,即出上联大声嘲笑。而韩老师回校后,即以下联作对:

曲礼一篇无母狗(某名士)
春秋三传有公羊(韩慕庐)

《春秋》三传指《春秋左氏传》《春秋穀梁传》和《春秋公羊传》。"公羊"为战国时的公羊高,战国时齐国人。"曲礼"对"春秋",都是古籍;"一篇"对"三传";"无母狗"对"有公羊"。对仗工稳,颇有趣味。

有一不学无术的官二代,科举考试时,将"才郎"写作"豺狼","权门"写作"犬门",其试卷被列为六等,后来考官知道了其父亲的身份,又改为一等。此舞弊案被曝光后,人送外号"六一居士",更有不满者在其家门题写如下一联:

权门生犬子
才女嫁豺狼

联语的"权"谐"犬","才"谐"豺",一语双关,讽刺之意不言自明。

鼻孔子,眼珠子,珠子高于孔子乎
眉先生,须后生,后生长过先生矣

有一年,清初著名学者、《康熙字典》的主要编者之一,联语的作者周渔璜(1665－1714,名起渭)功成名就,回乡大摆谢师宴。

入座时却发生了一件不愉快的事情。原来,主持人先请周渔璜入上席,而其恩师则入下席。其恩师自然内心不悦,即随口出此上联。

应该说,其师水平果然是高,此句运用谐音双关修辞,即"鼻孔子"之"孔子"还可以双关孔夫子;而"眼珠子"之"珠子"谐音"朱子",而朱子即朱熹,为南宋杰出的儒学大师,是孔子儒学的一千多年后的得意门生。而后面的反问,更是加强了语句的力度,意在质问朱子再厉害,能高过孔子吗?

而周先生以下句相对,着实敏捷,为自己的尴尬处境解了围。

周的对句亦运用了大家所熟知的生理常识:眉毛比胡须先生长,但胡须作为成年男子的一个标志,无论怎么说,都会比眉毛长,尤其在古代以蓄须为美的时期。故而,周渔璜所言,"后生的"确实比"先生的"要长。当然,此处的"后生"和"先生"也是作为称谓来用的,亦运用了谐音双关的修辞。

同时,此处的"孔子"和"珠子"、"先生"和"后生"皆是反复的修辞,亦为文句添色不少。

雨打沙滩,沉一渚,陈一渚(长　老)
风吹蜡烛,流半边,留半边(周渔璜)

应该说,任何时期,都会有所谓的地域歧视。古人常言的四夷,即东夷、西戎、南蛮、北狄,或许不只是为了明确地理方位,更多的还是一种带有歧视色彩的偏见之词。

此联的作者周渔璜虽然才高八斗,亦遭受此种误解。

据说,联语是他游览金山寺所撰。金山寺一颇有学识的长者闻听其来自"野蛮之地、蛮荒之邦",即有点鄙夷他。碰巧的是此长者刚作了联语的上句,可是,冥思苦想却对不出下句,便顺手拈来为难周渔璜。

周渔璜见祭坛上微风吹拂,烛光摇曳,蜡泪不时滴下,遂对出了下联。

此联的"沉"与"陈","流"与"留"均是同音不同字,由此而组成的同音的"沉一渚"与"陈一渚","留半边"与"流半边"读来有反复和谐之美,对仗极为工整。

尊严来自于实力,此言果真不虚。

三绝诗书画
一官归来去

联语相传是郑板桥的友人所撰。

作为清代乃至整个中国历史上少有的全才之一,郑板桥的诗、书、画皆工。"三绝诗书画"即是此种事实的简洁表述。

而"一官归来去"一语则是陶渊明的散文名篇《归去来兮辞》所蕴含的思想的嫡系继承者,同时,也似乎是这位康熙秀才、雍正举人、乾隆进士,名声大如雷,而最高官职只是一县县令的职场感言。

春风放胆来梳柳
夜雨瞒人去润花

应该说,有着文人情怀的士人,从心底上,都把秀美的大自然当作自己的情人。如上的郑板桥联即是一例。

此联有两个地方能见作者功力。其一即在于形象的拟人手法的巧妙运用。尤其"放胆"和"瞒人"二词,极精确地表现了春风、春雨之美。

其二即在于此处化用了古人诗词的经典句子,上句与贺知章的"不知细叶谁裁出,二月春风似剪刀"有密切联系,而下句则更多地化用杜甫"随风潜入夜,润物细无声"一句的意境,化用而不着痕迹,高明之处即在于此。

联语对仗工整:"春风"对"夜雨";"放胆"对"瞒人";"来"对"去";"梳柳"对"润花"。

当然,如今更多的人运用此联时,意在表达男女之情,比如把"春风梳柳、夜雨润花",都想象成相恋中的男女,意在传达爱慕之情,赋予此联以更深刻的含义。

也有人根据此联改写,表达另一层意思,如:

春风无意管杨柳
晴日有心烘杏花

隔靴搔痒赞何益
入木三分骂亦精

"隔靴搔痒"一语出自南宋诗论家严羽的《沧浪诗话·诗法》:"意贵透澈,不可隔靴搔痒。"此成语虽然名声不好,但却极为生动形象,足见炮制者的幽默。联系到当前文化界或学术界真正得精髓者少、得皮毛者多,或言"知识分子少、知道分子多"的现实,即不要再作"隔靴搔痒"式的评价了。

"入木三分"出自唐代书法家、书学理论家张怀瓘的《书断》:"晋帝时,祭北郊,更祝版,工人削之,入木三分。"应该说,晋帝找王羲之"更祝版"(写有祭天祝词的木板)确是英明之举,王羲之撰好后,木工刻版时,发现字迹已透入木板三分

(约一厘米)深。

联语所言即是文学艺术评论之法,此处达到"入木三分"可能性不大,而若是再多言语,怕真是"隔靴搔痒"了。

删繁就简三秋树
领异标新二月花

"三秋"虽然多有所指,或言秋季,或言秋季的第三月即农历的九月,或言秋收、秋耕、秋种。但是人们还是赞同如下说法:苍劲挺拔,没有杂乱的细枝密叶应该是大多数三秋之树的共同特征。

此处再多言"二月花"的美丽,恐怕会落入傻瓜之流,而在寒冬未远、春寒料峭的二月里,能够盛开的花不只是美丽的,更是时尚的引路人。

联语中,"删繁就简"对"领异标新","三秋树"对"二月花",对仗颇为工巧,比喻贴切,历来为人们所喜爱。

相传,清代的大臣张之洞(1837-1909,字孝达)曾在北京陶然亭设宴,席间出上联求对,一个官员以下联对之:

陶然亭
张之洞

此联中,"陶"对"张",皆是姓氏;"然"对"之",皆为虚词;"亭"对"洞",都是景物名词。对仗工巧,且极符合当时情形,堪称佳联。

据说,乾隆(1711-1799,即清高宗,名爱新觉罗·弘历)以视察工作为名,到江南公费旅游时,曾路过一个叫通州的地方,他联想到北京附近也有一个通州,便随口吟道:

南通州,北通州,南北通州通南北

他的一个随从,据说是纪晓岚,偶见通州街上的当铺,答对道:

东当铺,西当铺,东西当铺当东西

从联语气势上来看,"通州"与"当铺"似乎不是一个层次。对句缺少出句的大气风范,当是纪晓岚拍马屁之作,同时亦突显了乾隆帝的雍容大度。

不过,单就半联而言,对仗却极为工稳:"南通州"对"北通州","东当铺"对"西当铺",而其中的"南""北""东""西"以及"通州"和"当铺"等隔离反复的运用使得联语朗朗上口,亦具有回返往复之美。

八十君王,处处十八公,道旁介寿
九重天子,年年重九节,塞上称觞

据《楹联丛话》卷二记载,此联是彭元瑞和纪晓岚在万松岭行宫合写的对联。

上联由彭元瑞出句,下联由纪晓岚应对。

乾隆五十五年(1790)重阳节前,乾隆从热河木兰围场打猎回来,下榻于万松岭行宫。

联语是乾隆八十寿诞的颂词,颇为巧妙:"八十君王"和"九重天子"相对,皆指乾隆;"十、八、公"即为"松",为拆字修辞,"处处十八公"意指处处都是松,十分切合万松岭的状况,而"重九节"三字也契合重阳节。

此外,叠字(处处、年年)和两字颠倒自对(八十、十八;九重、重九)的修辞招式,使得联语颇有韵律感,读来朗朗上口,虽然有阿谀奉承之嫌,却还算是对联佳作。

才子亦有自己的烦恼,纪晓岚即常常遇到。作为有学问之人,纪晓岚曾长期做过皇帝的陪读,其至少受到两种痛苦煎熬:其一,抛妻离子,无法享受天伦之乐;其二,伴君如伴虎,自由度自然不会高。

对于此中苦恼,乾隆帝自是有所觉察,一日出一联曰:

口十心思,思妻、思子、思父母

纪晓岚亦不是傻子,顺着皇帝话头道:皇上所言极是,如蒙恩准,回去省亲,我乃是——

言身寸谢,谢天、谢地、谢君王

联语上句的"口、十、心"组成"思"字,是总说,后面是分说;下句的"言、身、寸"组成"谢"字,是总说,下面是分说。颇有趣味。

清代著名诗人刘凤诰(1760—1830,字丞牧)虽然获得了当时的最高学位进士一甲第三名即探花,却因为个人身体的缺陷,险些被乾隆帝除名。而乾隆毕竟是一位识才之主,下面一联为他们君臣所对,从二人的犹豫质疑和坚定回答足可看出他们的才华:

独眼岂可登金榜(乾隆帝)

半月依旧照乾坤(刘凤诰)

下联运用双关修辞,即明指半个月亮亦可以照亮整个乾坤大地,更是拿"半月"来双关自己的缺陷:独眼。其深层意思亦十分明了:自己虽然只有独眼,但仍旧可以为国尽力。

客上天然居,居然天上客
人过大佛寺,寺佛大过人

作为回文联,如上联语不论正着读还是倒着念,都能成句,且有一种回环往复之美。这不是简单的文字游戏,没有颇深的文字功底这把金刚钻是做不得这样的瓷器活的。

相传,有一天,纪晓岚陪乾隆帝在京城闲逛。乾隆,是中国实际在位时间最长的一位皇帝,同时也是一位创作诗歌最多的业余诗人,据统计他的诗共42613首。而《全唐诗》所收有唐一代2200多位诗人的作品,才48000多首。乾隆帝动不动就诗兴大发,虽然大部分诗作的质量着实令人不敢恭维,不过人家创作的勤奋,还是令人称赞的。

到中午时,他们饿了,就来到路边的一家名叫"天然居"的酒楼。乾隆帝联兴大发,张口道出了上联。而纪晓岚忆起自己曾去过的一个寺庙,就两眼珠一转,道出了下联。

后来,清代的张琎觉得"人过大佛寺,寺佛大过人"对得太俗,没有深意,只是说,寺中的佛比人大(无论是泥身像还是金身像,确实比人的体型大)。

他对出了如下一联:

客上天然居,居然天上客
僧游云隐寺,寺隐云游僧

联语比纪晓岚所对更为工整:"客上"对"僧游";"天然居"对"云隐寺";"天上客"对"云游僧"。

人中柳如是
是如柳中人

她出生在大明王朝的末代,原名爱柳。一天,读辛弃疾词"我见青山多妩媚,料青山见我应如是",遂改字为"如是"。这位红极一时的江南名妓虽出身贫寒,却才色双全,令无数风流才子为之倾倒。

而其中为之折腰的英雄就有钱谦益。应该说,这位开清一代诗风,亦是著名的史学家,文坛老大及东林党的领袖之一的巨子一定引起了当时诸多文人的羡慕甚至嫉妒,包括其老友陈子龙。

令人遗憾的是,论骨气,钱谦益却不如柳如是(1618—1664),据说明亡后,双双约定的自杀,即以钱谦益的胆小而作罢。

后来,钱谦益去世后,其族人为争夺财产而大打出手,可怜的柳如是即在此时保护钱家产业,吮血立下遗嘱,并选择了悬梁自尽。

斯人已去,正如下联所说的"是如柳中人"一样,柳如是,像一片柔弱的柳叶,在冷雨寒风中无助地飘来飘去,在明末清初的动荡激流中上下沉浮。

三百年后,被誉为我国近三百年来才有的史学大家陈寅恪先生在晚年眼睛几乎全部失明的情况下,曾著有《柳如是别传》一书。

何因?据说,同时代的胡适和钱钟书等大师均不解。是对自己境遇的感慨,还是对时代的讽刺？

不管怎么说,柳如是,一个可爱的名字。三百年后,不断为人记忆,常常叫人提及,已经足矣。

盗者莫来道者来
闲人免进贤人进

"闲人",无所事事之人;"贤人",有思想,有修养,有抱负之人。"盗者",盗窃的人;"道者",道德高尚的人。

联语的"盗"谐"道","闲"谐"贤",既是谐音双关亦是对比,构思巧妙,颇有趣味。

惊天动地门户
数一数二人家
横批:先斩后奏

在大多数对联书中,此联都和乾隆帝联系在了一起,或许联语的气势恢宏是主要原因。

据说,联语所写的一户人家有兄弟三个。老大是卖鞭炮的,家中鞭炮库存定是不少,所以说"惊天动地门户",不足为怪。而老二是集市上管斗的,天天"一斗、二斗"地叫,言"数一数二人家"亦合适;至于老三,却是个卖烧鸡的,他先杀鸡后烧烤再呈给顾客,说"先斩后奏"也不为过。此处的"奏"可以理解为呈上之意。

联语运用谐音双关修辞,出奇制胜,颇有趣味。

家有万金不算富
五个儿子是绝户
横批:寡人在此

联语横批确实有大逆不道之嫌,其主要原因即在于"寡人在此"四字。本来,"寡人"二字在先秦时期,人人都可使用,只是后来皇权专制逐步加强后,尤其在唐代以后,此二字和"朕"一起成为皇帝的专用词语。

当然,联语所言只是和民间对孝道的重视相关,而所产生的故事亦耐人寻味。

据说,联语出自一个孤寡老太太家门口,而碰巧乾隆帝路过,问其原因。原来,老太太有十个姑娘,俗话说,姑娘即是千金,十个千金即为万金。又有一个谚语说,一个女婿半个儿,十个女婿自然是五个儿。而关键的是女儿和女婿是否孝顺,如果不孝顺,那么,说"不算富"和"是绝户"亦是理所当然。而在自己的老伴去世之后,家中只剩自己一人,言己为"寡人",亦可以理解。

> 阮元何故无双耳？（乾隆）
> 伊尹从来只一人！（阮元）

此联嵌入两个人名，一个是有刊刻家、思想家之称的阮元（1764－1849，字伯元），一个是名气更大、出身奴隶，而最终成为商代开国元勋，并辅佐三代帝王的贤相伊尹。

联语一问一答，问者盛气凌人，十分刁钻，传说是乾隆所问。答者却避而不答，另辟蹊径，巧借他人来言自己，足见阮元的才思敏捷。

尤其是下联，"伊尹"对"阮元"，"只一人"对"无双耳"，形式上对仗工整，而从联语之意上，亦是针锋相对："伊尹"二字一直以来即只有一个"人"字旁，"阮元"故而也不必用两个"耳"字旁。细细品读，颇有趣味。

> 骑父作马
> 望子成龙

联语的作者多有争议，一说是林则徐，一说是蔡锷，一说是刘墉。且不论这些，仅此短短八字，即以对联的形式诠释了人们更为熟知的"可怜天下父母心"一语。

另外，"骑"对"望"，"父"对"子"，"作"对"成"，"马"对"龙"，工巧的对仗亦为联句添色不少。

三

> 四水江第一，四时夏第二，老夫居江夏，谁是第一，谁是第二
> （张之洞）
> 三教儒在前，三才人在后，小子本儒人，岂敢在前，岂敢在后
> （梁启超）

在江、淮、河、汉四水中，长江名列第一；在春、夏、秋、冬四个季节中，夏天排在第二；老夫我坐镇江夏，你来江夏讲学，谁是第一？谁是第二？

三教指儒、释、道，儒家排名在前；三才指天、地、人，人居于后；我是个读书"人"，怎么敢在你之前？但是"三教儒在前"，我又岂敢在后呢？

作为自对联，联语的艺术令人叹为观止。"四水江"对"四时夏"；而"江"、"夏"二字亦组成了"江夏"一词；"第一"和"第二"反复运用；而"老夫"以及结尾"谁是、谁是"之语亦令人读到了盛气凌人之势。

而作为后来成为戊戌变法领袖之一、中国近代史上著名的政治活动家、史学家和文学家的梁启超（1873－1929，字卓如，号任公，又号饮冰室主人）亦不是等闲之辈。如果说，出句以"四水""四时"等天文地理显示张之洞的学识，并气势斐

然,那么对句则以"三教""三才"等人文知识流露梁启超的才华。

对句亦是自对:"三教儒"对"三才人";而"儒""人"二字亦组成了"儒人"一词;"在前"和"在后"反复运用;而"小子"以及结尾"岂敢、岂敢"之语则让人读到了谦卑中的傲气。

据说,联语是梁启超去拜访张之洞时二人所对。张之洞年长梁启超37岁,此时,张已经是封疆大吏,而梁只不过是一个对现实严重不满的愤青,但是,透过此联,我们亦可以看到一个柔中带刚、不卑不亢,一个博学多才、机智勇敢的梁启超。

到了民国时期,对联有些败落,不过还是有很多人作对子。

1934年,国学大师陈寅恪(1890—1969)教授主持清华大学入学考试,在国文试卷上附加了一道对联题,出联是"孙行者"。此题大出考生意外,许多考生只好胡对一通,有对"猪八戒"的,有对"唐三藏"的,有人一气之下对了个"王八蛋"。

不过还是出现了如下几副经典对子:

出句:**孙行者**

对句:**祖冲之**

对句:**韩退之**

对句:**胡适之**

对句:**王引之**

"胡适之"即胡适,现代著名学者、史学家、文学家。此联中,"胡"对"孙"为谐音借对,暗指猢狲,当然也是两姓相对。"适"的本意是往、到,与"行"对相对;"者"对"之",都是虚词。

"王引之",清代乾嘉年间著名学者。"孙"对"王",都是大姓;"行对引",皆有行走之意。

"韩退之"即是唐代文豪韩愈(字退之)。"韩"对"孙";"退"对"行",也都是行走的意思。

而陈寅恪的标准答案据说是"祖冲之"。"祖"对"孙",既是姓氏相对,又是辈分相对;"冲"对"行",动词相对;"之"对"者",虚词相对。对仗极为工整。

联语虽短短六字,却包含了诸多有关词性以及平仄等知识。只是四个尾字皆用虚词"之",显得有点千篇一律。当代有人亦有一对句:

李默然

李默然为当代著名表演艺术家。曾在1962年,出演影片《甲午风云》,并成功地塑造了爱国将领邓世昌的形象,赢得广泛赞誉。

"李"对"孙";"默"的本意为狗突然窜出追人,后来引申为不说话,不出声。不过,既然有狗追,大多数情况下会有一个可能,即动作跑,所以,"默"可以和"行"相对;"然"和"者"皆是虚词。

> 出有车,入有鱼,当代孟尝能客我
> 裘未敝,金未尽,今年季子不回家

被称为"中华民国""联圣"的方地山(1873—1936,原名方尔谦,字地山),曾做过袁世凯的门客,还是袁世凯几个儿女的家庭教师,因而为人们所不齿。然而,能够得到时任天津直隶总督袁世凯的赏识,没有两下子也是混不过去的。

"孟尝"即孟尝君。作为战国赫赫有名的四公子之一,据说其食客曾达到三千。其中,名气最大者当属冯谖(xuān)——这位曾经数次弹着他的剑要鱼吃,要车乘(联语"出有车,入有鱼"即指此事)的狂人,亦极为孟尝君卖力。作为谋士,其代表作有"薛国市义""营造三窟"等活动。

联语将袁世凯比作孟尝君,虽然逃脱不掉拍马屁的嫌疑,却也自然。

而"季子"则指苏秦(字季子)——一位中国历史上已知的较早的间谍,亦是纵横家鼻祖鬼谷子的得意门生。联语"裘未敝,金未尽"出自《苏秦以连横说秦》:"说秦王书十上而说不行,黑貂之裘弊,黄金百斤尽。"

应该说,"貂皮大衣穿破了,百斤黄金也用完了",此时的苏秦归家不是明智之举,其换来的是"妻不以我为夫,嫂不以我为叔,父母不以我为子"。

如果说,上联捧东家为孟尝君,那么下联以苏秦自比则是自夸,撇开个人倾向性,但就艺术特色而言,确实是"大手笔的杰作"。

> **大胆文章拼命酒**
> **坎坷生涯断肠诗**

此联是我国早期电影的开拓者、剧作家洪深(1894—1955)所撰。

作为中国现代话剧和电影的奠基人之一,没有足够的胆量,是无法做出开创性的事业的。上联中的"大胆文章"可以说是对自我创作的比较中肯的评价。其代表作品《赵阎王》《五奎桥》《香稻米》等,既是其大胆批判黑暗社会,也是其艺术创新的真实写照。

而下联的"坎坷生涯"则是他自身处境的真实写照。无论是作为清华才子而留学哈佛,还是毅然决然离开美国,无论是组织革命戏剧社团,还是受到国民党反动派的高压迫害,言其生涯坎坷,亦在情理之中。

联语为流水对,上下句意思非常连贯,对仗十分工整。读后,大师的豪迈、悲壮之气扑面而来,不愧出自大家之手。

> **阎锡山过无锡,登锡山,锡山无锡**
> **范长江到天长,望长江,长江天长**

1937年,大军阀头目,曾任山西省政府主席、国民政府行政院院长、国防部部长等职的阎锡山(1883—1960)路过江苏无锡,登锡山游览。其随从有位才华出众者,吟出上联,却无人对出下联。据说,阎锡山十分得意,曾登报公开征求下联。

应该说,出句确实难对。单"锡"字即出现五次,却表达四种不同的意思。阎锡山之"锡",是人名的组成部分;无锡之"锡",是地名的组成部分;锡山之"锡",是山名的组成部分;最后一个无"锡",是金属"锡"之意。转类修辞运用得得心应手,颇有趣味。

此外,从字面形式上看,"锡山"重复三次,其中,后两个运用了顶针的修辞。"无锡"亦重复两次,修辞技巧之高,令人叹为观止。

据说,此联好长时间,竟无人应征,几乎成了绝对。

1945年,我国杰出的新闻记者,为我国的新闻事业做出很大贡献的范长江(1909—1970),跟随陈毅来到安徽天长县时,来了灵感,遂对出了下联。

对句亦极为工巧。"长"字即出现五次,也表达四种不同的意思。可以与出句的"锡"相对。

其中,范长江之"长",是人名的组成部分,天长之"长",是地名的组成部分;长江之"长",是江名的组成部分,最后一个"天长"的"长",是形容词长短之"长"之意。

从字面形式上看,"长江"重复三次,其中,后两个运用了顶针的修辞。"天长"亦重复两次,均与出句对仗,堪称对联之极品。

见机而作
入土为安

"见机而作"出自兵书《将苑·应机》:"夫必胜之术,合变之形,在于机也。非智者孰能见机而作乎?"此书把版权挂在诸葛亮的名下,却似乎是后人伪作。

"入土为安",本指旧时土葬习俗,人死后早早入土,死者得其所,家属亦心安。

据说,联语产生于抗战期间。当时,北京大学、清华大学以及南开大学的师生搬到大后方昆明,组建中国实力最强的高校"西南联合大学"。当时,国学大师陈寅恪在此教书,战争气氛亦十分浓厚,时常要拉"警报",躲避敌机空袭。陈先生有感而发,作了上面一副对联。

以国人所熟悉的成语来结构对联,并不罕见,而联语上句巧借谐音双关手法:此"机"(时机)谐音彼"机"(飞机)。而"入土为安"亦为双关:入防空洞确实"为安"。

联语对仗工整,幽默风趣,亦能见出当时战争的紧张气氛,而大师的睿智和豁达也在此联语中显现了出来。

对于此联语还有一说,认为是大学者刘文典所撰。

三强韩魏赵

九章勾股弦

联语的作者华罗庚(1910—1985)是位大名鼎鼎的数学家,亦是一位精通古典文化的学者。据说在 20 世纪 50 年代时,中科院组织十几位知名科学家去国外考察,团长是钱三强,还有一位大气物理学家赵九章,华罗庚一时兴起,吟出此联。

此处的"三强"是双关语,一是指团长钱三强,二是指战国时代三个强国"韩、赵、魏","九章"也是双关语,一是指团员赵九章,二是指我国古代数学名著《九章算经》。被誉为妙联。

四

清朝某科举考试,试卷中有一句"昧昧我思之",这句话出自《周书·秦誓》,"昧昧"是沉思的样子之意。

有位考生颇为晕菜,不知道是不学无术,还是太累了注意力不集中,把昧昧写成了"妹妹"。这样,伟大的经书之语在他笔下就成了谈情说爱的话:

妹妹我思之

批卷的考官颇懂幽默,作如下对句:

哥哥你错了

清代有个名叫士卿的贪官,不学无术却喜欢附庸风雅。一次做寿时,一才子即席写有一联:

士为知己

卿本佳人

上下联句首嵌入其大名"士卿",又被此才子引为"知己",还被颂为"佳人",这位贪官欣喜之情溢于言表,连呼:"妙哉!"

但若细细看来,联语似乎暗含更多的意味:上联化用常用成语"士为知己者死",缺一个"死"字,是在咒骂他"死";下联出自《北史》:"卿本佳人,奈何作贼。"暗指他是"贼"。

作为明褒暗贬的妙联,联语以缺隐修辞来咒骂狗官,同时含而不露,确实高妙。

曾三颜四

禹寸陶分

"曾三"出自《论语·学而》:"曾子曰:'吾日三省吾身:为人谋而不忠乎?与朋友交而不信乎?传不习乎?'"

作为孔夫子的得意门生以及儒家学说的主要继承人,《大学》《孝经》等儒家经典的版权所有人,如上一语即可明了曾参(曾子)为何能成为圣人。而"曾三"二字似乎成了个人道德修养的代名词。

"颜四"出自《论语·颜渊》:"颜渊曰:'请问其目?'子曰:'非礼勿视,非礼勿听,非礼勿言,非礼勿动。'"颜,即孔子的弟子颜回,四即如上"四勿"。所言乃是与儒家礼之规范相悖的就不看、不听、不说、不做。

"禹寸"典出《淮南子·原道训》:"夫日回而月周,时不与人游。故圣人,不贵尺之璧,而重寸之阴,时难得而易失也。"

大圣即大禹,据说,他把一寸光阴看得比直径一尺的璧(古代扁圆而中间有孔的玉器)还贵重。

"陶分"典出《晋书·陶侃传》:"大禹圣者,乃惜寸阴,至于众人,当惜分阴。"所言乃是晋代学者陶侃珍惜寸金光阴之事。

联语短短的八个字,却用了四个典故,令人不得不佩服联家的渊博学识。

望梅止渴
画饼充饥

此联是两个成语,也是典故,均出自《三国》,均是水中月镜中花之意,十分有趣。此外,"望梅"对"画饼","止渴"对"充饥",对仗颇为工整。

此外,还有些成语,结构上互相对偶,可以作为有趣的四字成语对联。如:

守株待兔
缘木求鱼

上联语出《韩非子·王蠹》一书,下联出自《孟子·梁惠王上》一书。

两句成语意义相似,均为贬义,集句成联,贴切自然,而且对仗亦十分工整,可谓佳联。再如:

狗仗人势	瓜熟蒂落	雪中送炭	刀山火海
狐假虎威	水到渠成	锦上添花	枪林弹雨
顺水推舟	绳锯木断	心里有鬼	愚公移山
见风使舵	水滴石穿	目中无人	精卫填海
削足适履	寻根究底	无孔不入	
量体裁衣	追本穷源	有隙可乘	

有朱、项二姓相聚为邻,朱姓为了炫耀自家身世,做一祠堂联:

曾是两朝天子
又为一代圣人

"两朝天子"即后梁开国皇帝朱温和明朝开国皇帝朱元璋,"一代圣人"则是南宋

大理学家朱熹。项姓不甘示弱,亦做一联:

曾烹天子父
又作圣人师

"烹天子父",所言乃是楚汉争霸时,小流氓项羽抓住大流氓刘邦之父,要其退兵,并扬言如若不从,即烹蒸其父,而刘邦则以"分我一杯羹,太皇乃汝翁"(刘、项昔日曾为拜把子兄弟)作答。"作圣人师"指项橐,孔夫子的老师。

两个对联全用典故,诙谐幽默,颇有趣味。

墨
泉

联语仅有两字,初看起来,没什么意思。不过,要是把"墨"拆成"黑、土"二字,把"泉"拆成"白、水"二字,即会发现此联的独特趣味。

与尔同销万古
问君能有几多

"问君能有几多"出自李煜的《虞美人》"问君能有几多愁,恰似一江春水向东流";"与尔同销万古"则出自李白的《将进酒》"……五花马,千金裘……与尔同销万古愁"。

联语极力想表达却以缺隐的修辞将其隐藏起来的"愁"字,欲言又止,欲说还休,让人们感慨万千。

收二州,排八阵,六出七擒,五丈原前,点四十九盏明灯,一心只为酬三顾
取西蜀,定南蛮,东和北拒,中军帐里,变金木上驭神卦,水面偏能用火攻

联语短短56个字即高度概括了诸葛亮一生业绩,可谓言简意赅。

收二州:诸葛亮在隆中时为刘备定下的夺取"荆州、益州"的谋略,作为三国鼎立的根据地。

排八阵:极富有哥们义气的刘备为了替兄弟关羽报仇雪恨,感情用事,不幸中了吴国陆逊的"火烧连营"之计大败而逃,诸葛亮则布下"八阵图"来阻击陆逊的追兵,以挽救残局。

六出:诸葛亮曾六出祁山,北伐中原,却"星殒五丈原"而逝,所以就有了杜甫诗作《蜀相》里的叹息:"出师未捷身先死,长使英雄泪满巾。"

七擒:诸葛亮曾七次擒获南蛮王孟获,从而平息南方动乱,"七擒孟获"即来源于此。

酬三顾：报答刘备三顾茅庐的知遇之恩。
取西蜀：攻取西蜀。
定南蛮：平定南方叛乱。
用火攻：指赤壁之战。
东和：是指诸葛亮主张"联吴抗曹"，因为吴国在蜀国东边，所以叫"东和"。
北拒：在赤壁之战中，孙刘两家联盟抗曹，亦可指后期在蜀中抗击北方的强曹政权的故事。

飞雪连天射白鹿
笑书神侠倚碧鸳

此联短短14个字分别嵌入了当代著名武侠小说家金庸先生的14部武侠小说，且对仗工巧，颇有趣味。

飞——《飞狐外传》	笑——《笑傲江湖》
雪——《雪山飞狐》	书——《书剑恩仇录》
连——《连城诀》	神——《神雕侠侣》
天——《天龙八部》	侠——《侠客行》
射——《射雕英雄传》	倚——《倚天屠龙记》
白——《白马啸西风》	碧——《碧血剑》
鹿——《鹿鼎记》	鸳——《鸳鸯刀》

作为多以拟人手法将不同种类的草药串联起来的药联，若是达到不着任何痕迹的水平，并非易事，却亦有一些经典药联名世：

　　白头翁，持大戟，跨海马，与木贼、草寇战百合，旋复回朝，不愧将军、国老

　　红娘子，插金簪，戴银花，比牡丹、芍药胜五倍，从容出阁，宛如云母、天仙

联语分别嵌入九味中药名：白头翁、大戟（红芽大戟）、海马、木贼、草寇、百合、旋复、将军（大黄）、国老（甘草）；红娘子、金簪（玉簪花）、银花（金银花）、牡丹、芍药、五倍（五倍子）、从容（肉苁蓉）、云母、天仙（天仙子）。

从字面上看，毫无堆砌杂乱之感，亦闻不见任何草药味，只有颇富情趣的简短故事：

　　一个白头老翁，持着大戟，跨着海马，与贼寇们大战数百回合，凯旋归朝，不愧为将军、国老。

　　一个美丽女子，插着金簪，戴着银花，比牡丹、芍药还要雍容华贵，从容出阁，宛如天仙一般。

想象丰富,构思奇特,生动形象,对仗亦工,历来被人们所称道。与此联相似的还有:

白头翁骑海马赴常山挥大戟怒战草蔻百合,不愧将军国老

何首乌驾河豚入大海操仙茅逼杀木贼千年,堪称长卿仙人

据说,联语为山西名医傅山和其友所对,嵌16味中药。

红娘子身披石榴裙,头戴银花,比牡丹芍药胜五倍,从容贯众,到天竺寺降香,跪伏神前,求云母天仙早遇宾郎

白头翁手持大戟子,脚跨海马,与草蔻甘遂战百合,旋复回乡,上金銮殿伏令,拜常山侯,封车前将军立赐合欢

联语嵌入28个药名。

熟地迎白头益母,红娘一见喜

淮山送牵牛国老,使君千年健

联语嵌入熟地、白头翁、益母草、红娘子、一见喜、淮山、牵牛子、国老、使君子、千年健10味中药。

五品天青褂
六味地黄丸

本来,文人好好做学问,商人好好赚钱,从政者好好用权,应该是颇为开明的社会理想,然而只是理想罢了。

此联所谈及的主人公即是一位不安分者,一个中草药商人通过某种手段或渠道而获得了一个"五品官"的头衔,联语中的"天青褂"即为五品官的特制服装。

而下联的六味地黄丸,却是一剂常见的中药,其商人身份仍不可能洗脱掉,极富有嘲弄味道。

此外,"五品"对"六味","天青"对"地黄","褂"(服装)对"丸"(谐音"纨绔"的"纨"),对仗颇为工巧。

帝女合欢,水仙含笑
牵牛迎辇,翠雀凌霄

应该说,从八千多种中草药中,至少从七百种左右常用的中草药中找出如上八味中药,实属不易。而更厉害的当属联家转类修辞。"帝女""水仙""牵牛""翠雀"四味药从字面上看分别具有女、仙、牛、雀的意味。而"合欢""含笑""迎辇""凌霄"则可以作为动词来用,颇值得细细品味。

从严格意义上来说,许多学者都认可中国人是没有宗教信仰的。这似乎可

以解释为什么中国什么外来宗教都能接受的原因了。

不过，有一点应该是明确的：中国人的多神教思想，即什么教都信，什么神都信。其中和百姓联系最紧密的除了玉皇大帝（老天爷）、如来佛、观音菩萨之外，人们信奉更多的还是土地神、城隍爷等。

而城隍庙联虽比不上佛寺联，却也很多。此种联多数以幽默风趣及口语化见长，颇有趣味。下面抄录几联，供大家赏析：

　　　　我有什么灵，连自己断肢脱皮，都难治好
　　　　汝又何必敬，请医生开方用药，倒是正经

　　　　好，我不需磕头，你且后退三步
　　　　是，你若再饶舌，我就上前一鞭

　　　　不用假虔诚，你那心眼中想得甚事
　　　　何须空祷告，我岂口头上能骗之人

　　　　泪酸血咸手辣口甜，莫道世间无苦海
　　　　金黄银白眼红心黑，须知头上有青天

怀宁饿虎，桐城难进潜山去
宿松水鸟，太湖无鱼望江飞

联语是嵌字联。上联嵌入了今安徽安庆辖区的"怀宁、桐城、潜山"三个县；下联嵌入的也是安庆辖区的"宿松、太湖、望江"三个县。在短短的22个字中，就嵌了六个县名，且这六个县都属于同一个辖区，实属难得。

上联写，怀宁的"饿虎"觅食，桐城难进，遂潜归深山去；下联说，宿松的水鸟捕鱼，因太湖无鱼，即望着长江而飞去。

联语纯粹以地名相连，对仗工稳，所形成的优美的意境亦活泼有趣，不得不佩服联家高超的文字功底。

冰冷酒一点两点三点（氷冷酒一點兩點三點）
丁香花百头千头万头（丁香花百頭千頭萬頭）

联语的巧妙之处在于"冰冷酒"三字，其偏旁为一点水、两点水和三点水（冰字原来的写法是一点，而不是两点），此即"一点两点三点"，颇有趣味。

对句也妙："丁香花"三字确实分别是"百"字头、"千"字头、"万"字头（繁体的"万"字是草字头）。

关公骑马过赤壁,红!红!红!

孝子放羊上雪山,白!白!白!

作为趣味横生的颜色联,上联中关公(红脸)、马(赤兔马)以及赤壁(火烧赤壁)皆暗示"红"色;下联则以孝子(披麻戴孝)、羊、雪山,来影射"白"色。联末重叠使用三个"红"和"白",从而使色彩更加鲜明,颇有趣味。

"鸦片"一词对于中国人来说,应该说能忆起极为悲伤的回忆。而下面一联所言即产生于民国时期,确实发人深省:

因火成烟,若不撇除真是苦

舍官作馆,入而忘返难为人

联语合"因"与"火"而组成"烟"字,为拆分修辞。而"若"与"苦"只有一撇之分,"人"与"人"有回返之别,字字入扣,毫不含糊,机智巧慧,堪称妙联。

绝联征对

出句:新闻胡,出版胡,二胡拉拉唱唱

注:出句的作者为毛泽东主席,而其中的"新闻胡""出版胡"分别指新闻署署长胡乔木与出版署署长胡愈之。据说,当时毛主席邀请诸多文人座谈,其中即有如上"二胡"。

第十一话 讽刺联

作为一种文学修辞,"讽刺"一般要有两个方面来支撑,其一要"疯",夸张之语或反语可以看作表面的"疯言疯语",亦可产生幽默之美;其二要有刺,如此才能尖刻。

一

北宋有个官叫田登,心胸狭隘。因为他名"登",所以,不许他管辖的百姓说到任何一个与"登"同音的字。

元宵节到了,按照老习惯,城里要点三天花灯表示庆祝,官府的衙役贴出告示,让百姓来观灯。

此时,田大老爷的避讳着实令贴告示的小官为难一番,而不用"灯"字,意思又表达不明白。后来,此小官灵机一动,把"灯"字改成"火"字。如此一来,即有了精彩的告示:"本州依例放火三日。"如下一联亦应运而生:

> 只准州官放火
> 不许百姓点灯

联语是大白话,却极具讽刺效果。"只准"对"不许","州官"对"百姓","放火"对"点灯",对仗工巧。州官和百姓两相比较,联意不言自明。

明代的大才子解缙有很多讽刺联,此处抄录几副。其一:

> 墙上芦苇,头重脚轻根底浅
> 山间竹笋,嘴尖皮厚腹中空

联语对仗工整:"墙上芦苇"对"山间竹笋";"头重脚轻"对"嘴尖皮厚";"根底浅"对"腹中空"。

芦苇,是多年水生或湿生的高大禾草,芦花很重,而芦根很轻。竹芽是尖的,而竹茎是厚的空的。

作者选用芦苇和竹笋两种植物作为比拟现实、讽刺人物的对象,体现了作者极为老道的眼光,堪称佳联。

后人对此联多有引用,毛泽东在延安整风运动期间就曾用此联形象地讽刺了主观主义的学风。

而下面几联则让人们见识到少年解缙的才情。一次,一位告老还乡的京城大官不信小解缙如此厉害。他宴请了几个达官显贵,派人叫解缙前来应对,想有意当众让他见识一下什么叫"姜是老的辣"。

解缙到后,却见大门紧闭。下人说,主人吩咐,要他从小门进入,倔强的小解缙拒绝走小门。下面一联即由此产生:

> 小子无才嫌地狭(大官)
> 大鹏展翅恨天低(解缙)

解缙即以上联对句作答。大官听了大吃一惊,顿感后生可畏。

解缙有一个高干邻居,邻居家有一个竹园,正好与解缙家门相对,他便在自己家的门上贴了一副对联:

> 门对千竿竹
> 家藏万卷书

邻居见了很不愉快,心想:我家的竹园景色怎能让他借用?遂命人把竹子砍去一截。解缙见了,就在对联下面各添一字:

> 门对千竿竹短
> 家藏万卷书长

大官更加生气,马上令人把竹子全部砍光。解缙见后又在对联下面各加一字:

> 门对千竿竹短无
> 家藏万卷书长有

明代江南四大才子之一的祝枝山(1460—1527,字希哲,号枝山)是位书法家,虽然出生于七代为官的高干家庭,却是位性情中人,常用笔、画戏弄贪官污吏。下面两联即是其运用特殊修辞,咒骂无耻之人,颇有趣味:

明日逢春好不晦气
来年倒运少有余财

此联有两种读法,其一如下:

明日逢春,好不晦气
来年倒运,少有余财

谩骂之意不言自明。而下面的读法却没有任何问题:

明日逢春好,不晦气
来年倒运少,有余财

古代读书人皆知句读断句之法,故而写文章不加标点。对联亦是。在一般情况下,不同的断句方式对对联联意的影响不是很大。但是,类似上面的对联却是例外。

祝枝山还有类似一联:

此屋安能居住
其人好不悲伤

此联怎么断句?答案本书找。

知识链接　　句　读

以较为权威的《现代汉语词典》解释,句读(jù dòu),古时候称文辞停顿的地方叫句(jù)或读(dòu)。连称句读时,句是语意完整的一小段,读是句中语意未完,语气可停的更小的段落。

在诸如",。?!"之类标点符号出现之前,句读可以看作是传统的标点,其对读书人的意义颇为重要,可以说,明确的辨别句读是读文言文的必经之路。

故而韩愈的《师说》有些说法:"句读之不知,惑之不解,或师焉,或不焉,小学而大遗,吾未见其明也。"

而重视文言文的诵读,培养学生的语感,以提高学生的句读能力,应该说是古代私塾教师的一项重要教学任务。如果句读不清,则会有误解和歧义问题的发生。如"下雨天留客天留人不留"一句,即有如下四种读法:(1)下雨,天留客,天留人不留。(2)下雨天,留客,天留人不留。(3)下雨天,留客天,留人不?留!

应该说,在明末风起云涌的农民起义和清军入关的双重威胁下,洪承畴(1593－1665,字彦演,号亨九),一位万历年间的进士,后官至兵部尚书,统领百万军队,没有崇祯皇帝的充分信任是不可能做到的。据说,此种信任令洪承畴感

动涕零，曾自撰如下一联，以表忠心：

> 君恩深似海
>
> 臣节重如山

然而，崇祯十五年，洪承畴带领的明军与清军决战于松山，却兵败被俘。应该说，此事件是一个转折点，如果历史接受假设，那么此前的洪承畴被列入英雄一流亦不是虚言。但是，此后洪承畴的叛明降清令其形象大打折扣，甚至被列入"汉奸""千古罪人"一流，不得不令人唏嘘不已。

时人据此撰写两联痛加鞭笞。其一：

> 君恩深似海矣！
>
> 臣节重如山乎？

联语套用洪承畴的自撰联，在联尾各加一个虚词，一叹一问，极尽讥讽之能事。

其二：

> 史鉴流传真可法
>
> 洪恩未报反成仇

上联嵌抗清名将史可法（1601—1645，字宪之）的大名，下联的联首"洪"字与"成仇"（谐音"承畴"）共同组成"洪承畴"，一褒一贬，嘲讽之味喷薄而出。

其实，作为宝贵的个体生命，洪承畴有自己选择的权利，当然亦须为此种选择付出代价，但是，人们应该尊重其个人的选择，此其一。其二，从中华民族作为多民族大家庭的事实以及洪承畴降清后的功过来看，对其行为亦应作为基本肯定的评价。

然而，作为一个伟大的民族，亦应该有支撑民族脊梁的骨骼，而此骨骼从哪里来？此亦值得人们深思。或许基于此，可以说，任何政府一般不会认可此种行为，更不会鼓励。

所以，人们才看到，乾隆帝给予洪承畴颇为尴尬的历史定位：列入《清史·贰臣传》，但因其功大，列于贰臣甲等。

二

也许是因为离得不远，今人了解的清代故事许许多多，下联即为一例：

> 江南春暖难存雪
>
> 塞北风高不住楼

故事亦十分俗套，薛某和娄某原来是哥们儿，后来，娄某当官发财却拒绝了薛某的投奔，后来，薛某发奋努力，终于功成名就，而娄某却沦落了，去投奔薛某。

故事无所谓真假，而其中蕴含的诸多事理却千代相传。

此联中,"雪"谐"薛","楼"谐"娄",谐音修辞使得联意含蓄隐晦而值得细细品味。

下面一联也可以对上面的故事作结:

　　忆当年,一贫如洗,缺柴缺米,谁肯雪中送炭

　　到今朝,独占鳌头,有酒有肉,都来锦上添花

以"莫须有(难道没有吗?)"的罪名处死岳飞而遗臭万年的秦桧,是中国历史上十大小人之一,他唯一的一个贡献是创立了宋体字,但由于人们厌恶他的人品德行,虽然是他创立的字体,却改称宋体字。

人们为了追念岳飞,在岳王庙留下了许多名联,其中以下面一联最为著名:

青山有幸埋忠骨
白铁无辜铸佞臣

此联中,"青山"对"白铁","有幸"对"无辜","埋忠骨"对"铸佞臣",对仗十分工巧。

上联说岳飞,下联说秦桧,一个是忠骨一个是佞臣,一个铸成下跪的白铁像,一个是永存青山的英雄,两相对照,联意清晰,而作者所表达的强烈情感也自然而然地流露出来。

　　咳咳咳,日晒雨淋,我真难受

　　喂喂喂,人多眼杂,你道好听

联语所用的修辞是假称。作者借秦桧夫妇之口,通过二人的自怨自叹,巧妙地画出了二人的可怜相,其丑恶嘴脸也跃然纸上,真可以说是绘声绘色,活灵活现。

后来,乾隆十七年(1752)有一位状元秦大士(1715－1777,字鲁一)也题写一联曰:

人于宋后羞名桧
我到坟前愧姓秦

如此联所说,后世之人极少有名叫"桧"的。"桧"本意指桧树,它本是原产于中国,高可达 20 米,寿命可长达数百年的优良树种,却似乎被玷污了。

此联短短 14 字,却耐人寻味,联语如大白话,却暗含着极为庄重的廉耻之心。

人心不足蛇吞象(廖道南,湖南人)
天理难亡獭祭鱼(伦以训,广东人)

作为颇有意味的对骂联,可以观赏切勿模仿。

据《山海经·海内南经》载:"巴蛇食象,三岁而出其骨,君子服之,无心腹之疾。"是说,巴蛇吃象,三年后才能吐出象骨,具有才能的人吃了巴蛇的肉,可以不生心痛和闹肚子的病。

后来,明代的文言小说《喻世明言》卷二也有类似说法:"贪痴无底蛇吞象,祸福难明螳捕蝉。"

旧时的广东被称为"蛇蛮之地",即是个蛮荒之地。作为湖南人的廖道南抓住这一关键,以蛇吞象这种以小吞大的一个典故,用来比喻伦氏的贪婪无度,辛辣尖刻,颇有趣味。

獭祭鱼最早出现于《礼记·月令》:"东风解冻,蛰虫始振,鱼上冰,獭祭鱼。"

作为两栖动物,獭以鱼为生,不过,它有个毛病,即经常将所捕到的鱼排列在岸上,在颇为重视祭祀大事的古代人眼里,此情形很像是陈列祭祀的供品。故而"獭祭鱼"或"獭祭",常用来比喻人的贪婪,而"獭"的名声亦被搞丑搞臭了。

当时的湖南水产极为丰富,老百姓多晒鱼干,"干鱼"一词便成为当地讥笑人的常用语。作为广东人的伦以训即抓住此点,大做文章,骂廖道南,说他的升迁就如同贪吃的獭祭祀一样,最终没有好结果。

作为一位四川怪才楹联大师,刘师亮作了很多副讽刺联,脍炙人口之作比比皆是。其一:

洒几滴普通泪
死两个特别人

据说,此联作于1908年,其时,清朝的两个大人物慈禧太后与光绪皇帝先后死去。官方大操大办丧事,并严令全国停止一切娱乐活动。刘师亮遂作上面一联进行嘲讽。

此联中,两个特别人是指慈禧太后与光绪皇帝。联语短小精悍,对仗工巧,全是口语,戏谑味极浓,颇有趣味。

到民国时期,官场腐败亦极为严重。其中,以修建民生工程为理由而借机敛财成为当时最新的腐败方式。拆迁了大量的房屋,又只给极少的拆迁费,虽然自焚事件没有发生过,却也招致了老百姓的普遍不满。刘师亮亦写一联:

马路已捶成,问督理何时才"滚"?
民房将拆尽,愿将军早日开"车"!

此处的"滚""车",为典型的成都方言。过去,四川本地所谓的"修马路",是用人工捶成的碎石铺路,然后再用"石滚子"将路面压平。

上联,从表面看,是说碎石已铺好,问他们什么时候才开始"滚路";实际上是问他们什么时候才滚蛋。

"车"在成都方言中,是走开的意思。表面上是说,民房拆完了,障碍没有了,希望早日通车;实际是说,坏事已经做得差不多了,应该走了。

一次,四川商会的会长樊孔周因不满在川军阀头子——一位自称天天吃斋念佛的刘存厚对普通老百姓的残酷杀害,而被其部下刺杀,刘师亮亦写有一联:

樊孔周周身是孔

厚脸犹存刘存厚

此联的一大特色即是把"刘存厚"和"樊孔周"两个名字中的"周、孔、存、厚"四个字反复运用,并结合了樊孔周身中八弹、周身是孔的事实以及杀人主谋刘存厚一本正经、脸皮极厚的反应写就,咒骂之语,愤激之情不言自明。

普天同庆,当庆当庆当当庆

举国情狂,情狂情狂情情狂

作为拟声联,联语上下句均是模拟锣鼓的敲击声,可谓惟妙惟肖,生动传神:"当"拟小锣声,"庆"拟小钹声,"情"拟大钹声,"狂"拟大锣声。

"普天同庆"确应该"当庆","情狂"一词是贬义,指男女苟合。据说联家创作此联即是用来讽刺窃国大盗袁世凯及其追随者的。

其实,袁世凯只不过是民国的代表,当时的龌龊之事可谓数不胜数。但就税收而言,其时的税制税种混乱、繁杂,苛捐杂税,多如牛毛。

一年春节,幽默大师刘师亮,看到一些军阀门口贴着"民国万岁,天下太平"的对联,非常气愤,便在家门口贴出一副对联:

民国万税

天下太贫

据说,此联一成,立即在全国流传,为人称道。

据说,离谱的税收包括妓女所得税,更离谱的是对粪水也要征收粪水税。下面一联遂应运而生:

自古未闻屎有税

而今只剩屁无捐

上联点明"粪水抽税"是旷古奇闻,下联顺势承接,用排除法说一切都有捐,而今只剩下放屁不捐税了。讽刺之辛辣令人叹为观止。

三

有条有理

无法无天

"有条有理",有金条就有理,"无法无天",无法币(当时发行的官方货币)就无青天。作为讽刺国民党政府法院联,联语一语双关,针砭时弊,极为精彩。

湖南军阀谭延闿,作为官二代,作为传言的中国历史上最后一个状元,作为生母为丫鬟的庶子,作为妻子去后誓不纳妾的痴情男人,作为孙中山落难时的亲密朋友,作为蒋介石和宋美龄婚姻的介绍人,作为民国第一任行政院院长,作为民国动荡时局中为数稀少的"政坛不倒翁",作为民国四大书法家之首,被誉为"民国至今,学颜者无出其右"的大书法家,作为曾将南京所有有名的饭店都吃遍的著名的美食家,作为被骂为"水晶球""混世魔王"的圆滑之人,其曾声称的"混之用大矣哉"的理论,以及行为使其颇有争议,人们对其褒贬不一,如下即是一例:

混之为用大矣哉,大吃大喝,大摇大摆,命大福大,大到院长
球的本能滚而已,滚来滚去,滚入滚出,东滚西滚,滚进棺材

　　　　　　? ?? ???
　　　　　　! !! !!!

1949年4月1日,国民党政府残暴镇压反饥饿、反内战学生大游行,打死学生两人,制造了震惊全国的"四一"事件,几天后各校学生举行追悼会,会上挽联很多,其中有如上一联。

联语无一字,只有疑问号和感叹号。无字胜有字,无声胜有声,欲哭却无泪,欲言却无语。

　　　　　　?
　　　　　　!

作为1976年"四五"运动悼念周总理的一联,在那个特定的历史事件,在那个特定的历史时期,全联仅由两个标点符号"?""!"组成,却隐含着万千言语:可说的不可说的,说好的说坏的等等,太多太多。

作为晚清重臣,洋务运动的领导者之一,同时也作为《辛丑条约》《马关条约》的签订者,在令无数中国人悲伤的近代史上,李鸿章无疑是一个颇有争议的角色。客观评说者不少,而骂者更多,下联即是一例:

内无相,外无将,不得已玉帛相将(仿伊藤博文口气)
天难度,地难量,这才是帝王度量(仿李鸿章口气)

据说,此联是在一系列不平等条约签订时,有人以李鸿章和日本首相伊藤博文的口气撰写而成,颇为形象生动。

在文字技巧上,联中重叠使用"相、将、度、量"四字,每字在不同位置的词性、读音各不相同,因而意义也就不同,堪称佳联。

作为以少数民族入主中原的清王朝,其雄才大略的帝王确实令人钦佩不已,

但和许多其他任何王朝一样,亦逃不出王朝后期衰败的命运。而后期采取排挤汉人的政策虽然是其一贯做法,但此一时非彼一时,民主革命风起云涌,下面一联即是讽刺清廷之语:

未离乳臭先排汗
将到毛长又剪清

此联中,"乳臭、排汗、毛长、剪清"都是双关用语。"乳臭"暗指仅三岁就登基的毛孩溥仪。"汗"谐音"汉","排汗"既是指吓得排汗,也指排挤汉族人。"毛长"既是指毛发之长又暗指被清朝政府称之为长毛军的太平军,这里借指革命党。"剪清"既是指剪除毛发,又暗指推翻清朝。

据说,旧时,有一位书生,连年参加科考,每次都在孙山之外,到70岁竟还和其孙子辈人一起去应童子试,有人作联讽之:

行年七秩尚称童,可谓寿考
到老五经犹未熟,不愧书生

"七秩"即70岁;寿考即"长寿""寿星"之意;"五经"指《诗》《书》《礼》《易》《春秋》五部儒家经典著作,皆是封建社会必修的教科书。

应该说,70岁参加童子试,言其"寿考"(寿星)亦在情理之中;读书到老,《五经》还未读熟,说其"书""生"也极为恰当。联语巧用双关修辞,"童(子试)""书生"既可以理解为顽童、读书人,亦可双关曲解为童子试、书生(书没读熟)。

联语对终生沉湎科举的书呆子的尖锐讽刺,令人叹为观止。

知识链接　童子试

童子试亦称童试。作为科举时代的初级考试,童子试在有些人眼中可以说是小儿科,但是,据说曾难倒过一些百岁老者,确实可笑之至。

有一位老翁,虽然儿孙众多,但孝敬者少,骚扰者多。有一天儿孙们来拜寿,老翁不胜其烦,自写一副寿联:

拜者,白也,白吃、白喝、白骚扰
寿者,受也,受穷、受苦、受煎熬

联中故意把"拜和白、寿和受"加以谐音曲解,其联意不言自明。

一二三四五六七
孝悌忠信礼义廉

作为孔夫子倡导的人生八德"孝、悌、忠、信、礼、义、廉、耻",古代士人熟悉的程度,如今人知晓九九乘法表一样。联语缺隐了一个"耻",暗指"无耻"。

以此相推,上句的"一二三四五六七"亦忘掉了一个"八",暗指"忘八",谐音"王八"。

联语多用于恶人或敌人,以谐音、缺隐的修辞,巧妙地将表面的赞美和骨子里的咒骂结合起来,技巧之高令人拍手叫绝。

而下联似乎具有异曲同工之妙:

二 三 四 五

六 七 八 九

横批为"南北"。上联缺"一",谐音为缺"衣";下联少"十",谐音为少"食";横批无"东西"。合起来即是"缺衣少食无东西",讽刺意味不言自明。

嘲讽庸医的联句很多,下面几副颇有意味,可以作为代表。

其一:

新鬼烦冤旧鬼哭

他生未卜此生休

"新鬼烦冤旧鬼哭"出自杜甫的《兵车行》:"信知生男恶,反是生女好。生女犹得嫁比邻,生男埋没随百草!君不见青海头,古来白骨无人收。新鬼烦冤旧鬼哭,天阴雨湿声啾啾。"

杜甫对唐玄宗的穷兵黩武严重不满,诗作以质朴的言辞表达了其作为一个圣人的心情,读后,令人感慨万千。

"他生未卜此生休"出自李商隐的《马嵬》:"海外徒闻更九州,他生未卜此生休。"此诗也是讽刺唐玄宗的。

据说,唐玄宗曾听一个算命先生说,其在海外的一个仙山遇见了杨贵妃(史书记载,杨贵妃在马嵬被唐明皇赐死)。唐玄宗遂感叹玉环妹妹还记着"愿世世为夫妇"之约,但是认为下辈子做夫妇渺茫不可卜,而今生夫妇关系却似乎已经完结。

当然,如上联语更多的是嘲讽庸医的:因你的医术低劣,病人都被你医死了,旧鬼尚在九泉之下含冤,而今又增添新鬼。

作为集句联,联语的作者清代文学家李调元巧妙地把讽刺唐玄宗的诗句借来,而不着痕迹地用在近乎"刽子手"的庸医身上,语带双关,辛辣尖锐,确是佳联。

其二:

不明财主弃

多故病人疏

熟悉唐诗的人大概知道唐代诗人孟浩然的《岁暮归南山》中的诗句:"不才明

主弃,多病故人疏。"

作为盛唐诗坛璀璨群星的一颗,孟浩然的名气虽然和李白没法比,但是他们在政治上的困顿失意却似乎有几分相同之处。诗句即是其不为明主所用而发的牢骚。

而联语只是巧妙地将句中第二、第三两个字对换,意思却大变:"不明"言其医术不高明,"多故"指其给病人看病事故多,而"才"谐"财",则说结果一定是病人"弃"他而去,"疏"登其门。

其三:

未必逢凶化

何曾起死回

作为讽刺一个叫"吉生"的庸医的对联,联语巧妙地嵌入了"吉生"二字,同时又将常用来称赞良医的两句成语——"逢凶化吉"与"起死回生",采取缺隐的技巧,将"吉""生"二字故意隐去,并以"未必""何曾"表示疑问,其嘲讽之意不言自明。

----绝联征对----

出句:上前门,买前门,无前门,后门有前门

注:20世纪80年代初期,"大前门"牌香烟非常流行,产品曾经一度脱销。据说,有一个人去北京前门副食品商店买,售货员说没有,但是这位顾客却亲眼看见有人从商店"后门"买来,此顾客十分恼怒,遂作此出句,以示抗议。

第十二话 春联

此处探讨春节之于中国人的意义,恐有挨板砖之虞。而对于人们所熟知的春节贴春联的习俗,却似乎有点发言权。

作为春节增加喜庆气氛的春联,其历史至少有一千多年,并以它的工整的对仗、精巧的文字来抒写愿望、描摹时代,从而获得百姓的广泛喜爱。

春联的种类比较多,按照所用的场所,可分为门心、框对、横批、春条、斗方等。"门心"贴于门板上端的中心部位(指双扇门);"框对"贴于左右两边门框上;"横批"贴于门楣的横木上;"春条"根据不同的内容,贴于相应的地方;"斗方"多为菱形,多贴在家具上。

知识链接　春联的张贴

今人受横行阅读习惯的制约,一般对竖行排列的诗句或书法赏析方式知之颇少。其实,正如竖行书法的阅读一样,春联的张贴亦遵循传统习惯,即按照"先右后左、先上后下"的原则进行。

上联要贴在右手边(门的左边),下联要贴在左手边(门的右边)。上下联不可贴反。横批亦是从右往左读。

判断上下联主要有两种方式。一是看平仄关系。一般地说,如尾字是三声、四声(仄声)的是上联,尾字是一声、二声(平声)的是下联。但也有的对联上联尾字是平声、下联尾字是仄声。二是看内容。一般情况下,对联的上下句之间会存在或因果或递进等关系,可以通过这些逻辑关系来区分上下联。

另外,春联的尺寸大小要与自家的门户相协调。

中国世界纪录协会收录的世界最早的春联是:

三阳始布
四序初开

"三阳",从字面意思看,即朝阳、正阳、晚阳,一天的三个时段,均含勃勃生机之意。"布",分散、传播到各处之意。

"四序"指春、夏、秋、冬四季。《魏书·律历志上》曰:"然四序迁流,五行变易。"而初唐四杰之一的王勃在其《守岁序》亦有言曰:"春、秋、冬、夏,错四序之凉炎。"

如上联语出自莫高窟藏经洞出土的敦煌遗书上,共有12副春联。此联为第一副,版权所有人为唐人刘丘子,大约作于724年,较后蜀主孟昶的题联早240年。

而联界中,名声与梁章钜等人有一比的孟昶,其如下联语,却长期被认为是最早的春联:

新年纳余庆
嘉节号长春

两句全是吉祥话,从字面上看,"纳"即"享受";"余庆",指"先代的遗泽",《易经·坤·文言》:"积善之家,必有余庆。"联语大意是,新年享受着先辈留下的恩惠;佳节预示着春意常在。

此后,春联写作开始在民间流行开来。而历代的文士骚客留下来的妙联佳对也很多。

知识链接　　数九迎春联

习俗不仅蕴含着丰富的礼仪文化，更多的还是人们智慧的结晶。

贴春联的习俗源远流长，而其中一种特殊的春联，即"数九迎春联"，虽然带有古代人的小资情调，而其所具备的记录时间、节气的功能却亦体现老百姓的聪明才智。

众所周知，从"冬至"起，即进入了"数九寒天"。以后，每九天为一个阶段往后数，第一个九天就称为"头九"或"一九"，第二个九天称为"二九"，依次类推，一直数到第九个九天，共八十一天。

有关反映此类气候变化的民谣颇多，如："一九二九不出手，三九四九冰上走，五九六九抬头看柳，七九冻河开，八九燕子来，九九加一九，耕牛遍地走。"

后来产生了"九九消寒句"即为"数九迎春联"，其实为一副九言对联，大多有期盼春天到来之意。如常用的一联：

屋後(后的繁体字)**流泉幽咽洽香草**
亭前垂柏珍重待春風(风的繁体字)

句中有九个字，每字都是九笔，一共九九八十一笔。并且全是空心字，以后每天填一笔，全联填写完后，则数九寒冬亦远去了。

向阳门第春常在
积善人家庆有余

"积善人家庆有余"句出自《易经》："积善之家，必有余庆。"由于"鱼"谐音"余"，老百姓便将"鱼"视为富足有余的象征。

向阳的地方总是能感觉到像春天一样的温暖；平时多多积善的人家，总是会有好结果的。

联语版权所有人苏轼即以此短短七字，道出了他向往春天的温暖，亦是他内心的暖意，并在严寒的春节传达给一代又一代的士子和百姓，直到今天。

此外还有很多春联，最知名的莫过于相传蒲松龄先生所撰写的一副：

天增岁月人增寿
春满乾坤福满门

时间在流逝，上天越来越老，但是人不是老，而是更加长寿。春天来了，天地间满是春色，希望幸福会降临自己的家庭。

如果说上句是吉利的说法，那么下联则是祈福的言语。

联语还有一个有趣的改联。据说，一不通文墨，却极喜欢冒充斯文的土财主给老母祝寿，管家贴了上面一联。但财主认为，既然是老母过生日，联中当有老母字样，于是让管家改为"天增岁月妈增寿"。但是这么一改似乎不对称，又改为如下一联：

天增岁月妈增寿
春满乾坤爹满门

天泰地泰三阳泰
家和人和万事和

"三阳开泰",最早出自《易经》。"泰"是卦名,是吉利的好卦。古代人认为,要是测到"泰"卦,总是大吉利:"求财",就会大开财路;"求婚",就会有丘比特的小箭射向你。

当下人们说的"三羊开泰",即是从"三阳开泰"演化来的。究其原因,一是"羊"和"阳"同音,二是羊在中国古代又被当成灵兽和吉祥物。

远古时候,"吉祥"一词皆写成"吉羊"。语言有个约定俗成的原则,既然满大街都使用"三羊开泰",如果再斤斤计较是"三羊"还是"三阳",即可能是个人偏执性格的悲剧了。

其实,中国古代文化博大精深,随手拈来就有很多吉利话,如一帆风顺、二龙腾飞、三羊开泰、四季平安、五福临门、六六大顺、七星高照、八方来财、九九同心、十全十美、百事亨通、千事吉祥、万事如意等。

下联讲"和","和"字在汉语言文字中的地位很高。无论官方还是学界大多认可"和"的理念。所以,下联的三个"和"字也意味着吉利、安详。

此联字字相对,对仗工整,三个"泰"字与三个"和"字,是反复的修辞,既加强了语气,又暗示着人们对"泰"与"和"的向往和憧憬。

此外还有一些常见的春联,如下:

爆竹一声除旧　　爆竹声声辞旧岁　　生意兴隆通四海
桃符万户更新　　红梅朵朵迎新春　　财源茂盛达三江

冬去山明水秀　　一家和睦一家福
春来鸟语花香　　四季平安四季春

知识链接　　白头春联

作为民间自发形成的一种传统习俗,在如今的福建一些地区盛行的春联的别种样式——白头春联,似乎和大多数春联有不尽相同之处。一般春联是浓墨黑字加大红纸的组合,象征来年大吉大利。而此类春联却在大红纸上方留有大约10厘米长的白纸额头,当地人称之为联头。

对于此习俗之起源有两种说法。一种认为与明代的倭寇入侵有关。据说一年除夕,倭寇入侵福建,人们纷纷逃亡,而没有来得及逃亡的群众大多惨死,本着逝者安息、生者坚强的理念,此地家里有人去世者均贴传统的素色春联,而亲戚朋友多贴白头春联,此习俗一直延续至今。一种认为与清初清军攻占福建兴化城并实行大屠杀的野蛮暴行相关。据说清军屠城后,几乎家家都有死者,按照中国传统习俗,丧家三年之内是不能贴红春联的,但清政府不答应,严令百姓必须贴红春联,以示向"新朝贺岁",因此人们不得已遵令贴上红联,但巧妙地在上头留出一段原来白联的白纸以示抗议。

绝联征对

出句:北有徐东海南有岑西林,看你两个东西,如何调和南北

注:徐世昌,出生地在河南,而落户籍贯却在清末的直隶天津卫(古属东海郡),以古人习惯,称之为徐东海。而广西军阀岑春煊据说是广西西林人,故而有岑西林之称。

二人交情深厚。当时,徐任民国大总统,却有名无实。两人曾想搞联合,以应对中国混乱的军阀割据。时人有好事者,撰此出句,嘲讽之。

出句中,"东海、西林"既是人名又是地名;同时,两次嵌入"东西南北"四个方位字,对对句要求甚严,遂成绝对。

第十三话 婚联

婚联是为婚嫁喜事所做的对联,又称喜联。其内容大多是为了表现喜气盈门的气氛和对新婚夫妇的热情赞美和良好祝愿。

明代,有潘(女方)何(男方)二姓结婚,有人赠如下一联:

潘氏大家,有水有田方有米

何门望族,添人添口便添丁

上联将"潘"字拆开为"水""田""米",下联将"何"字拆开为"人""口""丁"。上联连用"有"字,下联连用"添"字,三次重叠,暗含女方富有,男方增添人口。

此联对仗工整,符合小两口的具体情况,幽默、谐趣但不低俗,可谓巧思佳构。

子兮子兮,今夕何夕

如此如此,君知我知

"子兮子兮"和"今夕何夕"出自《诗经·绸缪》:"绸缪束薪,三星在天。今夕何夕,见此良人?子兮子兮,如此良人何?"

大意是,把柴草捆紧些吧,望望天上的那三颗星星,今天是什么日子啊,让我见到如此美丽的人儿,你呀你呀,该如何对待这美丽的人儿!

《诗经》作为古代读书人必选的一门课程,其时人熟知程度或许令而今诸多研究《诗经》的学者亦自愧弗如。联语上句虽然只有"子兮子兮"和"今夕何夕"两句,人们还是能读到被作者故意省略的"见此良人"和"如此良人何"一语,同时亦能读到联家对于新娘子的含而不露的调笑。

下联的玩笑开得更大,本来新婚夫妇入洞房之后,夫妻之间的事情当然只有他们二人"君知我知"。

"君知我知"出自《后汉书·杨震传》:"当之郡,道经昌邑,故所举荆州茂才王密为昌邑令,谒见,至夜怀金十斤以遗震。震曰:'故人知君,君不知故人,何也?'密曰:'暮夜无知者。'震曰:'天知,神知,我知,子知。何谓无知!'"

把素有"四知先生"美誉的大清官杨震的义正词严的拒绝行贿的话语运用此处,初读起来,颇觉不协调,然而,此即是作者别出心裁、出奇制胜之招式,极富有情趣。

同时,"如此如此",不多言一字,而尽得风流,有点戏谑,有点雅致,有点俗气,亦有点亲切,着实能为喜庆的新婚大礼再添喜庆气氛。

据说,联语出自幽默大师兼怪才刘师亮笔下,新郎即刘师亮的好友金子如,此在上下联首字嵌入的"子、如"即已显示。

作为现代知名的诗人、书法家,沈尹默(1883—1971)的搞怪之事流传于世的确实不少,下联是其为友人新婚而写就的对联,实在搞笑:

且舍鱼取熊,大小姐构通孟子
莫吹毛求疵,老相公重作新郎

联语涉及新婚的男主角和女主角亦不是凡夫俗子。新郎为熊希龄,这位在当时算是痴情男人(其原配去世后,蓄须不再娶),并曾任政府高官的66岁的老者,应该说,极令人羡慕加妒忌。其重要原因即在于,女主角为复旦大学刚刚33岁的教授才女毛彦文。

当然,和一般恋爱故事一样,熊希龄恋情中出现的竞争者亦是大家——红学家吴宓。

此联即是在如此背景下写就。上联"熊",指熊希龄;"鱼"在吴语中,与"吴"发音近似,暗指吴宓;而"舍鱼取熊",又出自《孟子·告子上》:"鱼,我所欲也;熊掌,亦我所欲也。二者不可兼得,舍鱼而取熊掌者也。"舍谁取谁,不言自明,颇有趣味。

"吹毛求疵"语出《韩非子·大体》,原意为把兽皮上的毛吹开,去细找其中的毛病。此处亦有一段来历。原来，熊希龄曾留须达数年之久，有一尺长，毛彦文当然不喜欢，曾暗示熊最好在婚时能剃掉它。

此联既娴熟地运用了典故，又把二人恋爱故事加入其中，不留痕迹，幽默风趣，堪称佳联。

邀得空中比翼鸟

来看枝上并头莲

比翼鸟最早出自《山海经·海南经》，是中国古代传说中的鸟名，又名蛮蛮。此鸟只有一目一翼，雌雄只有一起才能飞行，故常用来比喻恩爱夫妻，亦比喻情深谊厚、形影不离的朋友。

并蒂花就是并排长在同一个根茎上的两朵花，是荷花中的一个变种。实际上，它一茎产生两花，花各有蒂，蒂在花茎上连在一起，所以也有人称它为并头莲。

古代女子多绣并头莲，以喻夫妻恩爱。而此联也是古代常见的一副婚联。

此外相类似的喜联还有：

海誓山盟同心永结　　花烛笑迎比翼鸟

天高地阔比翼齐飞　　洞房喜开并头梅

并蒂花开四季　　成全一双儿女事

比翼鸟伴百年　　了却两家父母心

绝联征对

出句：荷花荷葉莲蓬蓬藕

注：出句中的七个字全是草字头，其中"葉"是"叶"的繁体字，且全是名词，最难对的一点是荷花、荷叶、莲、蓬、藕分别是荷的五个部分，即根、茎、花、叶、果。要找出与之相对的事物，并同时满足以上所有条件，确实是难事。

第十四话 寿联

为人祝寿，结合老寿星的实际情况，增添一些喜庆气氛，又有所感想、感慨而写就的对联即为寿联。

寿联力求含蓄蕴藉，所以多用文言文，并且多用成语、典故。但用成语、典故时，必须先了解其含义，如祝60岁寿要用"花甲"，祝70岁寿要用"古稀"，不然会闹出笑话。

知识链接　寿联禁忌

1. 切忌犯诸如用错词语之类的低级毛病。以年龄为例，国人多以孔夫子所言为准，即《论语·为政篇》记载的："子曰：十有五而志于学，三十而立，四十而不惑，五十而知天命，六十而耳顺，七十从心所欲不逾矩。"另有六十岁为"花甲之年"七十岁为"古稀之年"的说法。

2. 寿联多祝福之语，而吉祥话一般具有夸大成分，把握好分寸颇为重要。

3. 撰写寿联一般以保守为宜，即用常用的词、句，除非自己才高八斗，或者与所祝寿之人是死党外，莫要逞能试才。下联即为例外之例子：

忍能对面为盗贼（《茅屋为秋风所破歌》）
但觉高歌有鬼神（《醉时歌》）

联语初看起来绝不像寿联，尤其"盗贼、鬼神"两词更是让人读后为撰写者所吓倒。作为八十岁大寿的寿星，联语的主人公聂绀弩，一位只有小学学历，蹲过十年大牢却最终成为新中国著名的诗人、作家、学者以及知名报人，其中遇到的许许多多的"盗贼、鬼神"恐怕我等后辈一生亦见不到几个。

而撰写者程千帆亦不是等闲之辈，作为文史方面的大学者，其胆魄亦在此联显露无遗。

4. 最为重要的即是注意避讳，暗含不详、不吉利之语皆要避免。多本对联书中常举章太炎赠黄侃五十岁寿联，即是一例：

韦编三绝今知命
黄绢初裁好著书

上联用孔子的两个典故。"韦编三绝"一词，最早出自《史记·孔子世家》："读《易》，韦编三绝。"是说，孔子读《易经》，反复翻书（竹简），以至于把编联竹简的熟牛皮绳都弄断了数次。此处是用来比喻黄先生读书勤奋。"知命"则为孔子所言"五十而知天命"的缩写。

应该说，上联已经有了不详的暗示，尤其"绝、命"二字，令人哑言。

下联的"黄绢"出自《世说新语·捷语》中杨修之语："黄绢，色丝也，于字为绝。"即黄绢二字可以组成"绝"字。按联界嵌名修辞解读之法，此处出现一个可怕的弦外之音：上联尾字与下联首字亦组成一个词"命绝"。寿联有如此暗示，着实令人感到恐怖。

相传黄氏看到此联，即极为惊慌，郁郁寡欢，不久便去世了。

常如作客，何问康宁，但使囊有余钱，瓮有余酿，釜有余粮，取数叶赏心旧纸，放浪吟哦，兴要阔，皮要顽，五官灵动胜千官，过到六旬犹少
定欲成仙，空生烦恼，只令耳无俗声，眼无俗物，胸无俗事，将几枝随意新花，纵横穿插，睡得迟，起得早，一日清闲似两日，算来百岁已多

郑板桥是"扬州八怪"之一，其"难得糊涂"和"吃亏是福"之类的怪言怪语令其家喻户晓。然而，如上其为自己60寿辰撰写一副自寿长联，知之者不多，却亦以怪著称。有人亦曾将此联看作是一篇难得的养生杰作。

人生如匆匆过客，莫问健康安宁，只要布兜中有些余钱、余酒、余粮，以赏心为纸，随性所欲地在上面吟诗作对，兴趣要广泛，性情要顽皮，五官灵活好使，胜似当官，如此活到60岁还觉得少。

定要成仙得道，只能空生烦恼，只要耳边没有庸俗的声音，眼睛中没有庸俗的东西，胸中没有庸俗的事情，以随意为花，纵横穿插在人生的各个旅途，睡得晚一点，起得早一点，清闲自在地生活，一天胜过两天，如此算来，算活了一百多岁。

联语对仗工稳，幽默诙谐，轻松愉悦，板桥先生的性情与志趣跃然纸上，堪称佳联。

人生不满公今满
世上难逢我竟逢

在如今医学如此发达，百岁老人犹少的年代，想想，写此联的作者王文清，作为曾两次出任岳麓书院院长的雍正年间进士，其碰到一位百岁老人该是何等心情，此寿联或许是其心情的最好表达。

无论"山中易见千年树，世上难逢百岁人"的民间共识，还是《古诗十九首》中"人生不满百"的诗句，如上联语皆和它们有异曲同工之妙。

作为隐字联，上联化用古诗句，隐一"百"字，即"人生不满（百）公今满（百）"；下联化用民间谚语，隐"百岁人"，即"世上难逢（百岁人）我竟逢（百岁人）"。运用典故隐藏字词，构思极为巧妙，堪称佳联。

乾隆帝在中国历史算是较为长寿的帝王之一。据说，他本人对自己长寿亦十分得意，某次大摆千叟宴，席间出现一位141岁的老寿星，乾隆和纪晓岚君臣共同吟出一联，确实高妙：

花甲重开增加三七岁月
古稀双庆更多一度春秋

"花甲"和"古稀"都是习语。除习语而外，还用了计算手法。"花甲重开"，即两个60。"三七"，即21。"古稀双庆"，即两个70。上下联说的都是141岁。

联语还常常做猜谜联。

知识链接　　　谜　联

谜联，即带有猜谜语性质的对联。它是把对联所暗含的意思隐藏起来，需通过联想、转换等各种手段才能猜出谜底。需要提醒的是，此类对联与运用双关或缺隐修辞的对联有些相似之处。

谜联一般分为字谜联、物谜联、事谜联。如：

木旁土厚为姓氏
浦内水干乃名称

上下联各打一字，合成一古人姓

名。谜底为"杜甫"。此为字联谜。再如：

卧也坐，行也坐，立也坐，坐也坐
坐也卧，行也卧，立也卧，卧也卧

此联为物谜联，上下联所描写的皆是一动物，谜底分别是青蛙和蛇。

作为融合谜语、楹联的两种艺术特色于一体，既有猜谜类似智商大比拼的斗智斗敏，亦有对联工稳的对仗，谜联，不只是单纯的语言文字游戏，亦是人们幽默感和智慧的象征。

> 二十举乡，三十登第，四十还朝，五十出守，六十开府，七十归田，须知此后逍遥，一代福人多暇日
> 简如格言，详如随笔，博如旁证，精如选学，巧如联话，高如诗集，略数平生著述，千秋大业擅名山

作为公认的楹联学开山始祖，梁章钜（1775—1849，字茝中、闳林）赢得了后世几代文人墨客的敬重，即使在当时，梁章钜亦以其清正廉洁的政声和广博精深的学问获得了友人的尊重，如上联语即是其 70 寿辰时，其好友王叔兰为其撰写的一副长联。

应该说，用"一帆风顺"一词来形容梁章钜的仕途，其本人大概反对。联语上句即以一系列数字（二十、三十、七十等皆为约数）串联了其一生：20 岁中举人；28 岁成进士；31 岁开始任礼部主事并于 46 岁升为礼部员外郎；47 岁授湖北荆州知府；61 岁任广西巡抚；；66 岁因病归田返乡。联语的"还朝"，意为在朝为官；"出守"，出任知府；"开府"，出任巡抚。

作为林则徐的挚友、坚定的抗英禁烟派人物，亦可从其为林则徐赠联（帝倚以为股肱耳目，民望之若父母神明）以及为湖北江陵官署题联（政惟求于民便，事皆可与人言）中，看出其为官之道。而更为人们所津津乐道的还是其《归田琐记》中所撰的两首《十字令》。

而上联结尾的"此后逍遥，一代福人多暇日"似乎证实了"好人必得好报"的命题。

在梁章钜身上，亦具有中国传统的官员兼文人的双重角色。下联即从其著作方面来赞其成就：如《古格言》之简，《退庵随笔》之详，《三国志》之博，《文选旁证》之精，《楹联丛话》之巧，《退庵诗存》之富。

而联尾言其"平生著述，千秋大业擅名山"，亦不是吹嘘之语，如今的梁章钜、梁恭辰父子"梁氏系列联书"（《楹联丛话》《楹联续话》《楹联三话》《楹联四话》《楹联剩话》《巧对录》《巧对续录》和《巧对补录》等）一版再版即是证明。

> **知识链接**　《归田琐记》之《十字令》
>
> 其一："贪官"《十字令》
> 红，
> 圆通，
> 路路通，
> 认识古董，
> 不怕大亏空，
> 围棋马钓中中，
> 梨园子弟殷勤奉，
> 衣服整齐言语从容，
> 主恩宠德满口好称颂，
> 座上客常满杯中酒不空！
>
> 其二："清客"《十字令》
> 一笔好字不错；二等才情不露；
> 三斤酒量不吐；四季衣服不当；
> 五子围棋不悔；六出昆曲不推；
> 七字歪诗不迟；八字马吊不查；
> 九品头衔不选；十分和气不俗。

福如东海长流水
寿比南山不老松

能成为妇孺皆知的一副寿联，联语较高的群众支持率颇为重要，亦如西服之于男人，高跟鞋之于女人一样。

"福如东海、寿比南山"一语，据说在明朝已经不再是上层阶级的专属用语了。明代剧本《荆钗记》中即有"齐祝赞，愿福如东海，寿比南山"之说，而明代洪楩的《清平山堂话本》亦有言曰："寿比南山，福如东海，佳期。从今后，儿孙昌盛，个个赴丹墀。"

当然，"寿比南山"有更早的出处。《诗经·小雅·天保》："如南山之寿，不骞不崩。如松柏之茂，无不尔或承。"大意是：像南山一样长寿，不会崩坍陷落。亦如繁茂的松柏，长青不衰。

而"福如东海"一语所包含的故事更为人们津津乐道。

据说很久以前，海南某地大旱，一小伙儿救了龙女幻化的老太婆，龙女为感恩，告诉当地人一个秘密：喝三口东海之水即可以心想事成。后来果真应验而已。

只是故事而已。东海的位置没有争议，至于南山却有很多版本。一说是指西安城南之秦岭主脉终南山，其素有"天下第一福地"之称。一说是海南的南山。

> **知识链接**　最早的寿联
>
> 据宋代的孙奕所著的《履斋示儿篇》记载，有一黄夫人三月十四生，吴叔经为其做寿联，应该是最早的寿联：
>
> 天边将满一轮月
> 世上还钟百岁人
>
> 联语富有暗示性，在古代中国，日

为阳,月为阴,男子为阳女子为阴,故而,上联以月暗指老寿星为女性,而"将满一轮月"之时,则指农历的十四,暗合黄夫人本人生日的具体时间,颇为巧妙。下联以"百岁人"作祝福语,亦十分恰当合适。

绝联征对

鸟在笼中望孔明,想张飞,无奈关羽

注:"笼中"谐音"隆中",指地名;孔明(有光亮的缝隙);张飞(展翅飞翔);关羽(翅膀被锁)。出句全用双关,颇有趣味。

第十五话 挽联

挽联是集体或个人哀悼逝者,治丧和祭祀时专用的对联。

正如死有几十乃至上百个别称一样,出于对逝者的尊敬,挽联也要求有针对性、真实性,不能把挽联写成既适用于张三,也适用于李四的通用联。当然,阿谀奉承的词语也要少用。

1662年,年仅39岁的明朝爱国将领郑成功(1624—1662,本名森),得了一种急病,大喊"我无面目见先帝于地下",抓破脸面而死,并葬于台湾。后来,他的孙子郑克爽投降清朝,并上书康熙,请求归葬祖坟。康熙(1654—1722,名爱新觉罗·玄烨)同意了,并赐以挽联:

四镇多二心,两岛屯师,敢向东南争半壁
诸王无寸土,一隅抗志,方知海外有孤忠

收复台湾,是众所周知的千秋功业,而多少人还知道郑成功在此之前苦心经营东南沿海的历史?

少有人知,不代表不重要。作为"生是明朝的人死是明朝的鬼"的郑成功,其一生的功业,除了收复台湾外,最重要的恐怕还是抗清。然而,作为郑成功的敌人——清朝政府,出于一统江山的需要,是绝不会大肆渲染抵抗有功的。这也许是少有人知的原因之一吧。

但是大明帝国还是亡了,随后建立起来的南明小王朝呢?

翻开那段史实,或许会得出一个结论:南明小王朝一帮子王公大臣就是一群扶不起的阿斗。英雄,如郑成功者在此环境下,能力挽狂澜吗?不能。大明气数已尽,大势已去。

你看那四镇(南明小王朝的福王镇守南京时,驻防江北的四支部队)的司令们在想些什么?镇是当时的军事建制,相当于现在的军。

只有英雄你,能以"两岛"(金门、厦门)为根据地,连年出击粤、江、浙等"东南"诸地,与大清争雌雄。

但此时,反清复明已经是镜中月,水中花。

南明诸王们(福王之后流亡南粤的鲁王、康王、桂王等明宗室王)颠沛流离,居无定所,确实是"无寸土"。但只有你据守台湾,仍奉明朝为正统,你才是真正孤苦的忠臣。

作为大清的一位雄才大略的皇帝,能够给一个一生反叛自己的前朝臣子以如此高的评价,郑成功泉下有知不知道该做如何感想。

此联中,"四镇"对"诸王","多二心"对"无寸土","两岛屯师"对"一隅抗志",非常工整。述说郑氏的事迹有赞美,有感慨,有对比,使整副对联波澜起伏,很有气势。

有些人在生前就给自己作了挽联,叫"自挽"。其实,这是一种旷达心态的反映。如:

浮沉宦海为鸥鸟
生死书丛似蠹虫

托电视电影媒介的福,纪晓岚的大名已经家喻户晓。

上联即是纪晓岚戏拟的自挽联,比喻新奇,语言诙谐,自己的一生经历以及达观的处世态度在不经意间流露了出来。读此联也许能让我们看到一个更为真实的"纪大烟袋"。

从政走仕途,时而得意,时而失意,就像海鸟在大海上时而高飞,时而低翔一样。或许,此处要传达的更多的还是苦闷和无奈。应该说,作为皇帝的宠臣,用"春风得意"一词来形容更好,然而亦不要忘记"伴君如伴虎"的古训。

"蠹虫",蛀蚀书籍衣物的小虫。纪昀,一位博闻强记、知识丰富的大学者,说他自四岁起直到老年,没有一天离开过笔砚,或许并没有多少吹嘘的成分,更多应该是事实。

联语虽短,但可以感觉到纪晓岚对自己一生的评价:有执着,有退却,有旷达,有无奈。

此外,"浮沉"对"生死","宦海"对"书丛","为鸥鸟"对"似蠹虫",对仗工稳,而以鸥鸟和蠹虫两种小动物来比拟人生,颇有趣味。

朝闻道夕可死矣
今而后吾知免夫

1898年,因维新运动失败,近古稀之年的帝师翁同龢,被开除出大清的公务员队伍,驱出北京,永不起用,并交地方官严加管束。

他在老家建造了一座房子,命名为"瓶庐"。取此名大概是因为其常常后悔失言,不能守口如瓶。他在此隐居了整整 5 年,度过了他最后的人生路程,内心痛苦可想而知。

1904 年 7 月的一天,作者在弥留之际,集句自撰了如上一联,算是为自己不完满的一生画了一个句号。

上联语出《论语·里仁》,意思是:一个人如果早上知道悟出了"道"的意义,晚上死了也值得了。

这种解释也许会被认为有点俗气、直白,但是对多数没有时间去思考什么是道,什么是真理的普通人来说,能够思考已经很了不起了。

不过,对于翁同龢,这样的政治家来说,下面的解释也许他本人更容易接受:如果一个人早上能实现了一直坚持的理想,实施了自己的政治主张(仁政),那么他就算晚上死去也是值得的。

其实,正如高人所说,翁同龢诸人的变法图强,对于一个气数已尽、大势已去的清王朝来说,也许起不了多大作用,但是毕竟也算是一针强心剂,还能维持清王朝最后的心跳。

但是,早上太阳出来的时候,这种理想没有实现。晚上来了,翁先生知道他已经不能再看到第二天的太阳,此时他的心情只有四个字也许能表达:死不瞑目。

但是一转念,他又说出了下联:今而后吾知免夫。

此句引自《论语·泰伯》。曾子(前 505－前 435,姓曾,名参,字子舆)有重病,召集弟子们说:"打开被子看我的脚,打开被子看我的手,《诗经》中说做人做事要'战战兢兢、如临深渊、如履薄冰',我努力做了,从今往后我是可以免于祸难了。"

曾子是以孝著称的孔门弟子。因为孔子曾经教导过曾子:你的身体来自父母,要小心翼翼地保存好。

应该说,曾子是力行了这一教导并贯穿了自己的一生,无怪乎在病重的当口,要学生开被看看自己的脚和手,那是保存完好的,始可说自己从今往后是可以免于祸难了。

那么,对于自己的道德、品行、声誉的保护呢? 战战兢兢、如临深渊、如履薄冰的态度也是适用的。

翁先生此处引用这句话,意在宽慰自己:自己已经尽力了,一生也是战战兢兢,如临深渊,如履薄冰,而且,我的身体也保全了。上对得起国家,下对得起父母,我死也可瞑目了。

联语有感慨,有无奈,有超脱,有悲叹,读后令人感慨良久。

复生不复生矣
有为安有为哉

"我自横刀向天笑,去留肝胆两昆仑"一句诗,无论作者版权是否归谭嗣同(1865－1898,字复生)所有,但有一点是明确的:此句诗因谭嗣同而闻名,此句诗亦为戊戌变法画上了一个大大的带有悲壮性质的叹号。

联语的作者康有为(1858－1927,又名祖诒,字广厦),无论人们怎么评价他,其本人真诚的品质不容置疑,其逃亡日本之举,以及戊戌六君子的悲壮行为,或许并没有太大的原则性的冲突:革命需要先行者,需要牺牲;革命亦需要积蓄力量,需要领袖。

联语说,"复生"牺牲了,不能复生了;失去了这样的战友,我康"有为"还能有什么作为呢? 此联嵌入两人名字,并运用双关的修辞技巧,增强感染力。但透过这些修辞,对往日战友的无限怀念和惋惜溢于言表。

由于不满康有为晚年逆时代之大潮而动,著名学者章太炎(1869－1936,名炳麟,号太炎)则撰联讽刺之:

国之将亡必有
老而不死是为

联语将康有为之名嵌于上下联末尾,讽刺对象之意不言自明。上句出于《礼记·中庸》"国之将亡,必有妖孽",故意漏去"妖孽"二字。下句出自《论语·宪问》"老而不死是为贼",漏去"贼"字。意在说康有为是妖孽、是贼,堪称绝妙。

挽联中还有一种特殊的类型,即戏挽联,一般带有游戏性质,包含着对所挽之人的讽刺和漫骂,下联即是一例:

起病六君子
送命二陈汤

1916年6月6日上午10点,一代奸雄袁世凯(1859－1916,字慰亭),一命呜呼,终年58岁。

按照农历推算,袁世凯死在端午节之前,因为民间有"癞蛤蟆过不了端午节"之说,故而老百姓多认为袁世凯是癞蛤蟆投胎转世的。此种死因,虽有几分荒诞成分,却亦反映了民间对于袁世凯本人的憎恶。

而更为确切的原因,也许还是如上联语所言:因六君子而起病,因二陈汤而送命。

联语出自《清末民国讽喻联集》,借用"六君子""二陈汤"两种中汤药的名称,而谐音双关涉及十来个历史人物,并高度概括了"袁世凯称帝"的历史闹剧,着实为中药界联争光,堪称经典。

"六君子",指中药方剂里的六君子汤,由党参、炙甘草、茯苓、白术四味药(亦称四君子汤)加上制半夏、陈皮二味药组成,主治脾胃气虚而有痰壅,症状见于咳嗽痰多,痰白清稀,气短者。

"二陈汤"亦是中药有名的方剂,由制半夏、陈皮、茯苓、炙甘草四味药物组成,主治湿痰咳嗽,痰多色白,胸膈胀满,恶心呕吐,或头眩心悸,舌苔白润等症。

"六君子"指杨度、刘师培、孙毓筠、严复、李燮和、胡瑛,六人组成"筹安会"。因他们在国家体制设计上,多提倡君主立宪制,故而时人多称他们为"六君子"。作为袁世凯称帝的粉丝,个个全是袁世凯称帝舞台闹剧的吹笙奏笛者。

应该说,六君子的鼓吹只是前奏,同时亦在暗示袁世凯此时即已经得了"病"。

"二陈"是指陈树藩、陈宧,一个官居陕北镇守史,一个负责督理四川军务;"汤"指汤乡铭,时任湖南都督。三人曾经均是袁世凯的心腹,更是袁世凯称帝的铁杆粉丝。

然而,时过境迁,识时务者为俊杰的他们皆在全国纷纷讨伐袁世凯的革命运动中竖起了倒戈大旗。此时的袁世凯可谓众叛亲离,心底定是拔凉拔凉的。联语把三位"识大局顾大体者"的行为比作一剂汤药而毒死了袁世凯,可谓一语双关,堪称绝妙。

孔子之前无数孔子孔子之后一无孔子
鲁迅之前一无鲁迅鲁迅之后无数鲁迅

孔子之前,有无数孔子式的学者;孔子之后,一个孔子式的学者都没有了。

鲁迅(1881—1936,原名周树人,字豫山)之前,没有一个鲁迅式的学者,鲁迅之后,出现了无数鲁迅式的学者。

整联看似玩文字游戏,实际上却隐含深意。

春秋战国时代,百家争鸣,孔子之学只是一种学说。但是自汉武帝开始,儒家思想成为两汉官方意识形态。孔子作为儒家的创始人,其地位从此远远超过先秦诸子。

应该说孔子是真诚的,他满嘴里讲的仁义道德并不是假的,终其一生,都在追求三皇五帝以及西周的理想时代,在孔子看来,那个时代的人们是讲"仁"的,并不是像鲁迅先生所说的那样——满嘴里仁义道德,一肚子男盗女娼。

只是后来人才慢慢发现,穿着孔夫子的衣服而干着伪君子的事情是很容易的。孔子被骗了,应该为孔子申冤鸣不平。

但是,当"仁义道德"开始成为追名逐利、不择手段的外衣,并形成一种模式时,一个又一个的"孔子"还会出现吗?

孔子似的人物也许永远都不会出现了,但是却出现了鲁迅。

鲁迅在中国的价值,不容置疑。但是鲁迅先生,无论是他生前还是死后,骂声一直不断,而这就像孔子一样。

如果说,孔子的思想经过统治阶级的加工改造、扭曲变形,成为一个阶级统治的工具,那么,鲁迅终其一生都在咒骂这个工具,一生都在想方设法地破坏这个工具。

他的武器是用笔。在鲁迅之后,一群群人觉醒了,他们不愿进入这台机器中,成为一个奴隶。

所以说开始出现了无数个鲁迅。

此联用了反复的修辞。上联说孔子说了四次,下联写鲁迅写了四次,是在一再申说他们的伟大。词语的重复、交错,使得二人形成鲜明对比,同时在对比中也显示了二人的伟大。

我国著名教育家蔡元培亦为鲁迅先生写有一副挽联:

著作为严谨,非徒中国小说史
遗言太沉重,莫作空头文学家

"中国小说史",是指鲁迅的课程讲义《中国小说史略》,此书是中国第一部小说史专著,为小说史的开山之作,学术价值颇高。而"莫作空头文学家"一言则是直接引用鲁迅的遗嘱:孩子长大,倘无才能,可寻点小事情过活,万不可去做空头文学家或美术家。

知识链接 鲁迅遗嘱

我只想到过写遗嘱,以为我倘曾贵为宫保,富有千万,儿子及女婿及其他一定早已逼我写好遗嘱了,现在却谁也不提起。但是,我也留下一张罢。当时好像很想定了一些,都是写给亲属的,其中有的是:

1. 不要因为丧事收受任何一文钱——但老朋友的不在此例。

2. 赶快收殓、埋掉、拉倒。

3. 不要做任何关于纪念的事。

4. 忘掉我,管自己的生活。——倘不,那就真是糊涂虫。

5. 孩子长大,倘无才能,可寻点小事情过活,万不可去做空头文学家或美术家。

6. 别人应许给你的事物,不可当真。

7. 损着别人的牙眼,却反对报复,主张宽容的人万勿和他接近。

此外自然还有,现在忘记了。只还记得在发热时,又曾想到欧洲人临死时,往往有一种仪式,请别人宽恕,自己也宽恕了别人。我的怨敌可谓多矣,倘有新式的人问起我来,怎么回答呢?我想了一想,决定的是:让他们怨恨去,我也一个都不宽恕。

　　　　　学界泰斗
　　　　　人世楷模
　　作为教育家和著名学者的蔡元培,其一生波澜壮阔,然而,相对同时代的诸多学者,其一生还算是幸福的。客观评价其一生,且最有名气者当是毛泽东所撰的如上一副挽联。

　　　　　生的伟大
　　　　　死的光荣
　　作为已知的中国共产党女烈士中年龄最小的一个,年仅15岁即英勇就义的刘胡兰(1932－1947),其流芳百世的行为以及那句传诵久远的话语——"怕死不当共产党"或许令如今我党中的"大老鼠、小蛀虫"们为之汗颜。
　　周恩来在皖南事变后所写的一联也是挽联:
　　　　　千古奇冤江南一叶
　　　　　同室操戈相煎何急
　　2008年的汶川大地震挽联:
　　　　　汶川北川青川,四川震痛岂止三川
　　　　　德阳绵阳资阳,太阳出来仍是朝阳

知识链接　　最早的挽联

　　据《楹联丛话》记载:"挽联不知起于何时,古则但有挽词,即或有脍炙人口二句者,亦其项腹联耳。唯《石林燕语》:韩康公得解、过省、殿试皆为第三人,后为相四迁,皆在熙宁中。苏子容挽之云:'三登庆历三人第;四入熙宁四辅中。'此则是挽联之体耳。"

　　今人多以上面一联为最早的挽联,学者谷向阳在其著作中亦认可此种观点。

　　庆历是宋仁宗的年号,熙宁为宋神宗的年号。上联言韩绛于庆历年间三次登科及第,确实符合事实。据有关史书记载,在宋仁宗庆历年间,读书人普遍追捧三试,即解试(由各州举行)、省试(由礼部主持)、殿试(皇帝亲自主考),而韩绛亦不例外,凑巧的是其在三试中均为第三名。下联则言其为政之事,高度概括其一生。

　　而南宋政治家、宋高宗时的宰相、词人赵鼎(1085-1147,字元镇)所撰之联,应该是最早的自挽联。作为主战派,赵鼎和大将岳飞私交深厚,自然会得罪秦桧。被秦桧罢相排挤后,据说赵鼎知道以秦桧之为人必置其于死地,故而绝食而死,临死前,写下如下一联:

身骑箕尾归天上
气作山河壮本朝

　　意思是说:我虽然身骑"箕、尾"两座星宿回归上天,但我的气概仍像高山大河那样雄壮豪迈地存在于本朝。

参考答案

● 本书 141 页

第一种读法:此屋安能居住? 　　第二种读法:此屋安,能居住。
　　其人好不悲伤! 　　　　　　　　其人好,不悲伤。

绝联征对

据说,浙江宁波市慈溪县老城有东西两座庙,东庙所祭祀的是三国时的宁波籍老乡,亦是孙权的得力谋将阚(kàn)泽;西庙祭祀的是中唐时期著名文士、政治家房琯。时人撰写如下拆字联:

东庙阚公,西庙房公,两公门户相当,方敢并坐

此联中,将"阚"拆成"门、敢",将"房"拆成"户、方",让四字交错排列,成为"门户、方敢"四字,进而形成"门户相当、方敢并坐",颇暗含两姓的情形,至今无人对出贴切的下联。

第十六话 行业联

> 行业联,是广告也是艺术。
> 三百六十行,不可能行行都具有诗意。但是,人应该有一些诗意,不然会很累。那就让我们为所从事的行业增添一些诗意吧。
> 一副文采飞扬、意蕴深刻、书写得体的店堂对联或许是增添诗意的一个选择。

但愿人皆健
何妨我独贫

医生的贫穷和富有与普通人是完全冲突的:如果人人皆是健康的,那么医生们就"独贫"了。此联语以"但愿"和"何妨"两个词开头,解决了医患之间的矛盾,而医生的人格修养却由此得以升华。

联语言简意赅,对反修辞手法的运用,令人从另一个侧面了解了医生,了解了当今与医生相关的"××门"背后的真实情况。

后来,有人把此联改为具有异曲同工之妙的另一联:

但愿世间人少病
何妨架上药生尘

五湖寄迹陶公业
四海交游晏子风

作为商业的常用联,联语搬出陶朱公和晏子二人,着实为生意行当长脸。

吴越争霸时，历经卧薪尝胆之苦的勾践在灭吴之后，曾大摆筵席，设宴庆功。而作为上将军的范蠡却不要任何封赏，只带着大美女西施远游去了。从此世间再无范蠡，而多了一位自称"朱公"的并定居当时的商业中心陶（即今山东的定陶县）的"陶朱公"。

作为弃政从商的鼻祖和已知的中国第一个首富，陶朱公发财的经验颇为简单：在农耕文明的时代，其对市场行情的准确把握，以及对农资产品的重视和薄利多销等商业技巧的运用，使其成为开创个人致富记录的典范，个中原因不得不令今人，尤其是今天的商人深思。

而在民间传说中，把秤的发明权归于陶朱公，并视其为诚信经商的楷模，无疑又使他能够进入庙堂，被尊奉为"财神爷"，打下了良好的民间舆论支持。

相传，陶朱公以南斗六星和北斗七星做标记，发明了十三两秤。后来发现有人故意缺斤短两，即又加上了福禄寿三星，意为缺一两折福，缺二两折禄，缺三两折寿。此种十六两秤，在中国使用了两千多年，俗话说的"半斤八两"，即来源于此种秤。

而连小学生都知晓的"晏子使楚"的故事，使得晏子，一位身材不高，其貌不扬，却是春秋后期重要的政治家、思想家、外交家，广为所知。

不亢不卑，广交天下英雄豪杰，也许正是此种品质是晏子被后世商人所尊敬的重要原因，同时也是生意场上的必备的素质。

秦镜高悬须眉毕现
庐山在此面目留真

秦镜亦称作"秦鉴"，据说其魔力可以和格林童话故事《白雪公主》中的新王后的魔镜媲美。这面安放在咸阳宫中神奇的镜子，宽四尺，高五尺，正反两面都能照人。既可以照见人体的五脏六腑，从而看出人体内的病灶，亦能看出人心的红黑。

此只是民间传说，更多地还是反映了百姓对于秦始皇，这位脾气暴躁、疑心甚重的帝王的复杂情绪。而"秦镜高悬"一词即由此产生，后来又逐渐演变成更为通俗的"明镜高悬"。至于民间，则由于秦镜神奇的作用，后来演变为老百姓房梁上的"照妖镜"了。

而把此典故运用到照相馆，并借以比喻照相技术的高明，相片的清晰，着实令人耳目一新，颇有趣味。

"庐山在此面目留真"一句则直接化用苏轼的绝句《题西林壁》："不识庐山真面目，只缘身在此山中。"此语更为幽默，以调侃语气对顾客说道，你的庐山真面目在哪里？就在这小小的照相馆里。

联语活泼生动，所运用的两个典故也切合行业情形，确为佳联。

在行业联中立意独到、寓意深刻，而手法上或一语双关，或出奇制胜者许许多多。但就别具一格、颇有趣味的理发店联而言，即可列出几副。

其一：

虽是毫末生意
却是顶上功夫

作为理发店的传统名联，单看联语的既相反相对又极富双关色彩的"毫末"与"顶上"两词，即令人不敢小视美发业。

其二：

操天下头等大事
做人间顶上功夫

联语中，"头等大事""顶上功夫"的巧妙运用，似乎深得《倚天屠龙记》中张无忌的乾坤大挪移第七层之法，即看似手无缚鸡之力却亦能担负千斤：把普普通通的美发业提升到"天下头等大事、人间顶上功夫"，着实为作者出其不意掩其不备之写作功夫所折服。

其三：

提起刀人人没法
拉下水个个低头

以大多数国人的大事化小小事化了的温文尔雅的性格而言，如若真有人提起刀架在自己脑袋上，"人人没法"是极为正常的。而此处用于理发店，却是另外的意思：理发师们提起刀来，个个都没有了头发，"法"谐音"发"，颇有趣味。

"拉下水"本来是指引诱他人同自己一起干坏事，而此处只表示它的字面意思：拉人下水，即洗头。而巧妙的是，无论是作诱惑他人解还是作洗头之意，其个个低头都是不争的事实。

品此联可以为汉语之美妙叹为观止了。

其四：

磨砺以须，问天下头颅几许
及锋而试，看老夫手段如何（石达开联）

"文如其人"一词虽然遭到诸多文学理论家的质疑，但是，就一般情况下来说，此言语是正确的。如上一联为改联，其原版是太平天国的将领，亦是洪秀全的表亲和同学冯云山所作。据说，翼王石达开的一个部下曾是剃头匠，冯云山为之撰有一联：

磨砺以须，天下有头皆可剃
及锋而试，世间妙手等闲看

而更厉害还是石达开(1831—1863，绰号石敢当)联，可以说，把美发业推向了具有男子汉气概的劲健的境界。

以须来磨砺剑刃，问天下能有多少头颅？看看剑锋吧，也看看老夫的手段到底怎样？

联语透露出了自信、幽默，而此也十分符合这位19岁统率千军万马，20岁封王的近代中国著名的军事家，常被人称作"太平天国最完美的男人"石达开的身份。

联语从理发师口中说出，也十分自然。然而，作为与"理发或美发"同义的土语"剪头"一词或许更为欲剪除清朝腐朽政府之头的"理发师"石达开所喜欢，虽然其本人年仅32岁即英勇就义了，但是其转战大半个中国，并流传下来的动人的故事，鼓舞着一代又一代的人，其中即有完成其未竟事业的辛亥革命者。

一毛不拔
有口皆碑

如果不加解释，或许少有人知道联语所言何物。然而这正是联家所追求的出奇制胜的招式。

"一毛不拔"出自《孟子·尽心上》："杨子取为我，拔一毛而利天下，不为也。"作为和"铁公鸡""自私自利"同一档次的词汇，人人见之即骂，然而作者却搬出如此名声甚坏之词，足见作者的胆魄。

"有口皆碑"出自宋代高僧释普济《五灯会元·宝峰文禅师法嗣·太平安禅》："劝君不用镌顽石，路上行人口似碑。"此成语名声颇佳。

作为可以用作谜联的牙刷店联，联语所表达的还是其字面意思，且莫多想。尤其是"一毛不拔"一词，作者反其意而用之，以显示牙刷的质量过硬，趣味横生，读过之后，着实令人哑然。

韵出高山流水
调追白雪阳春

古典名曲《白雪阳春》《高山流水》暗示此联是乐器店联。《高山流水》之韵，前面已经提及。

而作为战国时代楚国的一种高雅的歌曲《白雪阳春》呢？其开始的命运似乎用"坎坷"一词表示最为贴切。据春秋楚国大辞赋家宋玉(又名子渊，屈原的学生)的《对楚王问》记载："其为《阳阿》《薤露》，国中属而和者数百人，其为《阳春》《白雪》，国中属而和者不过数十人而已。"

应该说,和此曲联系最为紧密的一个成语即是"曲高和寡",而这似乎正是此乐器店所追求的,也在某种程度上渲染了店面的典雅气氛。

作为中国的"国饮",茶的功用不用过多言说,下面的几副对联也为茶道增添了一些茶趣:

趣言能适意,茶品可清心

心清可品茶,意适能言趣

作为正读倒读皆同的回文联,联语上下句所传达的意味却不尽相同,而不管有多少差异,"茶文化"所反映的趣、适、清却完全相同。

北京"老舍茶馆"中的两副对联亦是回文联,顺读倒读亦一样,可谓妙手天成。

其一:

前门大碗茶

茶碗大门前

其二:

满座老舍客

客舍老座满

而有些茶碗上所书如下七字"不可一日无此君",真是让人见识到回文联的极致,因为此单句可以有多种读法:

日无此君不可一

无此君不可一日

此君不可一日无

君不可一日无此

不可一日无此君

可一日无此君不

一日无此君不可

此处的"君"指茶。据说,此句的作者叫爱新觉罗·玄烨,今人多称之为康熙。

书少非君子

无读不丈夫

成语"恨小非君子,无毒不丈夫"最早出自元代作家马致远的《汉宫秋》一折:"教他苦受一世,正是恨小非君子,无毒不丈夫。"意思是说,作为君子或大丈夫,该狠的就要狠,该毒时就要毒。

而作者借用此成语,用于书店,并加以谐音转化,反其意而用之,颇有趣味,也可见出作者的睿智。

薛家新制巧
蔡氏旧名高

联语搬出了造纸行业的两个重要人物：薛涛（约768－832，字洪度）和蔡伦（61－121，字敬仲）。

传言和当时著名诗人元稹有着暧昧关系的女诗人薛涛，交往甚广，中唐诸多诗人皆与其唱和过，可见其绝非一般的小女子。

后来因事被罚，曾在成都浣花溪一带归隐了很长时间。

浣花溪之人多从事造纸业，聪慧的薛涛遂加以改造，制成了深红色的精美的小彩笺，多用于写情诗情书，在当时及后世极为流传，时人多称之为薛涛笺。

而作为我国四大发明之一的造纸术的发明者蔡伦，其发明权虽然多受学者质疑，不过，有一点是肯定的，即蔡伦为造纸业所倾注的大量心血，为造纸技术的完善和最终成熟奠定了坚实的基础，并得到当时的最高统治者的认可，其功绩不容置疑。

此外，"薛家"对"蔡氏"，"新制"对"旧名"，"巧"对"高"，对仗颇为工整。联语加入了和造纸业有关的逸闻轶事，着实为此行业增添了许多传奇和浪漫的色彩。

羲之五字增声价
诸葛三军仗指挥

在艺术上，与如上一联有异曲同工之妙，亦搬出两位与扇子有关的古代名人：书法家王羲之和政治家诸葛亮。

"羲之五字增声价"出自《晋书》："在蕺山见一老姥，持六角竹扇卖之。羲之书其扇，各为五字。姥初有愠色。因谓姥曰：'但言是王右军（王羲之别称）书，以求百钱邪。'姥如其言，人竞买之。"

而"诸葛三军仗指挥"一句出自《语林》。据说，当时的时尚元素即包括男子手执白羽扇，大概是智慧、儒雅、风度的象征。而作为当时实力派兼偶像派的政治明星诸葛亮自然不会落后于时尚潮流。

相传，诸葛亮与曹操以及后来的司马懿作战时，即常常手执白羽扇，一副运筹帷幄之中、决胜于千里之外的大家风范。

大暑去酷吏
清风来故人

作为历经后梁、后唐、后晋、后汉、后周、北宋六朝，五朝为官并曾出任后周、北宋两朝宰相的政治家，联语的版权所有人范质（911－964），无论骂其不忠，还是骂其软弱,只有一点是为诸多史家以及普通论者所认同,即其人品道德的无可挑剔。

短短53年的一生,却经历六个朝代,其实,更重要的是此种人生历程,自己根本无法左右。作为一个人,拿什么心态来处世生存呢?如果骂其不忠或软弱者,身处此种时期,不知该做如何选择。

"人的生命只有一次"虽然只是一句极为俗套的话,却亦是真理。

作为范质为其朋友所撰写的纸扇店联,联语似乎也带有作者作为政治家的"职业病":大暑中,用扇子把酷吏都扇走吧;清风中,让故人们都来聚聚吧。

当然,一语双关修辞也表明了联语和扇子本身的联系:扇走的亦有酷热的天气。

此联对仗工整,寓意贴切,十分切合扇子店的特点,堪称佳联。

金鸡未唱汤先热
红日东升客早临

担负着唤醒万家之职的金鸡尚未报晓,浴室的水就已经烧热。"汤"即洗澡水。下联有点王婆卖瓜自卖自夸的味道,不过广告做得确实很好。

作为多有经典联句传世的皇帝朱元璋,相传如上一联是其为一家浴池所撰。

宇内江山,如是包括
人间骨肉,同此团圆

作为卖馄饨和元宵的小吃店的门联,联语以其高超的夸张才能告诉人们两点:其一,馄饨和元宵如此之小的食品和宇宙江山拥有同样的道理;其二,元宵亦有人情味,亦以他圆圆的身躯向人们传达了愿天下骨肉尽团圆的理念。

联语似乎是顺手拈来,却趣味横生,读后会心一笑应是多数读者的反应。

梨园小天地
天地大梨园

舞台小天地
天地大舞台

梨园,原是唐代训练乐工的机构,后来演变成对古代戏曲班子的别称。老百姓在习惯上称戏班、剧团为"梨园",称戏曲演员为"梨园子弟",把几代人从事戏曲艺术的家庭称为"梨园世家",戏剧界称为"梨园界"。

艺术家们常说的"艺术来源于生活,却高于生活"虽然值得怀疑(未必高于生活),然而,如上联语评价戏剧或者艺术定是事实:艺术家们把"天地大舞台"上的众生相,经过艺术加工之后,搬上了这个"舞台小天地",而"舞台小天地"正是那

"天地大舞台"的缩影。

此二联均运用反复修辞，意思大致相同。只反复用了"梨园、大、小、天地、舞台"五个词语，却把舞台艺术的本质生动地展示了出来，颇有意味。

此曲只应天上有

人间能得几回闻

作为直接摘自杜甫诗作《赠花卿》的集句联，联语多用于舞台剧场之上，可以说将乐曲的美妙提到了"最高级"。

然而，此处有些疑问：即此曲为什么只应天上有？人间为什么只得几回闻？天上指什么？人间又暗含什么？

按照古代士子的通常解读，"天上"一般与天子相关，"人间"则和普罗大众紧密相连。"天上、人间"的差别即是联语的弦外之音。

后有人把此联改为：

此曲只应天上有

斯人莫道世间无

和原联相比，改联对仗更为工巧，上下联意思相一致，讽刺意味虽然消失，但是对乐曲之美的赞叹和夸张更胜一筹，颇值得细细品味。

戏台联还有：

凡高莫抢先，看戏何如听戏好

为人须顾后，上台终有下台时

借虚事指点实事

托古人提醒今人

乾坤一场戏，请君更看戏中戏

俯仰皆身鉴，对影莫言身外身

闭目三思，人世间，谁为袖手旁观者

开怀一笑，舞台上，我乃逢场作戏人

鞋店联：

登堂入室

步月凌云

眼镜店联：

好句不妨灯下草

高龄可辨雾中花

知识链接　行业对联的作法

1. 搬出行业先驱,吟出行业佳话,提高行业名气。

阅历给人以深度,而由众人阅历组成的历史自然会给各行各业以深度。如肉店用联:

屠将学樊哙
宰可效陈平

上下联分别嵌入樊哙和陈平二人大名,着实为屠宰业,此种名声不太雅的行业添色不少。据司马迁《史记·樊郦滕灌列传》记载,樊哙,这位刘邦的第一心腹兼拜把子兄弟兼吕后之妹夫,在没有成为大汉帝国开国元勋之前,曾经在老家江苏沛县以杀狗卖狗肉为生。

而据《史记·陈丞相世家》记载:"里中社,平为宰,分肉食甚均。父老曰:'善,陈孺子之为宰!'"句中的"平"即陈平,大意是说,出身卑微却极有谋略的政治家陈平,年轻时曾被推荐为社庙里的社宰,主持祭社神,为大家分肉,陈平把肉分得十分均匀。

联语以两位大人物为屠宰业撑门面,颇切合行业情形,其暗示的意义不言自明。再如笔店联:

九迁官至中书令
无等爵封不律侯

联语中的"中书令"和"不律侯"均指毛笔,均有一段来历。"中书令"出自唐代大散文家韩愈寓言《毛颖传》。作为儒学大家,此文以幽默调侃的笔法为一支毛笔立传,并言其曾长期做秦始皇时代的中书令一职,确实寄托颇深。

而"不律侯"出自我国最早一部字典《尔雅·释器》:"不律"谓之笔。

联语全用拟人手法,形象生动,且对仗工整,亦符合笔店情形,堪称佳联。

2. 介绍行业性质,宣传产品质量,以吸引消费者。如:

雪花资润泽
香水溢芬芳（化妆品店）

以六书传四海
愿一刻值千金（刻字店）

3. 体现职业道德,攻心为上以招徕顾客。如:

友以义交情可久
财遵道得利方长

此联虽然有和顾客套近乎之嫌,然而从商业心理学来说,却似乎更为消费者所喜欢。再如:

货有高低三等价
客无远近一般亲

4. 挖掘行业所蕴含的哲理,警策醒人,为行业增添魅力。如:

权衡凭正直;轻重在公平。（秤店）
有材皆中选;适用乃为宜。（木器店）
胸中存灼见;眼底辨秋毫。（眼镜店）

绝联征对

出句:今夕何夕,两夕已多

注:此出句据说出自民国初年。当时,军阀混战,民不聊生,其景象虽然不如当年曹操所言的"白骨露于野,千里无鸡鸣,生民百遗一,念之断人肠"那样,却也有几分相似之处。

出句作者,虽然为无名氏,却也能看出是一位忧国忧民者。此处的"夕",泛指晚上,和"日"即白天相对。联意说,平民百姓度日尚且如年,那度"夕"呢?两夕呢?

第十七话 胜迹联

秦砖汉瓦,是一种美,一种大美。而能看出这种大美之人自有大美之处。

夜来临,遥望星空,我们不知道,一千年前的祖辈是怎么想的,只是他们留下的一些痕迹,告诉我们他那个时代的伟大与渺小,欢乐和悲苦。

那就捡一片瓦,一块砖吧。

一

桥跨虎溪,三教三源流,三人三笑语
莲开僧舍,一花一世界,一叶一如来

去庐山一定要去虎溪三笑亭坐坐。三笑亭的美不在于亭子本身,而在于亭子的故事,当然也在于清代唐英(1682—1756,字俊公)所写的上面的对联。

唐英是京官,同时还在江西景德镇做兼职,负责为雍正和乾隆两朝皇帝烧制瓷器,他主持烧制的瓷器无不精美,深受两朝皇帝的赏识,他本人也成为一代著名的陶瓷艺术家。

当这位在江西做了近30年兼职的文人来到庐山虎溪三笑亭时,他也笑了,笑过之后,联兴大发,写下了上面的一联。

虎溪,庐山东林寺门外的一条小溪,溪上有一个石拱桥,"桥跨虎溪"说的就是这座桥。

儒释道三家各有渊源,巧的是三家的创始人孔子、释迦牟尼、老子年龄相差无几,可以说是同时代的人。

而"虎溪三笑"典故中的三个人却不是同时代的人,三人能成为朋友,并在一起开怀大笑,只是一个美丽的谎言。

但是人们,包括唐英,也包括你我大都喜欢美丽的谎言。

传说,庐山脚下的东林寺是东晋高僧慧远法师所修建,慧远在此讲经说法,引来不少人来此求经问道。不过,他每次送客,无论客人是贵是贱,只送到石拱桥为止。

据说,要是过了石拱桥,寺后的老虎就会吼啸起来。一天,信奉儒学的陶渊明和信奉道学的陆修慧来了,他们讲儒论道,谈得十分投机,告别时,边走边谈,不知不觉过了石拱桥,虎真的咆哮起来,三人不觉相视而笑,"虎溪三笑"由此而来。

后人于此建了三笑亭。

事实是,信仰道家的陆修慧来到庐山时,慧远已去世30余年,而渊明先生也去世20余年。本故事,也仅是美丽的"故事"。

故事往往是假的,但是编故事的人往往是真诚的。编这则故事的先生信儒,信道,也信佛。儒释道三家的恩怨情仇在他这里消失,只有三家相识、相知、相融的笑。

如果说,儒道两家是地道的国产品牌,那么佛家则是舶来品;如果说,儒道两家是中国思想史上的主人,那么佛家则是客人。

而这里却出现了逆转,佛家是主人。慧远是主人,陶渊明和陆修慧是客人。

慧远法师一肚子佛法义理,他要弘扬佛法。正如讲课要有讲台、教室一样,他要选择一个落脚点。

他选择了佛教重地庐山,并创建了东林寺,结下了白莲社,创立了佛教在中国的一个新的分支净土宗,又称莲宗。

唐英用"莲开僧舍"四个字来表示,极为精练。当然这里的莲并不只指代莲宗,还可能单指莲花,因为如来佛坐的就是莲花宝座。

"一花一世界,一叶一如来。"出自《佛典》。

据说,如来在灵山讲经大会上,拈花示众,众人都不知道是什么道理。只有迦叶尊者点头回应,与佛祖相视一笑,成就了禅宗的迦叶初祖。如来说:"佛法很奥妙,所以文字根本就不足以把佛法义理表达出来,最好的办法就是不立文字。而能从一朵花中悟出整个世界,就能得以修成正果。"

一朵花是什么?一棵草又是什么?一个你所能想象到的世界呢?

它们的运动法则一样吗?一样。所以,一即一切,一切即一。大的事物和小的事物都是遵从着同样的游戏法则。所以,一朵莲花可见一世界。

而"一叶一如来"则是宣传佛家的最好的广告词。

佛是伟大的,为了众生而幻化无数之身。你见到的莲叶也好,小草也罢,等等都是佛所幻化,所以,一片莲叶体现一如来。

上联反复用了四个"三"字,而下联反复用了四个"一"字,对仗颇为工巧。四个"三"字,把三个人的故事说得如此清晰明了,足见作者娴熟的炼字功夫。而四个"一"字所体现的佛法真意也是如此。

惟楚有才
于斯为盛

作为我国四大书院之首,岳麓书院从来都是被人所仰视的,也许真是这种心态，才使得它的正门口狂傲地挂着上面那副对联。

书院创办于公元976年，即北宋太祖开宝年间，距今已有一千多年了。此后，它就一直和帝王和官方有着密切的联系。而这又培养了书院的贵族气息。

据说，19世纪20年代的一天，书院的院长袁名曜(？—1835，字道南)讲完课，与几名学生一起散步，走到书院大门口时，看门人请他为大门写一副对联。

"惟楚有才。"他说道。正思索下句时，一个叫张中阶的学生走过来，对曰："于斯为盛。"名联就这样撰成。

晚清以来，此联一直是湖南人的标准的广告词，虽然这句广告词存在抄袭的嫌疑。

上联"惟楚有才"出自《左传·襄公二十六年》，原句是："虽楚有材，晋实用之。"

虽然楚国有才子，但是这些人却为晋国所用。看来，人才的争夺战，古代就已经很普遍了。

"惟楚有才"是从"惟楚有材"转化而来的。"惟"字是个语气助词，在这里没有任何意义，用今天的话说就是"楚有才"的意思，因为古人说话都喜欢用双音节的词，所以就在"楚有才"前面加了个"惟"字。

古人方便了，读得顺口了，而今天的人们，特别是湖南人却不这么认为。人家只认表面意思：唯有楚地才有材。

误读的结果使得这四个字变得气势凌人，而更有气势的还在下联。"于斯为盛"出自《论语·泰伯》："孔子曰：'才难，不其然乎？唐虞之际，于斯为盛。'"

孔子说："人才难得，难道不是这样吗？尧舜以后到周武王那个时期，人才才称得上兴盛。"

应该说，张中阶很会偷，把偷来的"于斯为盛"不偏不倚地放在此处，和上联刚好相对。"于斯为盛"一词就要做如下解释了：岳麓书院更是英才齐聚之地。

集句联的精品，此联可以作为代表。

而晚清以来的湖南人也确实很给这副对联长脸。哲学家有王船山、魏源；文学家有丁玲、田汉、沈从文、琼瑶；政治家、革命家有曾国藩及他的湘军，还有毛泽东及其领导的共产党。彭德怀、罗荣桓、贺龙、粟裕等名将也来自湖南。

所以，钱钟书先生曾说：近代中国有三个半人，两广人算一个，江浙人算一个，湖南人算一个，山东人算半个。

洞口开自哪年？吞不尽潇湘奇气
岩腹藏些何物？怕莫是今古牢骚

湖南株洲县有一个空灵岸，空灵寺坐落在空灵岸上，空灵寺里有一个空灵洞。此联即出自此地。

上联由洞口发问:开自哪年?问得极为奇妙。继而由"口"联想到"吞",这洞口会吞何物呢?答曰:吞不尽潇湘奇气。潇湘是湘江的别称,又泛指湖南,这是横的写法。

下联从"洞口"到"岩腹",再次发问,这山的腹部会藏哪些东西呢?以揣摩的语气答曰:怕是古今的牢骚吧。这里既是自己的表白,又代古今之人发言,这是纵的写法。

联语构思巧妙,问得奇妙,答得更为空灵,和空灵洞十分吻合。

云带钟声穿树出
月移塔影过江来

此联出自湖南邵阳双清亭。

白云带着悠悠扬扬的钟声穿树而出,皎洁的明月悄悄地把宝塔的身影移过江来。是动,也是静,以动写静,又化静为动,有声有色。

同时,比拟手法的运用,使得云和月都有了灵性,成为有感情、能够"带来"和"移来"美好事物的人的化身,也使得对联形象生动,颇有韵味。

水天一色
风月无边

一位才子一生大概三次经过洞庭湖,经过岳阳楼。每次,他都会喝得酩酊大醉。

不知道是第几次,他又醉了,踉踉跄跄地爬到岳阳楼的顶层。那天的天气很好,天是蓝的,偶尔有几朵白云飘过,而眼前八百里洞庭湖水也是蓝的。远远望去,湖水和蓝天融在了一起。

如此美景,怎能没有诗文助兴,拿笔来。趁着酒劲,他挥笔写下"水天一色,风月无边"八个大字。

这位醉汉叫李白。

风月无边,这里是虚写,风月,本来是清风明月,而大多泛指美好的景色。

从此,引李白折腰的岳阳楼的美定格在中国历代文人的心中。引无数英雄竞折腰,不是一句大话。岳阳楼可以为这句话作注解。

北宋的改革家范仲淹(989—1052,字希文)来了,留下他流传千古的《岳阳楼记》。随后,欧阳修(1007—1073,字永叔,号醉翁)也来了。这位说自己家里有藏书一万卷,有遗文一千卷,有琴一张,有棋一局,有酒一壶,还有一个老头(指他自己),号称"六一居士"的幽默风趣的老者,可以称为当时文坛老大,后来的王安石、苏轼父子等都受到他的影响。

欧阳先生来到此地，他也醉了，古人的酒醉往往是好事，往往会有精美的文字留下来。他留下的是：

我每一醉岳阳，见眼底风波，无时不作
人皆欲吞云梦，问胸中块磊，何时能消

看来，他不是一次醉卧岳阳，而是多次。每次来，他都见到洞庭湖水的波涛汹涌。这是实写。

眼底风波，无时不作，更多的还是有关人情世事。这是暗示出来的。骨子里是文人，而又投入政界的人士往往对无时不作的大大小小的风波反感。

世情险恶，人生太复杂，风波太多，个人理想不得实现。欧阳先生很累，想超脱，但是似乎没有超脱开来。

下联的"云、梦"是古代两个湖泽的名称，据说云泽在江北，梦泽在江南，后来大部分都变成了陆地。

人们都想把云、梦这个湖泽的水吞掉，来洗涤胸中的块垒和郁结，但是何时能冲刷干净呢？

这位幽默的"六一居士"最终也没有对人生幽默起来。

七百多年后，清人王襃生来到此处，这位无名小卒也颇有才气，并且或许有一点文人藐视一切的傲气。他看到了欧阳先生的对联，颇感不满，拿笔来，一挥而就如下对联：

放不开眼底乾坤，何必登斯楼把酒
吞得尽胸中云梦，方可对仙人吟诗

王襃生似乎处处和欧阳先生对着干，王联中的词汇语句和欧阳公联竟有多处相似。

而王襃生同时又将"风波"换成了"乾坤"，将"人皆欲吞云梦，问胸中块磊"换成了"吞得尽胸中云梦"。这样一来，视野阔大，境界突然升高，气象上立即不同，气势上亦陡然而起。

平心而论，欧阳公表面上的郁结未除，正是他人生远大理想没有实现的真实反映，从单个生命体来说，没有超脱是一种悲剧，但是，对他所处的整个时代来说，想有所作为但无法实现毕竟更是一场悲剧。

所以，没有超脱的欧阳先生是这场英雄悲剧的主角。

而王联，开篇就像一座奇峰平地而起一样，调子定得甚高，一下子将岳阳楼之高衬托出来。

"放不开"和"何必"两词一唱一和，似乎在嘲弄什么，语气咄咄逼人。道出了只有人世之心而无超脱之境的人是没有资格来此的。这似乎也是王襃生对现实进行的批判：古往今来，不知道有多少文人慕名来此登楼，这其中又有多少人真

的心怀天下,当抱负不得实现时,而快乐依旧?

此处也暗里赞颂了有着先天下之忧而忧、后天下之乐而乐旷达超脱品格的范仲淹先生的伟大。

伟大来自于旷达超脱,伟大来自于能够把云、梦两个湖泽吞尽,也只有这样的视野胸襟才能有资格和伟大的仙人谈诗论文。

王褒生引入的仙人的故事,使对联拥有了更大的体味空间,也更为引人入胜。

仙人是指八仙之一的吕洞宾,岳阳楼右侧建有三醉亭,传说即因为吕洞宾三醉岳阳楼而得名。

唐朝的吕洞宾,两举进士不第,浪迹江湖,后来成为幸运儿,被八仙之一的汉钟离点化,隐居终南山等地修炼成仙。

吕先生得仙人指点得以成仙,也想超度他人。但是熙熙攘攘皆为利来,熙熙攘攘皆为利往的时代,他的理想很伟大,也很天真。

他的心碎了,他要借酒消愁。

一醉:本以为点石成金的法术能够吸引众人修仙成道,没想到人家不稀罕仙家道人,人家只是要吕先生的点石成金的手指。

郁闷,唯有饮酒才能解忧。

二醉:拿我的青铜宝剑来,顿时,岳阳楼前剑光闪闪,舞毕,狂饮,大醉。

三醉:醉卧在一棵老树下,从树杈上下来一个须发皓白的老人,他是老树精。也只有他才认识吕先生,这位满腹经纶、满怀壮志但衣衫褴褛的靠叫卖笔墨字画为生的书生,也只有他才认识到神仙不是那么容易就炼成的。

此联运用了假设、反问和对比的修辞手法。"放不开""吞得尽""方可"是假设词,是虚笔,虚的东西就需要读者用自己的广阔的联想来填充,这也大大扩充了作品的艺术容量。

"放不开"和"吞得尽"是对比,而整个上下联也是一种对比,一收一放,挥洒自如,起伏跌宕,令人心旷神怡!

而明代嘉靖朝的进士陈大纲也不逊色,他所写的对联现在已经成为岳阳楼的主打门联:

四面湖山归眼底
万家忧乐到心头

此联"四面湖山"对"万家忧乐","归眼底"对"到心头",颇为工整。上联写景下联抒情,颇合对称法则。

倚靠在高高的岳阳楼的栏杆旁,极目四望,一切尽归眼底:东倚金鹗山,南邻洞庭湖,北接巫峡,南通湘江。这是景语,景语同时也在暗示一种情语:如此秀美山水难道不值得爱惜吗？

如果说，上联的景色之美，可以直接看到，而下联的忧国忧民的士大夫的抱负和胸襟则不大容易看到，但它也是一种美，并且是一种大美。

从对一地之景的爱到对万家的爱，这是升华。

而能做到升华的，绝对不是一般人物，大多数是重量级的各行各业的巨子。

此联中"万家忧乐"借用范仲淹的名句"先天下之忧而忧后天下之乐而乐"，是一种升华。而这种"万家忧乐到心头"的忧患意识在这栋有近1800年的高楼历史上一直延续着。

时间回流到东汉末年，孙权的手下大将，颇具军事战略眼光的鲁肃曾在巴丘（今岳阳楼一代），修建巴丘古城，并建有阅军楼，此即是岳阳楼的前身。

清风明月本无价
近水远山皆有情

"清风明月"一直存在，存在于我们来到这个世界之前，存在于我们离开这个世界之后，更存在于当下。但是清风明月值几两银子？

可喜的是很多诗人看到了它的价值：无价。这也是清风明月成为中国许多文人诗作中的重要意象之一的原因了。

"近水远山"也只是人们熟视无睹的景观而已，但也被诗人们升华到"有情"的高度。

看来，我们的先辈们对大自然是尊敬的，甚至还有点敬畏的成分。

也许基于这种原因，联界的大腕梁章钜先生，巧妙地借来两句诗词并成就了上面的一副精彩的集句联。

上联来自欧阳修长诗《沧浪亭》，下联见于北宋另一位诗人苏舜钦的诗《过苏州》。虽然两句都是借来，但上下契合，配合得天衣无缝。

读过此联后进入园中，你会觉得这里的山水，这里的清风，这里的一草一木、一砖一瓦都分外可亲可爱，因为它们都是无价之宝，令人留恋。

而为中国古代士子文人所留恋的大概也只是儒道两家：达则尊孔孟，积极入世，讲究修身、齐家、治国、平天下；穷则重老庄，消极出世，转向自然，寄情山水。在古典诗歌中，家国之忧与对山林的陶醉这两个基本母题的形成并不是无缘无故的。

那么梁章钜先生在此处主要留恋什么呢？恐怕是自然山水。而自然山水无疑是消极出世的最佳避难之地。

消极的人生态度不是好事，但如果能够转化或者升华，就会摇身一变演化为积极的审美态度，它们之间并不是相隔万水千山，而是像一只美丽的蝴蝶是从毛毛虫、蛹蜕化而来一样。

李白说:"清风朗月不用一钱买,玉山自倒非人推。"享受自然无须破费银子,酣醉之后如玉山一样拜倒在清风明月的石榴裙下,这又是李白式的潇洒和飘逸。

当然,把眼光和精力投向外部的物质世界,没有时间关心自己的内心精神世界,这应该是大多数人的常态,但是只剩下一个忙碌不休的躯体,会不会觉得太对不起自己呢?

"清风明月"对"近水远山",都是普通之物,却又是无价有情之物,是梁先生独具慧眼,也是欧阳先生和苏舜钦的高明所在。

苏舜钦更高明的是他用四万青钱买了一所别墅,并加以修缮,还取《楚辞·渔父》中"沧浪之水清兮,可以濯吾缨;沧浪之水浊兮,可以濯吾足"之意,将此园命名为"沧浪园"。

当然,这并不意味着苏舜钦有房地产商的投资头脑。他,做的也只是很多古代失意文人所选择的一种逃脱、归隐之路。

一是年轻气盛,二是积极支持范仲淹先生的革新运动,只此两条,苏舜钦就足以得罪很多官场小人。

那一年秋天,苏舜钦按照老规矩,以卖公文纸的钱宴请同僚、宾客,但是就这么一件小事,被他的仇人抓住,小题大做,借题发挥,控告苏舜钦"贪污腐败、监守自盗"。苏舜钦入狱受审,后被革职为民,其他赴宴者十余人也悉数被贬,被逐。

那就走吧,此处不留爷自有留爷处。如此一来,官场少了一位"不识时务"者,而苏州也因为他的到来,多了一处著名的园林景观——沧浪亭。

他本人也自号沧浪翁,并作《沧浪亭记》,并邀请欧阳修作《沧浪亭》长诗,诗中以"清风明月本无价,可惜只卖四万钱"叙述买园之事。自此,"沧浪亭"名声大振。

当然,欧阳修这句诗并不只是被梁章钜所借,清嘉庆间进士齐彦槐,也拿了过来,并又为沧浪亭书写一联:

四万青钱,明月清风今有价
一双白璧,诗人名将古无俦

说来也怪,齐彦槐(1774-1841,字梦树,号梅麓)并不是一个诗人,人家是搞天文学和水利的,并有天球仪这样的钟表发明问世。

不过,此联中,"四万青钱"对"一双白璧","明月清风"对"诗人名将","今有价"对"古无俦",这样工巧的对仗,就足以说明人家进士文凭并不存在多大水分。

古代钱币有黄钱、青钱之分,以红铜、白铅、黑铅、锡一起配料铸出的钱币称青钱,是我国古代货币制中的最小单位。

用区区四万青钱来买如此美好的园林,从表面上看,园中美好的自然风光确实有了价格。真是这样吗？下联的词句告诉我们,不是。

"白璧"是贵重的洁白无瑕玉璧,一双白璧,即是指诗人苏舜钦本人和同时代的名将韩世忠,二人都有高洁的人品,二人先后同住在沧浪亭,可以说自古以来还没有这样的同伴。"俦"是同辈的人。

上联以清风明月赞美烘托沧浪亭的景致,是虚写;下联实写人,用"一双白璧"暗指两位名人。一横一纵,均衡用笔,可见作者的结构匠心。

另一个名人韩世忠性格似乎和苏舜钦有很多相同之处。

作为主战派的抗金英雄,自然为投降派所不容。据说,岳飞蒙冤受难后,满朝文武百官多不敢言,而他却敢于当面质问秦桧。当秦桧以"莫须有"三字回答时,他气愤地道:"'莫须有'三字何以服天下!"

后来,他终于被解除了兵权。自此他来到了西湖边上,成为沧浪亭的新主人。

全联洋溢着怀古幽思,先贤风范,跃然纸上。如何将前人成句加以衍化组成上联,又如何联系亭的历史撰成下联,做到既赞景又颂人,读此联可以有所启发。

干净地常来坐坐
太平时早去修修

此联的作者是清末才子谢默卿。苏州虎丘山后,女坟湖岸边有一古刹,古刹客堂中悬挂了这副对联。

上联"干净地"指"古刹"。此联劝人常来古刹佛地修炼,又特别指出太平时"早去"修修,意在说明"临时抱佛脚"是修不成正果的。联语对仗工整,纯用口语,"坐坐""修修"叠字,使联语音调铿锵,节奏明快,充满禅趣。

遗世独立
与天为徒

如此狂傲的口气,没有一定的底气是说不出来。底气来自哪里？来自武夷山所拥有的世界自然、文化双重遗产的招牌。

如果说中国文化有许多大山,那么儒家无疑是最高的,而泰山与武夷山则可以作为儒家巍巍高山的代表。

如果说泰山孕育了孔子所开创的儒学,并成为中国文化传统的主要骨干,那么武夷山则成就了朱熹,并构建了逻辑严密的儒学思想体系——朱子理学,成为中国封建社会后期七百余年间的官方意识形态。

傲气豪放的文化资本来自这里,所以,它会超然独立于现实世界之外,不跟任何人、事、物往来。北宋诗人苏轼在《赤壁赋》用"遗世独立"一词来表示。

怎么办？难道就这样一直孤独下去吗？不，下联紧接着说，与天为徒。徒本指同类的人，此处引申为同类的东西。

那就和天做朋友，和天为邻吧。

须知，山的高峻伟岸，直接的文字表达无疑是苍白无力的，那就用"遗世独立"四字来比喻吧，至于如何高峻伟岸，读者可以根据自己的经历去作不同的想象。

那么要是用"遗世独立，与天为徒"来形容人、事呢？

而我国第一个同时被联合国教科文组织作为文化、自然双重遗产列入《世界文化与自然遗产名录》，有"天下第一奇山"之美称的黄山的豪气也可以与武夷山一比：

其一：

> 人间有石皆奴仆
> 天下无山可弟兄（明·余绍祉）

其二：

> 五岳归来不看山
> 黄山归来不看岳（明·徐霞客）

生死一知己
存亡两妇人

精彩的名人传记很多，但仅仅十个字的传记，恐怕在世界上少之又少。如上一联寥寥数字就把一个杰出军事家如大海般波澜壮阔，也如丘陵般起伏跌宕的一生描绘出来，实在不易。

而更不容易的还是这位公元前3世纪世界上最杰出的大军事家、大战略家——韩信。时光已经逝去了两千多年，但在江苏省淮安市淮阴区码头镇的一条旧巷内那座孤独的淮阴侯庙却依然时不时被人们所想起，想起的当然还有书写于此的如上联语。

知己是一个好听的词语，不过一旦一个人的生死和知己关系紧密，"恐怖"或许是大多数人的正常反应。

公元前196年寒冬的一天，大汉开国元勋淮阴侯韩信被吕后骗至长乐宫，年仅35岁的一代英雄即这样悄然而逝。

难道有功高盖主之才的英雄只有死路一条吗？

而侩子手中除了那位众所周知的歹毒女人吕后外，还有发现韩信这匹千里马的伯乐萧何。后人据此创造了成语"成也萧何，败也萧何"。

英雄从来不问出身。萧何没有问,所以,他如同发现一座巨大宝藏一样,惊喜地发现这位被人强迫钻裤裆的七尺男儿是块结结实实的金子。虽然,此时,萧何的主人刘邦,这位泗水亭的小亭长看不起韩信,只给他一个芝麻绿豆官来当。

不得重用,那就走吧。这次和他从楚霸王项羽营中抽身而去一样,大丈夫志在四方。

出走的那天的月牙好美,虽然有乌云遮住,不过还是能够看到。萧何心急如焚,挥鞭摧马,给后人留下了一出脍炙人口的"萧何月下追韩信"的精彩剧目。

最后,埋在地下的金子终于发光了,韩信终于施展了自己的才华和抱负,并最终辅佐刘邦取得天下。

韩信能有成侯封王的伟岸功业,还得益于一个称为"漂母"(洗、漂衣服的妇人)的女人的激励。

据说,韩信父母去世后,不会营生的他竟然混到以钓鱼为生的地步。后来一位好心的大娘见他如此落魄,便给他一些饭菜,连续数日皆是如此。韩信感激不尽,据《史记·淮阴侯列传》记载:"信喜,谓漂母曰:'吾必有以重报母。'母怒曰:'大丈夫不能自食,吾哀王孙而进食,岂望报乎!'"

此话语如凉水浇头,确实令韩信猛醒。当然,韩信亦是一位知恩图报之人,其功成名就,衣锦还乡时,第一个看望的即是漂母,并送给老太太一千两黄金,此即是"一饭千金"的由来。

世事如棋,一局争来千秋业
柔情似水,几时流尽六朝春

对于古代文人墨客来说,精通琴、棋、书、画并不是一个传说。此处的棋是指围棋。

不像中国象棋的棋子分为将、士、象、车、马、炮、兵七种,等级森严,各具不同的功能。围棋棋子仅有一种,几百个棋子,它们的力量强弱、等级大小没有差别,体现更多的是平等意识。

也许基于这一点,花了八年时间,终于完成从一个乞丐到一代帝王的华丽转身的朱元璋(1328-1398,原名重八)才喜欢上围棋,并且棋艺相当高超。

一天,朱元璋和他的大明王朝的开国军事统帅,同时也是他安徽凤阳的老乡徐达(1332-1385,字天德),一起来到南京的莫愁湖园的对弈楼上(相传是专供朱元璋下棋之处)下棋。

棋逢对手,真是一大幸事。这一棋局时而风平浪静,时而波涛汹涌,最终朱元璋胜徐达,而徐达的棋子在棋盘上却布成繁体的"万岁"二字。相传,朱元璋龙颜大悦,当即将"对弈楼"和整个莫愁湖花园赐给徐达,"对弈楼"亦变名为"胜棋楼"。

上面的对联即是书写于胜棋楼上的经典名联,而作者却有争议。梁章钜之后的一位楹联大家吴恭亨(1857—1937,字悔晦),在其著作《对联话》卷三中把此联的版权给了麓山樵客(显然是笔名),但是也有人认为是朱元璋。本书更认同后一种说法。

上联以对弈棋局来比喻世事。应该说,朱元璋个人人生的棋局下得颇为完美,招招厉害:投奔郭子兴军中的"一着"走对了;采纳刘伯温等谋士的"高筑墙,广积粮,缓称王"明智意见对了,能够招来像徐达这样虽负实胜的智勇双全之士也对了。

所以,朱元璋很得意地说,一局争来千秋业。

上联以棋局开题,紧扣"胜棋楼",朱元璋得意的同时,似乎也在感叹世事如棋,国家兴亡,系于决策。下联则紧扣"莫愁湖"。

如果说上联能够看到英雄们的斗智斗勇和刀光剑影,那么下联则转向了柔情似水的儿女情长。此联对仗工稳,结构严谨。

"六朝春"指代的是一种富贵繁华。三国的吴,东晋,南朝的宋、齐、梁、陈都在南京(旧时称建康、建业)建都,历史上合称为"六朝"。

在感叹江山兴废无常的同时,也表现了朱氏在强悍外表下的几分普通人的柔情。当然此处更多的还是一种寄托:以"柔情似水"之心来比拟实行仁政,也只有这样,国家才能长治久安,六朝的金粉繁华才可以如莫愁湖水一样长流不竭。

而莫愁湖也有一个美丽的传说,不过版本很多,这里只取一种。相传南北朝时,洛阳有位美丽而聪慧的姑娘,名叫莫愁。她聪明贤惠,16岁即嫁到金陵(今南京)卢家,虽不是大富大贵,却也是美满家庭。只是这一切都被无情的战争夺取了,其丈夫被征兵戍边,一去数年不知生死。

这位可爱的姑娘为了能见到其丈夫,就化作一汪湖水,希望随着长江流到他的驻地。莫愁湖即是其化身之所在。

也许是这两个一刚一柔的故事太吸引人了,后人以此为题写的对联据说有一百多副,下面一联即为其中的一个代表:

粉黛江山,留得半湖烟雨

王侯事业,都如一局棋枰

粉黛:搽脸的白粉和画眉的黛墨,妇女的化妆品。白居易在《长恨歌》中赞叹杨贵妃曰:"回眸一笑百媚生,六宫粉黛无颜色。"此处借指美女。棋枰:即棋盘。

同样的故事经过不同人的解读,也会有不同的感受。此联寥寥二十字,把南京莫愁湖胜棋楼的美景,有关的人物,有趣的传说都含蓄地"点"了出来。只不过更多的是一种叹息。

一叹:当年的莫愁美女和大明王朝的江山,哪里去了?都随风飘去了,只留下半湖的如烟如雾的蒙蒙细雨讲述着那或柔情或劲健的历史故事。

二叹：那些帝王将相的攻战杀伐，争名夺利，最终都像一局棋一样，随时间的匆匆过去，是非成败也转眼化为过眼云烟。

王者五百年，湖山具有英雄气
春光二三月，莺花全是美人魂

此联为清朝著名的军事家、政治家、中兴四大名臣之一的彭玉麟（1816—1890，字雪琴）为江苏省南京莫愁湖胜棋楼所题。

自朱元璋1368年定都南京到彭玉麟1864年率军攻陷太平天国天京（今南京），其间相距近五百年。"湖山具有英雄气"，是赞美湖山所具有的英雄气势之美，同时，把自己和朱元璋等人列为英雄之列，颇有几分自夸的意思。

二三月的春光是也是美的，不过是女人似的阴柔之美，而莺花则是美人（指莫愁女）的灵魂所化。

这样，全联以现实结合历史，美人映衬英雄，既合景，又近人，艺术上很有感染力。

一片湖光比西子
千秋乐府唱南朝

此联的作者是乾隆时期的进士李尧栋（1753—1821，字东采），作为浙江上虞人，对自己家乡的热爱溢于言表。

"西子"即西施，苏轼有"欲把西湖比西子"诗句，故杭州西湖又称西子湖。"千秋乐府"，指《乐府诗集》的《莫愁乐》诗。"南朝"，东晋以后，中国分为两部分，即南北朝时期。

联语双关妙用，清新自然。上联写景，赞莫愁湖堪可与西子湖媲美；下联抒情，暗含莫愁湖的由来。同是美女名，同是湖名，同是一种美的感受，由此生发一番感慨和议论，蕴含着历史的沉淀。

泉自几时冷起
峰从何处飞来

此联是杭州灵隐寺冷泉亭联。作为中国佛教著名的寺院，杭州灵隐寺附近的景色优美，尤其以冷泉亭和飞来峰最为知名，确实没有辱没"仙灵归隐"之地的名号。

冷泉亭在灵隐寺外，据说苏东坡在杭州做官时，常在冷泉亭饮酒写诗。而唐代的大诗人白居易也曾到此一游，并写有文章《冷泉亭记》，使得他与亭子都名垂千古。

而此联的作者为晚明杰出的书画家董其昌（1555—1636，字玄宰），他来到此地,见此美景,也不免吟诗诵句。

不过,作为一名艺术家,董其昌在他成名之后成为一个为非作歹横行乡里的恶霸,一个书画史上有名的恶棍,不能不让人们感慨万千。

此联的绝妙即显示了董其昌高超的艺术手法:以问的口气写出来,却又似问非问,问题看似没有答案,实则因人而异,各有答案,意趣横生。

有趣的是,自从董联出来之后,后人多有模仿、回答、应对者。

左宗棠对曰:

在山本清,泉自源头冷起

入世皆幻,峰从天外飞来

泉水在山中本是清澈冰凉的,所以,要问泉水从何时冷起,答案应该是从源头就冷起了。

人生如梦,世事如浮云,功名利禄等等一切都是幻化而来。那么伟岸的飞来峰呢?从何处而来?答案也许是天外。

联系到此联的作者左宗棠,一个如清澈冰凉的泉水一样清高廉洁之士,一个洞明世事,看淡人生功名利禄的超凡脱俗之人。再联系到董联和董其昌本人,也许左宗棠所暗含的深刻含义即在其中,换句话说,董其昌知道"泉自几时冷起""峰从何处飞来"的答案吗?

最有趣的是清末学者俞樾与夫人也来到此地,夫人让俞樾也来给一个答案。俞樾答:

泉自有时冷起

峰从无处飞来

此联似乎有点意味,一切事物都是从无到有的,所以,他说峰从无处飞来,而一切事物也只有存在了,"有"了,才会有它的品质,比如"冷"。不过,此联似乎回答得还是不够清晰,依旧难以明了。其夫人将之改为:

泉自冷时冷起

峰从飞处飞来

生动活泼,虽然有"废话"之嫌,玩世不恭之韵味,却亦见其机智才气。回去后对其女儿说起,女儿也是才女,答曰:

泉自禹时冷起

峰从项处飞来

联语更贴近现实,有小女子不让须眉的意味。联意说泉水自大禹治水时就冷了,而从"项处飞来",引自项羽的《垓下歌》,"力拔山兮气盖世",即项羽搬来的,颇有趣味。

清代另一位名臣金安清(约1817—1880,字眉生)对曰:

> 泉水淡无心,冷暖唯主人自觉
>
> 峰峦青未了,去来非弟子能言

此联最具主观性,泉水本无心,冷暖只有品尝接触者才能知道;而飞来峰连绵不尽,也非俗人可以说清。不说也罢,不想也罢。

而民间对飞来峰的由来却也有一个传说:相传峰下原是一座村庄,山峰飞来那天,大名鼎鼎的济公活佛苦口婆心地劝村民离开,但是大伙都不信。碰巧的是一户人家正在娶亲,济公就来个无赖的把戏——抢媳妇,正在大家都追赶济公时,一座山峰从天而降,"飞来峰"之名由此而定。

> 月色如故
>
> 江流有声

简短的八个字也许能够概括出那古赤壁美丽的风景:一轮皎洁的明月,和那滚滚东逝的江水。

月无声,是静;江流有声,是动。动中有静。不知过了多少年月,月亮在蓝天上一直守望着汹涌的波浪,聆听着浪涛的吼声。

月亮还是那轮月亮,一切似乎都没有变。但是一切又都在变。月亮守望的恐怕还有发生在赤壁的那些人,那些事。而这些人和事足可以写一本书,一本厚厚的大书。

但是,"月色如故、江流有声"八个字就足够了:那在古诗《短歌行》中唱"月明星稀,乌鹊南飞"的曹操哪里去了?那个在《念奴娇·赤壁怀古》中吟"大江东去,浪淘尽,千古风流人物"的苏轼哪里去了?那个相貌英俊的大帅哥,如他的名字一般如瑾(周瑜,字公瑾)似瑜(周瑜),是一块完美无瑕的美玉,却被罗贯中肆意扭曲贬低的大才子哪里去了?还有那诸葛神人哪里去了?

滚滚长江东逝水,浪淘尽了如此多的风流人物。只有月如故,江流如故。

所以,这八个字也可以看作是一曲挽歌,一曲为逝去的英雄所做的挽歌。

而江苏镇江金山寺也有类似一联曰:

> 月明如画
>
> 江流有声

同为写景抒情,此联比上联稍逊一筹。

> 黄鹤飞去且飞去
>
> 白云可留不可留

书写于黄鹤楼上的对联很多,不过初读如白开水一样的并不多见,上联即是一例。

名人是非多,名楼故事多。这张口就来的大白话,如果加入了故事的元素,就有了深意和韵味。

在李白,这位被杜甫称为"狂来世人皆欲杀,醉来天子不呼叫"的狂傲才子的字典里,也许没有低头二字,但是有一次他却低头了,他看到了一首诗,一首被很多学者认为是唐律诗的压卷之作:

昔人已乘黄鹤去,此地空余黄鹤楼。

黄鹤一去不复返,白云千载空悠悠。

晴川历历汉阳树,芳草萋萋鹦鹉洲。

日暮乡关何处是,烟波江上使人愁。

应该说能让李白罢笔,此诗的作者唐代诗人崔颢确实也有些才气。也使得这位传世诗作极少的诗人名气大增,黄鹤楼也因此沾光。

从此,后世文人题写黄鹤楼楹联,皆从崔颢的诗作中演化。上联也是如此,但演化的不漏一点痕迹。

联语的作者胡寅是南宋朝的一位理学家,主张抗金,后来遭到秦桧的陷害,几遭贬谪。心中的郁闷可想而知,但是,心态决定着很多东西。

功名利禄都是身外之物,就像那黄鹤一样,飞去就让它飞去吧,而官场犹如那白云一样,飘走就让它飘走吧。

是无奈,也是一种旷达。

我辈复登临,昔人已乘黄鹤去
大江流日夜,此心常与白鸥盟

黄鹤和白鸥这两只小鸟在此联中是主角,与此同时,它们身上还具有某种程度的神秘色彩。当然这也与黄鹤楼的由来有着直接的联系。

汉末,魏、蜀、吴三国之间演绎的种种故事令后世之人荡气回肠,感慨良久,其出于军事目的而修建的碉堡也很多,地处长江之险的黄鹤楼,据说最早即是由孙权修建的。

三国统一后,此楼失去了军事价值,逐步演变成为官员商人文人墨客必游的观赏楼。

一千八百多年过去了,昔日的黄鹤楼早已随着战火的硝烟,风雨的侵蚀远去了,烧毁的只是木石结构的亭台楼阁,烧不毁的还是那已经逝去的人和事,以及由这些人演绎的传奇故事。

一个故事说,辛氏在此地卖酒,一个道士常常来吃酒,却不给酒钱,辛氏也没要。半年过去了,道士要走了,用橘子皮在墙壁上画了一个黄鹤,对辛氏说,酒客来到时,只要你一拍手,黄鹤就会飞下来翩翩起舞的。辛氏得了这个宝贝,没过几年,就发财致富了。

一天,道士来了,取出他的笛子吹了几首曲子,只见朵朵白云自空而下,画上的黄鹤随着白云飞到道士面前,道士便跨上鹤背,乘着白云飞上天去了。

辛氏为了感谢及纪念这位道士,便用几年来赚下的银两在黄鹄矶上修建了一座楼阁。起初人们称之为"辛氏楼",后来便称为"黄鹤楼"。

黄鹤去了,留下来一栋黄鹤楼,还留下许多值得我们深思的东西。

"白鸥",出自《列子·黄帝》,前面已经提及。

其实,正如高人所说,白鸥就是每个人内心深处的那片净土,当世俗的杂念悄然来袭,它就将展翅而去,带走人生全部的诗情画意。

联语为集句联,上联出自唐代的孟浩然和崔颢诗作;下联出自南朝谢朓和宋代的黄庭坚诗作。这也显示了作者端方(1861—1911,字午桥,号匋斋),作为清末大臣、金石学家的广博的学识。

此外,武侠小说大家梁羽生先生极为推崇的一联,也颇有意味:

　　一支笔挺起江汉间,到最上头,放开肚皮,直吞得八百里洞庭,九百里云梦

　　千年事幻在沧桑里,是真才人,自有眼界,那管他去早了黄鹤,来迟了青莲

"一支笔挺起江汉间"是以笔喻楼,黄鹤楼的雄伟壮观赫然挺立在长江岸边。再加上八百里洞庭湖和九百里的云、梦二泽,更使得此处景色壮阔,气势恢宏,尤其"直吞"二字最妙。

景的气势咄咄逼人,人的气势更是如此。

自传说中的李太白搁笔起,恐怕少有人敢直接以此楼为题吟诗作赋。然而,联语的作者晚清的进士陈兆庆敢,"那管"二字即已表明了作者的狂放不羁的态度:不管那早早飞去的黄鹤,也不管那自认为迟到的青莲(李白,701—762,字太白,号青莲居士),颇有与李太白一决高下的气魄。

中央宛在

一半勾留

今天再去言说西湖之美,似乎迟了一千多年。那就借吧,借用他人的语言来言说,此联的作者或许出于此种心态。

《诗经》中有极其优美的篇章《蒹葭》:

　　蒹葭苍苍,白露为霜。所谓伊人,在水一方。

　　溯洄从之,道阻且长。溯流从之,宛在水中央。

伊人美女在何处？在水一方，似乎也在水中央。作为杭州西湖湖心亭的一联，化用"宛在水中央"一句是再适合不过了。

但是却删去"水"字。描摹西湖不写水，似乎不符合情理。但是古人的高明之处即在于"不着一字尽得风流"。

出于对"伊人在水一方，宛在水中央"等语的熟悉，此处不说水，就已经让人感受到了湖水的清澈，烟雨的迷离，波光的粼粼。

不写一个"水"字而水历历在目也。

同时，此联的作者玩了一个小小的文字游戏，即巧妙地调整了词序，使"宛"字的意义发生了一些变化。"宛在水中央"的"宛"是"仿佛""好像"的意思，给人一种虚无缥缈、如梦如幻的感觉；而"中央宛在"的"宛"字除了宛然的意思之外，似乎还含有"历历""分明"之意。

下联借用白居易《春题湖上》中的一句诗："未能抛得杭州去，一半勾留是此湖。"

之所以未能"抛弃"杭州，多半是为了"此湖"，此湖此亭逗留的是心，是情，是对理想美的向往。

其实，对于此联可以做更多理解，可以说几乎所有大美之景、之人、之事皆可用此联。

参考答案

● **本书 122 页** 上联：长长长长长长长 读音：cháng zhǎng cháng zhǎng cháng cháng zhǎng。下联：长长长长长长长 读音：zhǎng cháng zhǎng cháng zhǎng zhǎng cháng。横批：长长长长 读音：cháng zhǎng zhǎng cháng。

二

新疆伊犁有过复亭，是清代为被贬官员而设的路亭。内地官员因过错被发配到伊犁，或者哪天皇帝高兴了就下旨召回，可以说，一"过"一"复"，均经此处。

一日，为乾隆皇帝赏识，被誉为"江西大器"的独眼才子刘凤诰来到此亭，觉得委屈。毕竟有人的地方就会有熟人，有熟人的地方就会有人情，有人情的地方就会有对制度挑战的可能。

刘凤诰因为逃不过上面的顺口溜似的人际法则，所以，他也因为科考舞弊案而被革职查办。见到这所亭子，心中郁闷顿时消了一半，顺手写了一联：

过也如日月之食焉
复其见天地之心乎

上联出自《论语·子张》："子贡问曰：'君子之过也，如日月之食焉：过也，人皆见之;更也,人皆仰之。'"

君子的过错,就好像是日食和月食,是很正常的现象,不要大惊小怪。只有更改二字,让人敬仰。

下联出自《周易·复象》:"复见其天地之心乎。""复"的意思是还,返还。

天地有心吗?是什么?君子能重新见到天地之心吗?

应该说,询问上面三个问题并思考过就足够了,没有必要得出标准的答案,也许根本就没有放之四海而皆准的答案,而是因人而异的。

天地良心是一个答案。

这一联不仅把过复亭中"过、复"二字嵌入联句中,而且恰到好处地运用了古代的经典之作,使得这一联很切合亭子的名字。同时,此联中,"日月"对"天地"、"过"对"复"为实词相对;"也"对"其"、"焉"对"乎",则为虚词相对。

刘凤诰还有一联,是写大明湖小沧浪园的,联语如下:

四面荷花三面柳
一城山色半城湖

对仗极为工整,"四、三、一、半",数字递减,颇有意味。

有意思的还是联语所咏的山东济南市大明湖小沧浪园本身。这个于清乾隆五十七年(1792)的建筑,现在仍旧风采不减当年。

此联镌刻于园门两侧。

大明湖中遍布着清新可人的荷花,盛夏荷花开放,所以有"四面荷花"的说法。而济南市在历山之下,依山而建,古代称为历城,故有"一城山色"之称。

上联是眼前之景,是实景:写荷花,写垂柳,和作者的笔触一样,清新自然。

下联是想象之景,是虚景:写山色,写湖光,写一城的山色半城的湖光,济南之美跃然纸上。

事在人为休言万般都是命
境由心造退后一步自然宽

四川青城山是中国著名的道教名山,中国道教的发源地之一,自东汉以来历经两千多年。青城山上有一座寺院,此联即书写于寺院大门上。

道家和佛家在一座山头能和平相处吗?一山不容二虎的法则对佛道二家起作用吗?此联会告诉我们。

命存在吗?命运之神存在吗?古老的话题被古老的人民争论了几千年。

也许存在,但是个人最起码还是有和命运之神谈判的资格的,而且是命运之神的平等的谈判对手。谈判的底线是不能做奴隶。

与儒家的"死生有命,富贵在天"(《论语·颜渊》)的教育人做奴隶的观点不同,道家则认为"我命在我,不在天",而此似乎和佛家常言的"因果报应""菩萨畏因凡夫畏果"有着更多的相似之处,可以说,道家和佛家是一对精神同胞兄弟。

如果说上联是在讲与命运谈判中的争和进,那么下联就是在说谈判中的不争和退。而争与不争,退和进,却在于自己,全在于自己的内心。

人们常说,佛教是彻底的唯心主义,关注更多的是人的内心,以及保持人内心平和、洁净的智慧。

有人曾做过这样的推理:播下一种心态,收获一种思想;播下一种思想,收获一种行为;播下一种行为,收获一种习惯;播下一种习惯,收获一种性格;播下一种性格,收获一种命运。因此,心态决定命运。

看来,读点佛亦是有好处的。

此外青城山还有一联,和上联有相似之处:

欲求寡欲先无我

为所当为不问他

此地经过春未老
伊人宛在水之涯

一个印象:他是一个整日愁眉苦脸,不懂享受生活的老头。公元759年12月,为躲避战乱,这个老头从长安经甘肃逃亡到成都,第二年春天,在友人的帮助下选定在西郊浣花溪畔建起一座茅屋,自诩为"草堂"。

一天,大风吹翻了他的茅屋,他作了一首诗《茅屋为秋风所破歌》,其中一句"安得广厦千万间,大庇天下寒士俱欢颜",至今仍令无数蜗居者拍案称绝。

他叫杜甫(712—770,字子美,自号少陵野老、杜少陵、杜工部),一个经常和伟大、诗圣之类赞叹词联系在一起的名字。

杜甫在草堂住了三年零九个月,算是他晚年较为安定的时期。不过,成都美丽的春天也没有留得住子美。在他带着家眷南下后,草堂便在风吹雨打中毁坏了。

一百多年过去了,一个叫韦庄的诗人又在此地修建了一所草堂,作为自己的住所。草堂又恢复了它的春天。从此之后,这里成了中国历代文人墨客的一个精神家园。

诗圣的茅草房在这里没有消失,这里的一花一草没有枯萎,这里的春色没有逝去。

因为谁在这里?是子美,他静静地立在水边,手里拿着一本古书,眼望着远处。

到了清代,一个叫谭光祜的红楼梦爱好者、书法家也来到此地,或许是有了上面的感想,于是写下如上一联。

"伊人"并不仅仅指代女子,应该说,伊人是一种美好事物的象征,她既可以是我们心目中的一段刻骨铭心的爱情,也可以是我们一直苦苦追求却无法实现的理想,还可以是我们的一种信仰,一份期盼,一个甜蜜的梦。

伊人也可以指代杜甫。

此联语言清新自然,也正切合此地的自然清新的风光。谭光祜把杜甫,一个堂堂须眉当作一个美眉来写,构思新颖,颇有意味。

异代不同时,问如此江山,龙蜷虎卧几诗客
先生亦流寓,有长留天地,月白风清一草堂

清代的另外一个文化界人士顾复初(1800—1893,字幼耕)也写有如上一联,以表示对杜甫的敬仰。

"异代不同时",出自杜甫诗《咏怀古迹》之二"怅望千秋一洒泪,萧条异代不同时"一句。

此诗为伤悼宋玉之作,这位相传是屈原学生的文章大家没有他老师显赫的出身,却有几分他老师的才华,但是一生在仕途上很不得志。

同是天涯沦落人,隔了近千年,杜甫找到了异代朋友。

而此时,顾复初这位苏州人也和杜甫一样为生活而四处奔波,寄居成都。又隔了一千多年,顾复初也找到了他的异代朋友。

龙蜷虎卧,意即龙盘虎踞。蜷,盘曲的状态;卧,俯伏的状态。

祖国灵秀的江山产生了一代代著名诗人,然而像杜甫这样穷愁困顿,怀才不遇,壮志难伸,如蛟龙一样盘曲起来而不能腾飞,猛虎伏卧不能高跃的有几人呢?

宋玉、杜甫,他们是其中之一,而我呢?顾复初扪心自问。

用问答的口气,既赞美杜子美的诗歌创作成就,又发出"先生亦流寓"的感慨,但毕竟有草堂留给后人千秋凭吊,您杜子美先生和我一样,也是流寓作客在蜀中,但您却留下了这座伴随着明月清风而流芳千古的草堂,与天地共存。

而我呢?

言外之意是同为寄居他乡,我的命运更为不幸,什么也没留给后人,身后只能是形销而迹灭了。顾复初怎么也不会想到,他当时的这一句感慨,却使他的名字也得以与草堂共存,因为后人又有人找到了异代朋友。

流寓,离家寄寓他乡为流寓。月白风清,见苏轼《后赤壁赋》:"月白风清,如此良夜何?"

此联一问一答,有赞美,也有感慨,很有意味。再加上所引用的几个名人典故,更使得整联意境开阔,文字的气势自然就出来了。

公是孤臣,明月扁舟留句去
我是过客,空江一曲向谁弹

本联以"我"对"公",表达了作者——楹联大家梁章钜对苏公——苏轼的崇敬与怀念。

苏轼的才气加上他的耿介傲气使得他在官场老栽跟头,无论是当时的革新派执政还是保守派当权,他都没有好日子过,从一个京官一贬再贬。

1097年,已经62岁的苏轼从广东惠州再次被贬,与幼子苏过离惠州到藤州。这年,他的弟弟苏辙也被贬到广东雷州。5月11日兄弟叔侄在藤州相会,并作了诗留念,还在藤州住了一个月多。三人相见之后,苏轼就去了海南,据说在宋朝,放逐海南是仅比满门抄斩罪轻一等的处罚。

1840年,当时的藤州县令认为苏轼、苏辙、苏过兄弟叔侄三人相会在藤州是一件罕见的事,应建亭纪念,于是便在该年12月兴建访苏亭,历时一年多建成。该亭竣工时,碰巧梁章钜被罢官回老家福建,从藤县经过,感慨颇深,写下上面一联。

孤臣,指孤忠之臣,忠心耿耿却得不到朝廷信任。

"扁舟留句去",指苏轼被贬时,曾乘一艘小舟途经藤江,夜深人静,一轮明月当头,诗兴大发作了《江月》一首诗。

上联是悼念苏轼,感慨他的不幸遭遇。下联则开始诉说作者自己的苦闷,并作为对比:我也只是一个匆匆的过客,而江水不一样,他独自流淌了几百年,淘尽了一代又一代的风流人物,包括那中国文学艺术史上罕见的全才,也是中国历史稀见的大家苏公。

和人相比,江水更像是主人。如果说,苏公留下的诗句还有我这位读者,那而今,我弹得这首曲子谁又是听众呢?

此联末尾的质疑发人深思,让人值得回味。

上联把苏轼称为孤臣,以苏轼所写的诗作来体现什么叫"孤臣"。而下联则把自己称为"过客",与上联相对。此外,上联苏轼吟诗,下联梁先生弹曲,可以说又是一对异代的知心哥们。

望江楼,望江流,望江楼上望江流,江楼千古,江流千古
印月井,印月影,印月井中印月影,月井万年,月影万年

此联出自成都市望江楼公园,作为清代古建筑,被国务院批准列入第六批全国重点文物保护单位名单。

联语上句出自清代的一位江南才子,颇具气势,所用技巧亦娴熟畅达。四个"望"字,词性不同,或为名词或为动词;六个"江"字词性亦不同;而富于音乐意味的还是三个"流、楼",同韵不同音,读之朗朗上口,其反复修辞令人叹为观止。据说作者本人写就此出句后,发现很难对出下句,遂成为百年来的绝联。

到了近代(约20世纪30年代),四川的李吉玉,偶尔发现什邡县城外的珠市坝内有口井,名曰"古印月井",即由此偶然的机缘成就了此对句。

乍看起来,上下联对仗工整,似两个绕口令,颇有趣味。而细细琢磨,对句从气势上来说却不如出句。"望江楼"对"印月井",一楼一井,似乎不太对称,而"望江流"对"印月影"更是有点牵强,然而有总比无强,并且从修辞上看,下联颇能与上联平分秋色,不得不说,联语确能证明作者的才子身份。

对句还有一副曰:

赛诗台,赛诗才,赛诗台上赛诗才,诗台绝世,诗才绝世

三

中天台观高寒,但见白日悠悠,黄河滚滚
东京梦华销尽,徒叹城郭犹是,人民已非

1923年,66岁的康有为来到河南开封,来到象征王气的开封龙亭大殿,他很累,极目四望,有古老的街巷纵横交错,有鳞次栉比的民居,而这一切又显得那么荒凉萧条。

他似乎也看到了滚滚的黄河——这条一直被认为是祖国母亲河的河流带给开封的除了繁华,更多的却是伤害。一种高处不胜寒之感油然而生。

他想起了自己的命运。这位资产阶级改良派代表人物,中年得志但昙花一现,并逃亡海外十余载,更重要的是清朝已灭、军阀逞强、自己空有满腹才学又有什么用武之地呢?

正如这东京繁华的景象如梦一般消逝一样,只叹山河依旧,政权却已变迁。此处的"东京"为北宋时的首都,称汴京(开封)为东京。梦华,是指繁华的景况,宋代的孟元老有《东京梦华录》。

此处"中天",意指河南在中国中部。"白日悠悠"指白昼太漫长了,让人感觉不到时间的流逝。

上联写景,为虚景。下联写感慨,有叙述,又有议论。颇为对称。而怀旧与失落的感情则在此种对称的结构层次表达中表现得十分浓厚。末句是化用曹丕《与吴质书》"节同时异,物是人非"一句,又为联语平添一些典雅之气。

其实，龙亭不是一个亭，而是建筑在一座巨大台基之上的殿堂。

想起了龙亭也想起了曾作为北宋首都达167年之久的开封。曾几何时，北宋的开封，其城市人口达到150余万，而当时的纽约还是不毛之地，当时的伦敦只是一个一万来人的小镇。这在中国十大传世名画之一、北宋画家张择端存世的仅见的一幅精品、国宝级文物《清明上河图》中描摹得栩栩如生。

可惜，战乱纷争和数次黄河决堤使得那些宏伟的宫室逝去了，留下的只有这座殿堂，还有令人唏嘘不已的种种故事。

据有关考古专家证实，如今的开封城下13米共埋藏着6座古城，此即是"城摞城"的奇观。开封累了，躺在中原的腹地上沉睡了很长时间，几乎被人们忘却。

一千年前，有一个受尽磨难的伟大的民族——犹太族来到当时北宋繁华的国都开封，并定居下来，一千年之后，他们生活得怎样了？

此联属自对联，上联用了叠词手法，"悠悠"与"滚滚"相对，"白日"与"黄河"相对，下联的"城郭"与"人民"相对，"犹是"与"已非"相对，尤为工整。

联语由横向的眼前景物，联想到纵向的古今开封历史，蕴含丰厚，气象阔大，不愧出自作为近代著名政治家、思想家、社会改革家和学者的"康圣人"之手。

心在朝廷，原无论先主后主
名高天下，何必辨襄阳南阳

联系到如今熙熙攘攘，你方唱罢我方休的名人故里之争，如上联语，作为一种带有大家气度的妙言，似乎应该令一些人汗颜。尤其是"原无论"和"何必辨"两个短语，以超然姿态解答了"心"在何处"名"又在何处的问题，着实让人感慨良久。

传说这副对联是清朝咸丰年间的南阳郡守顾嘉蘅为武侯祠所作。

当时，武侯祠在河南南阳西郊卧龙岗，而顾嘉蘅是湖北襄阳人。

而南阳和襄阳为了争诸葛孔明的隐居地一直打官司，这官司打了几百年也没有定案。

那就不定案了，上面一联即是答案。

联意说，诸葛亮对于蜀汉王朝，不管是先主刘备，还是后主刘禅在位期间，都是鞠躬尽瘁，始终如一的。他的功绩，扬名天下。至于早年诸葛亮隐居之地，究竟是襄阳还是南阳，那就不必追根溯源了。

作为襄阳人，来南阳任父母官，如此写来，也真煞费苦心。

此外，联语对仗亦工，"心在朝廷"对"名高天下"，"原无论"对"何必辨"，而"先主"对"后主"、"襄阳"对"南阳"则为自对。

1959年10月，胡耀邦同志去河南南阳视察，其间游览武侯祠，见到顾嘉蘅对联，甚为称许。同时针对当时干部中存在的计较个人利益和本位主义思想，将顾联改成如下一联：

> 心在人民，原无论大事小事
>
> 利归天下，何必争多得少得

"心在人民""利归天下"，体现了更高的思想境界，古为今用，别出新意。

此外，董必武同志也有一联题于武侯祠：

> 三顾频烦天下计
>
> 一番晤对古今情

秦皇安在哉，万里长城筑怨
姜女未亡也，千秋片石铭贞

无论大名鼎鼎的奇女子孟姜女是否真的哭倒了八百里的长城，乃至无论孟姜女其人是否真的存在，只是有一点是明确的，即孟姜女是一个名字，是一个印在劳苦大众心中反抗暴力的侠女，而与此相关的讨论其是否存在即显得毫无意义了，那只是史学家的事情。

应该说，孟姜女已经成为一个词语，不只是一个名字，即使作为名字来使用，亦要加上引号。因为人们常常会问，在千古第一帝好大喜功的背后，何止"孟姜女"一人在做牺牲呢？

当然，不能把全部责任或者罪过统统加在秦王嬴政头上，想象其时西北的匈奴之乱，作为秦帝国的一哥，他能做什么，如若是我们呢，我们该怎样选择？

只是秦始皇筑起了流芳万世的万里长城，亦筑起了无数"孟姜女"的"怨"。

作为联语的作者，南宋末年极有骨气的文天祥，亦曾进入过统治集团的最高层。此联由他撰写，其中暗含的意味确实值得人们深思：作为统治阶级一员，是站在统治阶级一边，还是站在老百姓一边，可以说是原则性的站没站错队的问题。

上联的"秦皇安在哉"与下联的"姜女未亡也"相对，即代表了文天祥的原则立场。而"千秋片石铭贞"一语更是在赞美"孟姜女"们。

"片石"起源于传说：在孟姜女哭倒长城八百里后，秦兵将孟姜女抓到秦始皇面前，孟姜女怒斥秦始皇无道后跳入了大海，海中随之升起两块礁石，形似人身的那块是孟姜女的化身，另一块则是她携带的小包袱。

海水朝朝朝朝朝朝朝落
浮云长长长长长长长消

作为初读起来颇不"给力"的千古奇联，如上联语却也不负众望地完成了如下两方面的任务：其一，表现汉字同形异音异义的特点；其二，淋漓尽致地发挥了此种特点所蕴含的艺术表现力。

可巧的是,此联竟出自山海关孟姜女庙门前,似乎为千古流芳的孟姜女再献一束美丽的鲜花。

联语颇为简单,上下联各十个字,各有七个"朝"和"长"字。费解,应该是多数人的第一反应,然而仔细揣摩便会有所体悟。

上联的"朝"字,有二音三义:读"zhāo",可指时间,早晨之意;读"cháo",可以是朝拜之意;也可指海水受日月引力的影响定时涨落的现象,通"潮",此处为谐音。下联的"长"字亦有二音三义:读"cháng"可以谐音"常",常常的意思,也可以指长短的"长";可读"zhǎng",谐音"涨",此处指彩云弥漫之意。

以上解读确实会令外国友人晕菜,然而更令人晕菜的是,此联无任何标点,不同断句亦有不同读法,故而读法极多,据学者余德音分析,至少有 16 种之多,本书只选几种供读者玩赏:

其一:

海水潮,朝朝潮,朝潮朝落
浮云涨,常常涨,常涨常消

海水涨潮,天天早上涨潮,天天涨潮又天天落潮。浮云弥漫,常常四处弥漫,常常弥漫又常常消退。大自然即是如此彼消此长,可以当作一种美景来欣赏,而联系到社会呢?联系到功盖千古的始皇帝嬴政呢?联系到孟姜女呢?

其他断句解读如下:

其二:

海水朝潮,朝朝潮,朝朝落
浮云长涨,长长涨,长长消

其三:

海水朝潮,朝潮朝潮,朝落
浮云长涨,长涨长涨,长消

其四:

海水潮,潮!潮!潮! 朝潮朝落
浮云涨,涨!涨!涨! 常涨常消

其五:

海水朝朝潮,朝朝潮,朝落
浮云长长涨,长长涨,长消

应该说,上面一联的名气虽然极大,却似乎是化用他人之作。据说,孟姜女庙始建于宋代,明朝万历年间重修,联语为无名氏所作。而更早者,如宋代文学家王十朋,曾为浙江温州市的江心寺创作一副对联,有异曲同工之妙:

云朝朝，朝朝朝，朝朝朝散
潮长长，长长长，长长长消

此联在大多数对联书中多是如下读法：

云朝（zhāo）朝（cháo），朝（zhāo）朝（zhāo）朝（cháo），朝（zhāo）朝（cháo）朝（zhāo）散

潮长（cháng）长（zhǎng），长（cháng）长（cháng）长（zhǎng），长（cháng）长（zhǎng）长（cháng）消。

谁非过客
花是主人

作为联语的作者，张钫（1886—1966，字伯英）或许并一定愿意让人们如此大张旗鼓地给他做免费广告。而有"辛亥革命元老""北洋略威上将军""民国陕豫两省黑白两道的龙头大哥""中原老贼头"等外号，并最终被毛泽东定性为"中原老军事家"的他虽已经作古近半个世纪，然而，其题写的上面一副对联还是令今人感慨良深。

此联题写于张钫老家的千唐志斋中。无名无姓的洛阳千唐志斋是我国唐代墓志最集中的地方之一，晚年的张钫即寄居于此。

或许年轻时的张钫接触了太多太多的"实"：实的人，实的事，实的物。到老了，他累了，那就碰一些"虚"的吧。没有证据表明年少的张先生喜欢谈玄论虚，但古稀之年的他呢？此处张钫的一句问说明了一切，即相对于宇宙而言，人是过客呢？还是花呢？

万物皆过客，或许是一个回答。

以人生的瞬间和万物之"永恒"相比，花是主人，上天是主人，大地是主人，宇宙是最终的主人。

然而，即使是张钫先生，即使曾在千唐志斋谈天论地、吟花赏月，并曾经"倾晚年之精力，修百亩园林，募千方石刻"，百年之后，也不过是个过客罢了。只有道旁的那些青草、门前的那些鲜花悠悠闲闲地舞于风中。

它们都不是先生之物，皆为后世所有。如今慕名而来者又有几人能解楹联之意呢？

观此楹联，也有一些惋惜之情。能写出人是过客，花是主人，就已经说明他生前即知自己身为过客，而非主人，那怎么办呢？

不用多想，套用网络话语，"人们匆匆地打完酱油，即从哪里来又回哪里去了"，"神马（什么）都是浮云"。

此联虽短，但是可以作为整个名胜联的压卷之作。

绝联征对

出句：浙江江浙，三塔寺前三座塔，塔塔塔

注：一才子(一说是解缙，一说是纪晓岚)与友人同游三塔寺，友人出一上联曰："浙江江浙，三塔寺前三座塔，塔、塔、塔。"此才子思来想去仅对出半句："北京京北，五层山上五层台……"就再也对不下去了。因为上联三"塔"字重叠，是说三座塔，而下联若用"五层台"必须用五个"台"字重叠才行，这样就与上联不对仗了。该联遂成"绝对"。

第十八话 长联

对普通人来说，各种各样的游戏规则是用来遵守的。但天才(应该承认天才确实存在)是例外，他们往往是规则的破坏者，也最有可能成为新的规则的制定者。

一般来说，对联是短小精悍的，但长联是叛逆者。

长联的"长"在于字数之多，更在于所表达内容之广阔，意义的深刻上。

昆明大观楼长联可以作为其中的典型代表。全联如下：

五百里滇池奔来眼底，披襟岸帻，喜茫茫空阔无边。看：东骧神骏，西翥(zhù)灵仪，北走蜿蜒，南翔缟素。高人韵士何妨选胜登临。趁蟹屿螺洲，梳裹就风鬟雾鬓；更苹天苇地，点缀些翠羽丹霞，莫孤负：四围香稻，万顷晴沙，九夏芙蓉，三春杨柳。

数千年往事注到心头，把酒凌虚，叹滚滚英雄谁在？想：汉习楼船，唐标铁柱，宋挥玉斧，元跨革囊。伟烈丰功费尽移山心力。尽珠帘画栋，卷不及暮雨朝云；便断碣残碑，都付与苍烟落照。只赢得：几杵疏钟，半江渔火，两行秋雁，一枕清霜。

孙髯(1685－1774，字髯翁)，老家是陕西三原，因其父在云南任武官，随父移居昆明。

此联总共180字，号称天下第一长联、海内长联第一佳作，被后人尊称为联圣。而大观楼也因此长联名扬四海，成为与黄鹤楼、岳阳楼及滕王阁齐名的我国四大名楼之一。

镶嵌在昆明"五百里滇池"岸边的大观楼前的门柱上，长达两百多年，长联没有被冷落过，没有孤独过。

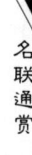

西方有一个叫恺撒的皇帝南征北战,他有一句经典的名言曰:我来到,我看到,我征服。(I came I saw I conquered.)

或许,读过此长联的名人志士及广大游客也会说:我来到,我看到,我被征服。

长联气势磅礴。上联中,髯翁先生和许多古代知识分子一样爱玩,玩的不是人或者事,而是祖国的山山水水。如果说玩人事的是上等阶层或者统治阶层的话,那么把玩山水,寄情于山水的就往往是一些不得志的文人了。

髯翁先生也是玩家,早年由于对科场搜身极为愤慨,认为这种"以盗贼待士"的做法有辱斯文,发誓永远不参加科举考试。玩不转官场,就走到民间,于是来到了如诗如画的滇池岸边。

他懂易经,懂阴阳,在昆明圆通山脚下的圆通寺找个山洞,蜗居下来,靠给人占卜算命维持生计。

日子很清贫,但却自由。美丽的昆明、美丽的滇池让他看到了山水的有情和人间的喜悦。

上联主要突出一个"喜"字。他有休假日,日子随自己的心情而定。一天,邀请几位老友一起登大观楼,这不是他第一次登临。

首先映入眼前的是那茫茫空阔无边的滇海。"拿酒来!"说完,他就敞开衣襟,拽掉头巾。

站在大观楼最高层的栏杆旁,可以看到四面的山山水水:东边的金马山如奔驰的神马,西边的碧鸡山如翱翔的凤凰,北边的蛇山如蠕动的长蛇,南边的鹤山如展翅飞翔的白鹤。

"高雅的名士诗人,为什么不选个好日子登楼欣赏一番呢?"髯翁先生感慨地说。

再来看那浩瀚的滇池,里面并不是空无一物。有一处处螃蟹和海螺状的小岛,有好似少女的秀发般摇曳多姿的垂柳,有一簇簇水草和芦苇,还有那缕缕的霞光和翠绿的小鸟。

以上是实写,当然也是实景。孙先生醉了,酒不醉人景醉人。

"不要辜负了如此美景。"这是他的第二句感慨。

什么美景?有前面的实景,也有下面的虚写之景:那四周飘香的稻谷,那波光万顷的浪涛,那六月盛夏的荷花,那三月春风中的杨柳。

下联,记述云南历史,似一篇历史随笔,重在一个"叹"字上下功夫。

为什么叹?物是人非。

先生有玩孩打破砂锅问到底的精神。他一直在追问什么是历史,什么是英雄。

苦苦思索之后,找不到答案。再拿酒来。先生边饮边思索。也许有那么一点若有若无的想法,但是他觉得他笨拙的语言无法表达他的思想。

那就画画吧。画一幅耐人玩味的历史画卷。画卷的主角是千古的英雄豪杰们,但他们都随滚滚的历史长河悄然逝去了。

汉习楼船:一代外交家张骞出使西域,回来后向汉武帝详细报告了西域各国的情况。其中之一是在身毒(现在的印度)可以买到蜀地(四川)的东西,建议开通一条从蜀地通往西域的通道。

汉武帝就派张骞为使者,带着礼物从蜀地出发,去和身毒建立大使级外交关系。张骞把人马分为四队,分头去找印度。四路人马各走了两千里地,都没有找到。往南走的一队人马到了今天大理洱海附近,被当地的昆明族给挡住了。后来,两军作战终以汉军不习水性而战败。

据说,汉军回长安以后,颇有军事头脑的汉武帝迅速在长安按照洱海的形状开凿了"昆明湖",为水军建制,以期能打败云南各部,征服洱海地区,此即是"汉习楼船"的来历。

唐标铁柱:公元680年,新疆的吐蕃奴隶主政权攻占了安戎(今四川汶川西南)后,控制了唐朝通往西南各地的道路。

公元707年,唐中宗李显派大将唐九征讨伐,屡战屡胜,最终拔除了吐蕃据点,把吐蕃势力赶走了,恢复了洱海地区的统治,建铁柱以纪念功绩。

可惜铁柱现已不存。

宋挥玉斧:北宋太祖赵匡胤在平定四川之后,想想使大唐败落的安史之乱起于云南各部落,就手挥着他心爱的玉斧,沿地图的大渡河一划,闭上眼睛说,那不是咱们的地儿,也太闹心,咱们还是不要了。

元跨革囊:成吉思汗的孙子元世祖忽必烈骑着他的宝马领着他的万千铁骑,从蒙古大草原出发了。

1253年,开始进攻云南,计划先灭大理,继而又逐鹿中原,消灭南宋,统一全国。然而,忽必烈的十万大军来到金沙江畔,可是面临着汹涌的金沙江水,蒙古军队无法渡江。正在为难之间,当地少数民族献策,用革囊做筏子渡江。革囊即羊皮囊(也有用牛皮做的)。可用单个革囊缚在身上作漂浮器材渡江,也可用多个皮囊连缀为筏子。

使用这个方法,忽必烈大军渡过了金沙江,灭了大理国,将云南归于元的统治之下。

宏伟壮观的景象,费尽了英雄们的移山填海的心力。他们很累,也正是他们的艰辛成就了一代又一代的丰功伟业。这已经足矣,这已经可以为后来人说道,为后来人所描述,为后来人所绘画。

先生画出了这种英雄们丰功伟业的气势。

然而,这一切又像傍晚的雨、早晨的云一样短暂,连门帘都来不及卷起就很快消失了;就连那一块块写有歌功颂德词句的断碣残碑,也随着夕阳的余晖和农家的缕缕炊烟渐渐四散开来,以至完全消失。

留给我们的只是寺庙里传来的钟声,江岸边点点的渔家灯火,天上南飞的两行秋雁,还有那睡在山林间文人雅士醒后的一身清霜。

寺庙钟声依旧,渔家灯火依旧,两行秋雁依旧,山林清霜依旧,而英雄和他们丰功伟业哪里去了?

无语。孙先生自己无语。他只是想画好这幅画卷,除了英雄和他们的行程外,他还画了英雄们行程上留下的痕迹的渐渐消失。

他也画出了历史的沧桑。

上联写景下联叙事,相互对照。对仗工整,字句洗练;意境高妙,气势非凡。

长联大约写于1765年,当时的中国像一个病入膏肓的老人一样。先生也许在问一个问题:大清王朝是会继续着它的文治武功,还是像历史上那么多的帝王和英雄一样,像缕缕的炊烟渐渐消散呢?

一般说来,名气过大而地位低的人遭人妒忌和质疑是再正常不过的事情了,孙髯翁对联被改来改去即是一例。当然,其联所蕴含的颇有叛逆之嫌的韵味亦是其中原因之一。有意思的是,无论为无名小卒所改,还是大师大官所改,大观楼所挂的依然是孙髯翁的对联。

孙髯翁过世后,有一文人程含章(月川)公然跳出来把这副长联改为:

五百里滇池奔来眼底,披襟岸帻,喜茫茫空阔无边。看:东骧金马,西峙碧鸡,北耸青虹,南翔白鹤。高人韵士定当击节讴歌。况栏外树色江声,随地皆诗情画意;更云开雨霁,何时不鱼跃鸢飞。登斯楼也,莫孤负:四围香稻,万顷晴沙,九夏芙蓉,三春杨柳。

数千年往事注到心头,把酒临风,叹滚滚英雄谁在?想:汉习楼船,唐标铁柱,宋挥玉斧,元跨革囊。**伟烈丰功举欲同符天地**。至今日离宫别馆,悉化为苦草长林;并断碣残碑,都付与苍烟夕照。游于浦者,止剩得:几杵疏钟,半江渔火,一行秋雁,两岸芦花。

应该说,程含章把"伟烈丰功费尽移山心力"改为"伟烈丰功举欲同符天地"等,无任何创新,其联语及本人只是充当了统治阶级的卫道士及发言人罢了。据说,曾经新鲜了一段时间,即被人拿下了。

最突出的改家是著名联家梁章钜的老师阮元,阮元那时是地方大员,慕名来到大观楼观景,但他对长联颇为不满,尤其是其中所蕴含的反叛意味。他认为:"孙髯翁的对联,把汉、唐、宋、元的丰功伟业最终归为空空如也,那大清王朝的命运不是不言自明吗?"

利用权势,他强行把长联改了:

五百里滇池奔来眼底,凭栏向远,喜茫茫波浪无边。看:东骧金马,西翥碧鸡,北倚盘龙,南驯宝象。高人韵士惜抛流水光阴。趁蟹屿螺洲,衬将起苍崖翠壁;更苹天苇地,早收回薄雾残霞,莫孤负:四围香稻,万顷鸥沙,九夏芙蓉,三春杨柳。

　　数千年往事注到心头,把酒凌虚,叹滚滚英雄谁在?想:汉习楼船,唐标铁柱,宋挥玉斧,元跨革囊。**爨长蒙酋**费尽移山气力。尽珠帘画栋,卷不及暮雨朝云;便藓碣苔碑,都付与荒烟落照。只赢得:几杵疏钟,半江渔火,两行鸿雁,一片沧桑。

　　应该说,阮元很聪明,所用的移花接木的招式确实厉害。原联的"伟烈丰功"改成了让人难以读懂的"爨长蒙酋"四字。

　　"爨(cuàn)"和"蒙"本为隋唐时代统治云南的两家姓氏,这里泛指云南。"长"和"酋",均指首领。这里是指引清兵入关,镇守云南,后来又造反称帝,最终被清军所灭的吴三桂等人。这一改,把一个广泛的所有王朝都无法逃脱的历史法则——一切丰功伟绩都会转头空,改成了仅指"爨长蒙酋"以前的英雄豪杰的转头空,和大清朝无关。

　　批判变成了歌功颂德。

　　但历史自有公道,人心所向是无法以权势改变的。其联引来口诛笔伐或许即是一种表现。其调离云南后,其改联即悄悄被换下,布衣才子孙髯翁原作亦赫然悬挂于大观楼上。

　　历史是不以统治阶级的意志为转移的。果不出髯翁所料,1911年10月武昌起义爆发,革命巨浪席卷全国,1912年2月推翻了清王朝的统治,实现了长联的预言,中国历史翻开了新的一页。

　　而今在先生墓前,赫然刻有他本人的自挽联:

　　　　这回来得忙,名心利心,毕竟糊涂到底
　　　　此番去甚好,诗债酒债,何曾亏负着谁

来到这个世界,匆匆忙忙,匆忙之中做了很多糊涂事,生出名利之心,甚至糊涂到底,这是一生的遗憾。也许人们都要经历这些才能悟到。

　　不知不觉要去了,这一辈子,写了不少诗,喝了不少酒,但不欠谁一首诗,不欠谁一文债,可以死而无憾了。

　　把人生一世称"这回",是受佛家轮回说的影响,而一生甘于清贫,"糊涂到底",也写出了寒士傲骨,"去甚好",是旷达,也是一种无奈。

　　"来"与"去","生"与"死"相对,生不免纠缠于名利,是憾事,而死则是解脱,是乐事。

　　工巧的对仗隐藏在质朴的大白话中。

知识链接　长联圣手

长联自孙髯翁大观楼联之后逐渐兴盛起来，有越写越长之势，以至于出现了楹联大师钟云舫长达1612字的超长联，成为清联史，乃至整个中国楹联史上一个重要的代表。因其擅长撰写长联，故有"长联圣手"之誉。

其长联代表作有《江津临江楼》联（1612字）、《六十自寿》联（890字）和《成都望江楼》联（112字）。据说，《江津临江楼》联，无所凭借，以一气呵成之势写就，被誉为"天下第一长联"。

《江津临江楼》联联文如下：

上联：地当扼泸渝、控涪合之冲，接滇黔、通藏卫之隘，回顾葱葱郁郁，俱困入画江城。看南倚艾村，北塞莲盖，西撑鹤岭，东敞牛栏，焰纵横草木烟云，尽供给骚坛船料。欹斜楝楠、径枝梧魏、晋、隋、唐。仰睇骇穹墟，缠鬼宿间，矮堞颓埋，均仗着妖群祟夥。只金瓯巩固，须防劫火懵腾；范冶炉锤，偏妄逞盲捶瞎打。功名厄运数也？运数厄功名也？对兹浑浑茫茫，无岸无边，究沧溺衣冠几许？登斯楼也，羽者、齿者、蠃者、介者、胵臆鸣者、旁侧行者，念翅抉抢，喜喵攫扣者，迎潮揭揭趋去，拂潮揭揭趋来，厘然佥集，而乌、兔撼胸，掷目空空，拍浪汹汹，拿橹嗫嚅，挝鼓冬冬，謷以霹雳，骤以丰隆。溯岷蟠蜿蟺根源，庶畅泻波澜壮阔胸怀耳！试想得狂榛朴霾，俄焉狂荡干戈；吴楚睢盱，俄焉汪洋赦冕；侏离腾踔，俄焉渺溟球图。谓元黄伎俩蹼跷，怎怄怯訾訾努眼。环佩铿锵之日，盈廷济济伊周，急唎喇掀转鸿沟，溪谷淋漓膏液，蛊炁则咆哮虣虎，公卿则谨视么豚，熊罴鹅鹳韬钤，件件恃苍羲定策，

迫椹枪扫净，奎壁辉煌，复纱帽下瘫瞌睡虫，太仓里营狡猾鼠，毛锥子乏肉食相，岂堪甘脆肥脓？恁踹踏凤凰台，踩蹦鹦鹉洲，距踣麒麟阁，靴尖略踢，惨鸡肋虔奉尊拳，喑喑叱咤之音，焰闪胭脂舌矣！已矣！余祈蜕变巴蛇矣！斑斑俊物，孰抗逆訸谈凶麟？设怒煽支祁，倒纠率魑魅魍魉；苟缺锯牙钩爪，虽宣尼亦慑桓魋，这世界非初世界矣。爰悄悄上排闾阎，沥诉牢愁，既叨和气氤氲，曰父曰母，巽股艮趾，举钦承易简知能。胡觊轴折枢摧，又娸儿孙显赫，未容咳笑，先迫号啕，恪循板板规模，诸任雷霆粗莽。稽首、稽首、稽首！吁浓恩派归甲族，侣伴虾蟵，泡响昙噓，尚诩蜉蝣光采。闷缘香藻，喧喧闹铁板铜琶；快聆梅花，潇洒饫琼箫玉笛；疏疏暮苇，瀜寰隔白露蒹葭。嗟嗟！校序党庠，直拘辱士林美里；透参妙旨，处处鳣鱼跃鸢飞。嗜欲阵，迷不着痴女夹男，撞破天关，遮莫使忧患撩人，人撩忧患。憕憕自吉，伶俐自凶，脂粉可乱糊涂，乔装着丑末须髯，彼愈骯髒，俺愈邋遢。讪骂大家讪骂，某本吟僧一个，无端堕向泥犁。恰寻此高配摘星，丽逾结绮，咬些霜，咽些雪，俾志趣晶莹，附舟桲帆樯，晃郎虑周八极。听、听、听：村晴莺啭，汀晚鸥哗，那是咱活活泼泼、悠悠扬扬的性。久坐！久坐！计浊骸允该抛弃，等候半池涨落，栋津汁秘诀揉搏，挤至乳沿胶溶，缩成寸短灵苗，妪煦麀卵，倏幻改绀发珠眸，远从三百六度中，握斧施斤，与渠镌囵囹没窍混沌。

下联：蒙有倾淮渎、溢沪渎之泪，堆衡岳、压泰岱之愁，满腔怪怪奇奇，悉属我心眵泗。念蚕兔启土，刘孟膺符，轼

辙挥毫,马扬弄墨,泄涓滴文章勋绩,遂销残煞部精华。逼狭河山,怎孚育皋、夔、契、稷?俯吟欹剑栈,除拾遗外,郊寒岛瘦,总凄煞峡鸟巫猿。故卧龙驰驱,终让井蛙福泽;阴阳罗网,惯欺凌渴鲋饥鹏。英雄造时势耶?时势造英雄耶?为问滔滔汩汩,匪朝匪夕,要飘零萍梗何乡?涉巨川耶,恍兮、惚兮、凛兮、冽兮、变濆洞兮、突漩涡兮,迤逦欧亚、辽夐奥斐兮,帝国务壅民愚,阿国务诱民智,奋欲乘桴,而弁、羿、掔桴,履冰业业,裳裳惕惕,触礁虩虩,擎舵默默,动其进机,静其止屈。藐浠泜潢污行潦,谁拔尔抑塞磈砢才猷乎?叹区区锤凿崔嵬,夸甚五丁手段?组织仁义,夸甚费蒋丝纶?抽玩爻占,夸甚谁程卜筮?在冈底峥嵘脉络,应多少豪杰诞身。沱潜彭湃之余,依旧荒荒巢燧,硬苦苦追踪盘古,弹丸撅拓封疆。累赘了将军断头,凄怆了苌弘葬碧,礼乐兵农治谱,纷纷把尧舜效尤。及淫溽轰平,黎邛顺轨,第薛蕊代芙蓉增色,杜鹃伏丛棘呼冤,峨眉秀鲜桢干材,勉取賨毡橦布,反猢狲美面目,豺狼巧指臂,狮猱盛威仪,口沫徽飞,统幓叙骨惊灭顶,锦纨绋繻之服,宁称穷措体哉?伤哉!予安获贡蜀产哉?巍巍巉岩,

类钟毓嶙峋傲骨。即肖形凹凸,早媕恼邑贵朝官;假饶赤仄紫标,虽盗跖犹贤柳惠,庶贫贱弗终贫贱哉?冀缓缓私赴泉宫,缴还躯壳,诳说神州缥缈,宜佛宜仙,虹彩霓辉,都较胜幽冥黑暗,讵识铅腥锡朦,遍令震旦襁褓,甫卸髫胞,遽烦汤饼,愧悔昏昏囊昔,泣求包老轮回。菩提、菩提、菩提!愿今番褪却皮囊,胚胎蜉蚁,堂砌殿穴,永教宗社绵延。虱脑虮肝,垂拱萃蟪蜈胈蚤;蚊眉蜗角,挤首拥蛮触艘航;小小旃檀,妻妾恣红尘梦寐。嘻嘻!牂牁僰道,乃稽留客夜郎;种杂獶猱,啧啧厌鸦啼鸱叫。丘索坟,埋不尽酸崤醋峈,猜完哑谜,毕竟是聪明误我,我误聪明。宇宙忒宽,瞳眬忒窄,精魂已修所炼,特辜负爹娘鞠抚,受他血肉,偿他髑髅。浮沉乐与浮沉,尊由酷溢九经,始畀投生徽裔。且趁兹沙澄洗髓,渚潋湔肠,啼点月,哦点风,倩酒杯斟酌,就诗词歌赋,权谋站住千秋。瞧、瞧、瞧:蓼瘠椹敲,荷瘅桨荡,却似仆凄凄恻恻、漂漂泊泊的情。勿慌!勿慌!料蓝蔚隐蓄慈悲,聊凭双阙梯崇,望银涛放声痛哭,哭到海枯石烂,激出丈长鼻臊,掬付龟鳖,嘱稳护方壶员峤,近约十二万年后,跟踪蹑迹,眠侬斫玲珑别式乾坤。

绝联征对

驾一叶扁舟,荡两支桨,扯三四片蓬,坐五六个客,过七里滩,到八里湖,离开九江已有十里

注:相传,一次,宋代诗人、学者黄庭坚,乘船游九江时,驾船的小顽童出上联,请大才子黄庭坚对下句,黄庭坚绞尽脑汁也没有对出来。

后记

　　事因偶然,谓之得缘。2009年12月4日下晚儿,如若我从家乡返校迟到半天,倘或外埠的朋友从长春早退一个时辰,该书的面世则将错过了时节因缘,恰恰在这寻常时刻"正式"结识了现任职于长春出版社的王占通君,由是便拥有了会心合作,筑结友谊的善缘。

　　片刻谈叙间的瞬间打量,记忆深处的人缘影像迅疾闪回。那是30年前的往事了:吉林大学工会文艺部为时风鼓荡,在文理科诸系师生间搜罗京戏票友,以搬演京剧须生巨擘周信芳之看家戏《四进士》,当时正在法律系读书的王占通君就是剧中进士其一,其合宜优雅的扮相,字正腔圆的唱功,从容舒展的做派,清新如昨,常教人沉醉其里,徜徉其中。人间如戏,跫入世间舞台,各自扮演着各自的角色,人生、艺术,二者间的出出入入,尽心畅情,诗意逍遥。30年后,竟以联事同席共饮,翌日便奉上一联:"辛苦但见花开落,占通文史哲法;省世不闻人是非,晤对儒释道心。"联中征引了康南海自题悬挂联,恰好传述占通君的心态行状,上下联末的"法""心"又形多解,总之是其德品学品的传神写照。占通君约我组织编写《中国历代文化艺术》丛书,并要我亲撰《通赏中国名联》一书。此一选题是我研究专业,尤其是楹联通赏正契我多年研习楹联之趣,欣然从命。

　　长期以来,联界对于楹联被视为"小道"颇觉愤懑,文学史著甚或文学概论等教科书从未给以应有的历史地位,以致视若无见。这自然有失公道公允,亦不符文学史的实际。在文学发生发展史上,自有联语以来,举凡诗文大家,庶几无一不是律联高手,从杜甫、李白、王维到王安石、苏轼、黄庭坚、汤显祖直至曹雪芹、蒲松龄,人人如是,妙作赫然,人们在寻绎其历史、现实和楹联自身原因时发现,理论界支持不足,付诸理性的系统学术研究尤嫌薄弱。如果从其载体及其传播效应来看,楹联显然比既往时代的诗歌、小说等主要以纸媒传播为主的文学样式,占有更大的优势。其可以悬挂于堂,张贴于门楣,刻于板木,镌于金石,率土之滨,四海之内,岂能"千门万户"一语了得!家门衙所,风景名胜无一不现其身,这与诗文的"题壁""口耳相传"相比较,其传播展示的广度,不可同日而语。同时,楹联之于民族建筑的文明、风格的支撑亦可谓居功至伟,宫室殿阁、楼台亭榭、四合院落、江南园林,倘或楹联从中陡然抽身,则将顿然失色,变得似是而非。

令人欣慰的是,近些年来伴随汉语言域内形形色色、彼伏此起、名目繁多的各类征联活动,极大地激活了楹联创作的冲动,佳妙绝胜联犹如雨后春笋,北国吉林亦以质量、数量令国人刮目相看。2005年12月3日,由挚友张笑庸教授荐引,与楹联界"获奖专业户"主李俊和君有一面之缘,晤谈之际操硬笔将本年初获一等奖的茶联书于仿纸:"其志难移,纵千般烘炒,万般搓揉,历尽艰辛成极品;斯颜不改,况一任卷舒,几番起落,自甘淡泊散清香"(上海"石生杯"茶文化节应征联),读罢眼前一亮,心中惊喜,这自然是托物喻人,一个关东汉子竟然对茶性茶品了然如许,着实让人吃惊震惊,欣慰莫名。而后得知,成名后的李俊和有着诸多的国家、省级头衔,却是供职于梨树县供销合作社的职员。其以万余副计的作品,展露着大家气象。同年(2005)9月又获得湖南浏阳"国际花炮节"征联一等奖:"生曾动地,死更惊天,无须土育肥催,偏向寒宵绽蕾;响若崩雷,迅如掣电,何惧身摧骨碎,乐为黑夜增辉。"此联像浏阳花炮一般,在联界亦有"动地""惊天"效应。更见其卓越的可回溯至2004年8月,南昌纪念邓小平诞辰一百年征联,又是一等奖:"辅一代贤,擎二代旗,奠三代基,兴社稷,振龙魂,展志舒才,几度沉浮倾赤胆;享百年寿,创千年业,负万年誉,启国门,扬特色,呕心沥血,满怀忧乐济苍生。"传神文笔,气度才情,毋庸置疑,不用商兑!许多年来,其获奖作品不难数计,位列三甲者两百余次。诸多同好询索"秘诀",答曰:"秘诀没有,唯有'四字'不可或缺,即'新''奇''特''怪'",并辅之以说明:"特""怪"分寸难以把握,用之须慎,"新""奇"二则断不可少。其艺术触角广涉国事家事、世态人情、三教九流、五行八作,无不可入联者。在形式体制上长短合宜,小大由之。2006年7月由中国楹联学会等单位主办的"二〇〇五——对联中国",征联要求表现中国当年的"大事",是一大型征联活动,协会"旨在把它办成一个联界的'诺贝尔奖'",在两万多副应征作品中,李俊和以"地免税;人飞天"六字夺魁。他如"红《梅弄影》,翠《柳含烟》,《万里春》回《芳草渡》;紫《燕归梁》,黄《莺啼序》,《千秋节》颂《杏花天》"(第一届延庆"杏花节"征联一等奖)。万里春回的杏花天,全赖词牌串联成篇,倍觉生动,韵味绵长,表现出作者深厚的古典文学功力。2006年9月山西鹳雀楼海内外征联榜眼联中说到"想它鹳雀栖身,定是沉迷此景""问尔黄河转首,莫非留恋斯楼",非同寻常的文学情趣。楹联创作的现实甚或历史名分和地位,仅能以此等面目赢得,它容不得你装聋作哑,你不能不"开口说话"。

该书"通赏"以古代为主,现实眼下的妙制佳构只能在这"后记"传达转述,以表达艺术欣赏的满怀欣喜。参与本书编撰的有杨保华、全超、杜俊、赵旭、王希龙、王志宽、何庆、岳光辉、李楠、高楠、毛清旭、刘金高、吴周子、张坤、刘振、钟钦才。

　　友众路阔,朋友是悦情砺志的深广资源,虽不便称谢,仍不能沉沉不语,与该书撰述有关联者曰:徐斌君、吕明臣君、王艳芬和责编谢冰玉女士。古云"卒章显其志","后记"须打住了,"志"虽不"显",却悠然闪"显"出一个人来,他是笔者不惑迈向知天命年间结识的小友,是文学精神的践行者,阅人处世,几近完美主义,执弟子礼的李海帆,惜老怜贫,回护孤弱,剑胆琴心,记忆警人,其敢于担当的实行精神,常教我辈自度卑微。想到他时亦想到许多联:"好古不求秦以上;游心时在物之初""揽胜上梁山,景色宜当名画赏;感怀思水泊,人文更作史诗吟""书有未曾经我读;事无不可对人言",友情的支持,赖于道文的互赏,"奇文"供同赏,"疑义"相与析,该是本文的正题,不宜以"跑偏"视之。

庚寅桐月廿八日
树海识于长春吉林大学南新校"世纪三栋"501"有风自南斋"